十九首世界诗歌批评本丛书　"上海高校服务国家重大战略出版工程"资助项目

曾巍　著

西尔维娅·普拉斯诗歌批评本

Sylvia Plath：A Critical Reader

华东师范大学出版社
·上海·

图书在版编目（CIP）数据

西尔维娅·普拉斯诗歌批评本/曾巍著.—上海：
华东师范大学出版社,2021
（十九首世界诗歌批评本）
ISBN 978-7-5760-1215-6

Ⅰ.①西… Ⅱ.①曾… Ⅲ.①诗歌评论—英国—现代
Ⅳ.①I712.072

中国版本图书馆 CIP 数据核字(2021)第 026984 号

本丛书的出版也获得了复旦大学文学翻译研究中心的支持，在此一并致谢。

西尔维娅·普拉斯诗歌批评本

著　　者　曾　巍
策划编辑　王　焰　顾晓清
责任编辑　顾晓清
审读编辑　程云绮
责任校对　林文君　时东明
装帧设计　卢晓红

出版发行　华东师范大学出版社
社　　址　上海市中山北路3663号　邮编 200062
网　　址　www.ecnupress.com.cn
客服电话　021-62865537
网　　店　http://hdsdcbs.tmall.com/

印 刷 者　杭州日报报业集团盛元印务有限公司
开　　本　890×1240　32开
印　　张　13.25
字　　数　239千字
版　　次　2021年4月第1版
印　　次　2021年4月第1次
书　　号　ISBN 978-7-5760-1215-6
定　　价　69.80元

出 版 人　王　焰

（如发现本版图书有印订质量问题，请寄回本社客服中心调换或电话 021-62865537 联系）

目 录

1	导言

十九首西尔维娅·普拉斯诗歌精读

3 7	爱丽尔
5 0	爹地
7 2	拉撒路夫人
9 1	边缘
1 0 1	蜜蜂会
1 1 7	蜂蜇
1 3 1	过冬
1 4 4	晨歌
1 5 4	侦探
1 6 7	捕兔器
1 7 8	追随
1 9 2	巨像
2 0 4	美杜莎
2 1 8	郁金香
2 3 3	冬天的树

242	渡水
250	高烧 103 度
265	慕尼黑女模特
276	烦人的缪斯

三十首西尔维娅·普拉斯诗歌注读

293	疯丫头的情歌
296	废墟间的对话
298	水深五英寻
302	战斗场景
306	隐喻
308	厄勒克特拉身临杜鹃花路
312	养蜂人的女儿
315	一生
317	国会山原野
321	动物园管理员的妻子
325	敷着石膏
328	凌晨两点的手术师

3 3 2	月亮与紫杉树
3 3 5	镜子
3 3 6	小赋格曲
3 4 0	榆树
3 4 4	事件
3 4 6	生日礼物
3 5 1	蜂箱送抵
3 5 4	蜂群
3 5 9	申请人
3 6 3	割伤
3 6 7	十月的罂粟花
3 6 8	尼克与烛台
3 7 2	到那边去
3 7 7	夜舞
3 8 0	死亡公司
3 8 3	雾中羊
3 8 5	词语
3 8 7	挫伤
3 8 8	西尔维娅·普拉斯诗歌研究五十年
4 1 1	参考文献

导 言

西尔维娅·普拉斯（Sylvia Plath）是当代美国家喻户晓的诗人。她常与罗伯特·洛威尔（Robert Lowell）、安妮·塞克斯顿（Anne Sexton）、约翰·贝里曼（John Berryman）、W. D. 斯诺德格拉斯（W. D. Snodgrass）等人一起被称为"自白派"（Confessional）诗人。这一写作风格始于20世纪五六十年代，其特征是在诗歌中坦率地揭露个人经验，尤其是私密性的、平素难以启齿的经验，如记忆创伤、精神抑郁、死亡迷恋以及与家庭成员之间的复杂联系。从写作内容上来说，对上述领域的开拓的确是一个创新，但这同样带来了问题：后来的批评者和诗人的关注点也往往聚焦于此，因而忽视了诗歌形式。但从诗艺来说，两者是相辅相成的。而普拉斯诗艺的探索是多方位的，她高峰时期的诗作，不是仅用"自传性"就可以笼统概括的，它们也绝不只是映照自我的一面镜子，在其中同样可以看到自然风景、社会生活和具有纵深感的历史画幅。而她在形式上的实验，也可以用"大刀阔斧"来形容，几乎每隔一段时间都在否定中大胆进行突破。她的诗歌，其影响力早已跨越了国界，被当今世界许多语言的诗歌书写者奉为女性写作的经典，并追随她的独特风格。20世纪80年代，普拉斯的少数诗作被译介到中国，迅速引起了极大反响。许多女性写作者从她那里获得启发,仿佛找到了新的写作资源,这引发了当代女性写作的革命性变化。一直到现在,在世界范围内,普拉斯都被看作女性作家旗帜性的人物,成为一个不朽的传奇。而她如彗星般划过的短暂人生,与英国桂冠诗人特德·休斯(Ted Hughes)如火柴般迅速燃烧又熄灭的婚恋关系,她如飞蛾般扑向死亡了结生命的终曲,也构成了谜语之诗,吸引着读者和研究者去解谜。

一

西尔维娅·普拉斯,1932年10月27日出生于美国马萨诸塞州波士顿附近的郊区。她的父母亲都有日耳曼血统:父亲奥托·普拉斯(Otto Plath)出生在德国,15岁时移民到美国,并将原名普拉特(Platt)改为普拉斯。她的外祖父和外祖母是从奥地利移民到美国的,并在美国生下了普拉斯的母亲奥蕾莉亚·弗朗西丝·朔贝尔(Aurelia Frances Schober)。奥托·普拉斯曾先后在华盛顿大学和哈佛大学获得德语硕士与生物学博士学位,毕业后任教于哥伦比亚大学、麻省理工学院、华盛顿大学、加州大学伯克利分校、波士顿大学等多所大学,执教过德语和生物学课程。正是在波士顿大学的德语课堂上,他认识了当时的学生、后来成为他妻子的奥蕾莉亚。他俩之间有超过20岁的年龄差距,而奥托在多年以前还有过一段婚史。但这些都没有阻止两人的相恋,他们于1932年1月成婚,婚后育有一子一女:西尔维娅和比她小三岁的弟弟沃伦。

奥托·普拉斯对昆虫学有十分浓厚的兴趣,他在观察和养殖蜜蜂上投入了大量的时间和精力,他的博士论文就是关于蜜蜂的生活史、习性和经济价值的研究。他说服妻子放弃了工作,专心在家料理家务、养育孩子,同时也帮他做文字整理方面的工作。而在家庭生活方面,这位父亲可能谈不上称职,很少花时间陪孩子,在家的大多数时间,他都把自己关在书房里。奥蕾莉亚为了不影响丈夫的工作,总是把孩子带到一边去,给丈夫创造安静的环境。只是在需要休息的时候,奥托才走到客厅里,而奥蕾莉亚则把孩子们带过去,给奥托表演唱歌或朗诵之类的小节目。对年幼的西尔维娅来说,这是难得的接近父亲的机会,所以在平时母亲教给她一些诗歌时,她也会用心去记忆,期望在给父亲表演时给他留下好印象,博取他赞许的微笑。西尔维娅在很小的时候就显露出文学方面的天赋,四岁时就能阅读故事书,而五岁时已经可以写一些简单的像诗歌的句子了。这让曾有志于从事文学的母亲大喜过望,此后更着意于在这一方面培养女儿,似乎是为了实现她自己的一个梦。

可是,奥托的身体却每况愈下,为了他的健康考虑,他们全家搬到了温思罗普,一个离奥蕾莉亚的父母亲比较近的地方。那里靠近大西洋,西尔维娅有机会见到大海,并亲历了1938年的大飓风,灾难场景给她的童年记忆蒙上了阴影。奥托的身体并没有好转起来,体重仍在下降,容易疲劳和生气。而他却固执地不愿意去看医生,自认为得了肺癌,拒绝药物治疗。直到他的腿上长出坏疽需要切除时,才发现实际上长期折磨他的是糖尿病。手术引发的并发症夺去了奥托的生命,当时西尔维娅年仅八岁。听到父亲去世的消息,她只说了一句话:"我再也不会和上帝说话了。"或许是为了不让孩子伤心,奥蕾莉亚没有让他们参加父亲的葬礼,也没有带他们去过父亲的墓地。此后,她一直努力扮演好一个母亲的角色,没有再婚,除了工作之外,她全副身心投入到两个孩子的抚育上,希望他们能够出类拔萃,而姐弟两人在学业上也确实没有辜负母亲的期望。西尔维娅更是如此,从小学到高中都一直名列前茅,并在文学创作方面崭露头角,她在文学杂志上发表了诗歌和小说,成了学校里引人注目的明星。

1950年9月,西尔维娅被知名的女子学院——史密斯学院录取,进入大学学习,并获得由通俗小说家奥利弗·希金斯·普劳蒂(Olive Higgins Prouty)提供的奖学金资助。此后普劳蒂一直在经济和精神方面为西尔维娅提供帮助,并保持了多年的通信。西尔维娅是一个要强的学生,对学业苛求完美,但凡有课程成绩无法达到A,都会为此郁郁寡欢,并通宵达旦地补习。她依然是校园里的焦点人物,外貌出众,成绩优异,在《小姐》(*Mademoiselle*)等流行杂志上发表文学作品更是引人注目,其间还受邀去纽约在《小姐》杂志担任了一个月的实习编辑。看上去一切顺风顺水,可是,另外的不妙情况也开始露出苗头。她在一次滑雪中摔断了腿,休养了一段时间,这次事故也许并非一次意外;母亲也曾在她的腿上发现剃刀划过的痕迹;而当她申请参加哈佛小说训练班被拒之后,一旦遭遇挫折、受到打击便陷入极度抑郁的精神症状突然来了一次总爆发:1953年8月,她趁家人外出时躲进地窖,吞服了安眠药试图自杀。母亲回家后发现了她留下的告知外出的字条,之后动员了邻居、报告了警方四处找她。最后是外祖母到地窖洗衣服时听到了她轻微的呻吟,才将她从死亡线上拉了回来。从那以后,母亲就坚持送西尔维娅去看心理医生,接受精神分析治疗,她自己也阅读和此相关的弗洛伊德等人的心理学著作,并在和心理医生的交流中坦承自己对父母亲爱恨交织的情感。而在那个年代,心理治疗通常还辅以物理治疗,那就是"电惊厥疗法":以一定量的电流通过病人的大脑,引起意识丧失和痉挛发作,从而达到治疗效果,它主要运用于严重抑郁者,以及有强烈自伤、自杀的企图及行为者。这样的治疗看似缓解了她的症状,但也给她留下了另一种心理创伤。

有所好转后,西尔维娅返回史密斯学院继续学习,集中精力准备毕业论文。她甚至把自己的头发染成了玛丽莲·梦露的那种金色,宣告将以一个全新的更有活力的自我开始新的生活。经过了自杀事件和一段时间的休学,她对心理分析产生了浓厚兴趣,其毕业论文的研究对象,也由乔伊斯调整为陀思妥耶夫斯基,分析陀氏小说主人公的双重人格。而在诗歌方面她也得到了更多的承认,陆续发表了一批诗歌,并得到机会和W.H.奥登(W.H. Auden)、玛丽安·摩尔(Marianne Moore)当面交流,前一年错过的哈佛写作训练班也向她敞开了大门。而在当时的美国,女子学院的教育努力将其学生塑造成具有传统美德的女性,使其今后能成为好妻子、好母亲,能够在未来的家庭生活中承担责任和义务。西尔维娅也在这一阶段和一些男孩子约会,寻找未来的伴侣,只是这些接触过的小伙子,几乎都无法完全让她满意,她觉得他们都缺少男子汉气概,和自己不般配。她还有更大的雄心,于是申请去英国学习文学,并成功获得富布莱特奖学金的资助,毕业后即启程前往剑桥深造。

剑桥生涯对西尔维娅意味着全新的开始。置身于最负盛名的学府中,她不仅更深入地接触了英国文学的传统,而且积极地参加文学活动和社交活动,并在此期间游历了欧洲大陆的许多地方扩大视野。可是,和她的期望相悖的是,她的诗歌并没有在新的环境中得到认可。虽然也发表了一些作品,但反响平平,更有人评论说她的诗过于雕琢,这令她很苦恼。而在1956年2月25日晚,西尔维娅去参加由剑桥的学生和周边的诗人主办的文学杂志《圣巴托夫评论》(*St. Botolph's Review*)的首发晚会,在那里遇见了剑桥毕业生、诗人特德·休斯。这是一次具有罗曼蒂克色彩的相遇:西尔维娅背诵了在杂志上看到的休斯的诗句,而鲁莽的休斯在酒精的刺激下突然去亲吻西尔维娅,西尔维娅则还以颜色,在休斯的脸颊上咬出了一道血痕。也有可能,恰恰是休斯的粗暴举动给西尔维娅留下了深刻的印象,认为休斯具有她所热望的"男子汉气概","是世界上唯一和自己相配的男人"[1]。此后,休斯几次到宿舍来找西尔维娅,两人迅速坠入爱河。两个都具有远大文学抱负的人走到了一起:休斯几乎就是西尔维娅所期望的完美男人,具有无穷的神秘力量,在诗歌上还能给予她帮助和建议;而对休斯来说,西尔维娅很"美国",满足了他的好奇心。不久,两人就结为夫妇,私自在教堂举行了简单婚礼,之后才将这一消息告知双方的家庭。

休斯放弃了去澳大利亚的机会,决定在西尔维娅毕业后跟随她一起回到美国。西尔维娅答应了母校史密斯学院的邀请,于1957年5

---

[1] Plath, Sylvia. *Letters Home: Correspondence, 1950—1963*, Aurelia Schober Plath ed. New York: Harper Perennial, 1981, p.221.

月回去任教,休斯也在不远地方的马萨诸塞大学阿莫赛特分校讲授英语和创意写作课程。可是,这一执教生涯不到一年就结束了,因为西尔维娅发现自己的兴趣主要是在写作而不是学术研究上,她认为这两者是相互矛盾的,学术研究太过枯燥而且限制了写作中的想象空间。这段时间她也遭遇了创作中的瓶颈期,她将创造力的枯竭归咎于繁重的课程负担。对比鲜明的是,休斯的诗歌在美国受到了热烈欢迎,他的诗集《雨中鹰隼》(The Hawk in the Rain)同时在英美两国出版,好评连连,声誉鹊起。休斯也受到了许多女学生的追捧,关于他和其他异性的议论也引起西尔维娅的猜忌。诸多因素促使她做出决定,放弃在史密斯学院的教职,和休斯搬到了波士顿专心从事创作,两人的收入来源主要靠稿费,生活拮据。为了补贴家用,西尔维娅找到一份兼职,到波士顿的一所医院从事秘书工作,这也为她近距离观察医院环境、接触病人档案提供了机会。而这一阶段,她的情绪又出现不稳定的状况,于是拜访心理医生重新列入日程。在和医生的交流中她意识到了自己内心中存在的对失败的恐惧,一旦在生活中出现失败的苗头,无论是在婚姻中还是写作中,都会导致她的情绪陷入极端的低落之中。在波士顿的这段时间,还有一件事对她此后的影响巨大,那就是她利用晚上的时间去旁听了诗人罗伯特·洛威尔在波士顿大学讲授的创意写作课程。在这个班上她结识了另一个旁听生——同样受精神疾病困扰的安妮·塞克斯顿。洛威尔的创作理念对这两位女诗人都产生了很大影响,她们诗歌的关注点开始从外部世界向内心转移,直面心灵的伤痛。这是自白派的几位诗人为时不长的交集,却决定了西尔维娅诗歌风格的一次突变。

1959年秋,休斯和普拉斯获得了一次机会,到纽约的雅多庄园"写作者之家"从事两个月的专心写作。这段时间是西尔维娅诗歌创作的一个高峰期,她和休斯通过冥想、催眠、占卜等集中注意力的训练来进行创作,写出了一批优秀的诗作,并开始编订她的第一部诗集《巨像及其他》(*The Colossus and Other Poems*)。西尔维娅发现自己怀有身孕后,便和休斯商量去英国生活两年,并乘坐轮船跨洋来到伦敦定居。好消息紧接着从大洋彼岸传来,《巨像及其他》被出版社接受,而此时英国的文学杂志也同意发表她的诗作。而休斯的声名更胜一筹,他获得了毛姆文学奖(Somerset Maugham Award)并得到了大师T. S. 艾略特的邀请,与西尔维娅一起去参加家庭宴会。相形之下,《巨像及其他》的反响就显得平淡了许多。普拉斯察觉到自己更多的是作为休斯的妻子被诗歌圈接受,而不是独立的诗人。加上女儿弗里达(Frieda)的出生,成为母亲的喜悦迅速被要承担的家庭义务淹没了,她不得不腾出大量时间照顾孩子,从事家庭劳动,这些都让她心烦意乱,无法集中精力在创作上。而随后所经历的流产和阑尾炎手术,更让她以切身的经验去重新认识性别身份、思考女性的命运。她在自我和家庭的尖锐矛盾冲突中挤出时间坚持写作,女性的困境问题成为诗歌的中心话题,而一部自传体小说《钟形罩》(*The Bell Jar*)也于1961年8月完稿。

　　在城市居住了很长一段时间后,休斯夫妇想换一个环境,于是决定搬到德文郡乡间的一处房子去,此时又怀有身孕的西尔维娅,也渴望获得更大的空间和更多的时间从事写作。他们的儿子尼古拉斯,于1962年1月降生。搬家后,他们把伦敦的房子转租给了另一对夫妇——加拿大诗人戴维·韦维尔（David Wevill）和他的妻子阿霞·韦维尔（Assia Wevill）。阿霞风姿绰约，在嫁给戴维前已经结过两次婚，据说她喜欢公然调情，尤其对诗人感兴趣。在一个周末，休斯邀请韦维尔夫妇到他们在德文的房子做客，西尔维娅无意中发现自己的丈夫和阿霞在厨房里有亲昵行为，此后两人便争吵不断。两人讨论过离婚问题，休斯不久便从家里搬了出去，西尔维娅独自带着两个孩子在乡间生活，两人进入分居状态，婚姻到了破裂的边缘。在这段时间里，西尔维娅曾有一次驾车外出发生了意外事故，据朋友说她的精神处于歇斯底里的状态，这次事故被怀疑具有自杀倾向。紧接着的爱尔兰旅行也没有修复两人的关系，西尔维娅孤零零地一个人回到住所。令人惊异的是，这一变故反而触发了她写作状态上的一次喷发，1962年10月期间，她几乎每天清晨早起写作，一个月写下了26首诗。她最著名的作品，如《爱丽尔》（"Ariel"）、《爹地》（"Daddy"）、《拉撒路夫人》（"Lady Lazarus"）以及"蜜蜂组诗"等，都是在这个月完成的。她还集中编选了自己的第二部诗集，最终确定诗集的名字为"爱丽尔"。这些诗不可避免涉及她和休斯的关系，但又远远超出了个人生活经历的特殊性。诗集中的作品，是一个情感激越的女诗人对自我的认识，对女性及其所处社会的审视，对摆脱现实困境的反思。而许多诗中所呈现出的对死亡的迷恋也仿佛是对个人命运的预言，《爱丽尔》因此成了这位天才女诗人高音回荡的绝唱。

诗集里的一些作品，同样流露出对爱的渴望，以及对重新开始新生活的向往。而重返伦敦的选择，似乎也表明西尔维娅已下决心从丈夫背叛的糟糕处境中走出来，以全新的自我投入她所钟情的写作事业。当她在伦敦找到一个寓所,并发现这个寓所曾是著名诗人威廉·巴特勒·叶芝的旧居时,不禁喜出望外,想尽办法将其租下,并马上搬了进去。只是等待她的,却是伦敦历史上百年难遇的一个严寒的冬天,能源的供应不足也导致住所经常断电断气,生活条件十分艰苦。在经历了"爱丽尔"的火山喷发之后,她的诗歌写作也面临一个新的停滞期,如何突破也成了横亘在她面前的一大问题。于是,种种挫败感如洪水般向她袭来,她的精神处于恍惚状态,极不稳定。终于,在1963年2月11日,西尔维娅为孩子们准备好早餐后,将厨房密封,打开煤气,将头搁在煤气灶上结束了自己的生命。

普拉斯逝世后,休斯坚持将她葬在英国他家族的墓地。她的墓碑,伫立在西约克郡的旷野间。休斯选用了《薄伽梵歌》中的句子刻在墓碑上纪念他的妻子:"烈焰之中也能种出金莲。"(Even amidst fierce flames the golden lotus can be planted.)普拉斯的生命,就如熊熊燃烧的火焰,迅速耗尽了自己,而她呕心沥血浇灌出的诗篇,正如金色莲花,夺目的光彩永不磨灭。

二

普拉斯的文学创作,主要成就体现在诗歌上,她还留下了一部长篇小说《钟形罩》和若干短篇小说。她生前仅出版过一部诗集《巨像及其他》。这部诗集于1960年10月由海涅曼出版公司推出,起初普拉斯对诗集的出版相当兴奋,也有评论家称赞其中的作品"有一种严肃稳重的气派","语言直率","生动准确","比例协调",显示出作者"专注的心态"[1],但是总的来说,该诗集的反响并不热烈。普拉斯自己后来也对这部诗集不太满意,她说对《巨像及其他》中的作品,"现在连一首诗都朗读不出来"[2],它们"令人生厌",因为没有展现出明晰性。

去世前,普拉斯在一个文件夹里留下一部编选好的诗集《爱丽尔》(Ariel)。这部诗集收录写于1960—1962年间的诗歌41首,其中写于1962年的诗歌占据了34首。1965年休斯将《爱丽尔》交付出版,去除了普拉斯选定的12首,又另外增加了15首。新增的15首中包含写于1960年的1首,1962年的5首,1963年的9首。出版后,休斯对诗集的调整几乎成了一桩公案,休斯的解释是,他认为有些诗歌具有人身攻击性。但读者中也有人指责休斯主观的"审查"是另一种形式的"谋杀",认为他删去了对其不利的诗,掠夺了原作者的权利。后来,休斯和普拉斯的女儿弗里达·休斯直接将普拉斯的《爱丽尔》手稿交付出版,以原始状态呈现出普拉斯用打字机敲出的底稿以及用笔涂改的痕迹,弗里达还借该书出版的机会为她的父亲辩护,声言父亲是和蔼与沉静的,抵制对休斯的妖魔化倾向。无论如何,诗集《爱丽尔》堪称普拉斯的代表作,而1962年则是普拉斯创作的顶峰期。这部诗集中的绝大多数诗篇写于他们夫妻关系破裂,休斯与阿霞·韦维

---

[1] 语出评论家A.阿尔瓦雷斯刊于《观察家报》的评论。参见[英]安妮·史蒂文森:《苦涩的名声——西尔维亚·普拉斯的一生》,王增澄译,北京:昆仑出版社2004年版,第231页。

[2] Plath, Sylvia. *Letters Home: Correspondence*, 1950—1963, Aurelia Schober Plath ed. New York: Harper Perennial, 1981, p.399.

尔私情曝光之后,普拉斯在极度的悲伤、压抑、愤怒与狂躁中如火山爆发,从笔端喷射出血与泪的熔浆。这种情绪一直延续到她自杀之前。由于《爱丽尔》编定之后普拉斯仍然在继续创作,所以休斯将她此后写于1963年的9首诗选入仍是有道理的。《爱丽尔》出版后,得到普遍好评,其后的研究者研究普拉斯的诗,也主要聚焦于《爱丽尔》中的诗。爱琳·艾尔德(Eileen Aird)指出,普拉斯在《爱丽尔》中展现出其独特性,这种独特性正在于她能够自始至终将女性的家庭、生育、婚姻等包含着悲剧的世界暴露无遗[1]。直到今天,《爱丽尔》仍然持续不断地引起诗人和批评家们的关注,诗人霍诺·摩尔(Honor Moore)就将《爱丽尔》的出版作为女性诗歌运动的标志性事件,认为普拉斯"不再是一个孤立的受害者形象,而是新女性文学观念的代言人",因为她的诗"技艺非凡","毫不妥协地以众多女性拥护的声音,描绘了女性的愤怒、纠结和悲伤"[2]。《爱丽尔》中的许多诗篇,一直是研究者重点关注的对象,引发了诸多角度的细致分析,而重中之重又在《爱丽尔》、《拉撒路夫人》、《爹地》、《美杜莎》("Medusa")、"蜜蜂组诗"(共5首)等,这些诗歌是诗人在痛苦与郁闷中的尖叫,愤怒诗人的鲜明形象,化为精灵"爱丽尔",期待着涅槃的火焰将自己燃烧。

此外,休斯还于20世纪70年代编选出版了普拉斯的另外两部诗集《渡水》(*Crossing the Water*)、《冬天的树》(*Winter Trees*),并在

---

[1] Aird, Eileen. *Sylvia Plath: Her Life and Work*. Edinburgh: Oliver & Boyd, 1973, p.14.
[2] Moore, Honor. "After Ariel: Celebrating the Poetry of the Women's Movement", *Boston Review*, March/April, 2009.

1981年编选出版了《普拉斯诗选》(The Collected Poems)。其中《渡水》和《冬天的树》是选集,《普拉斯诗选》则基本囊括了普拉斯1956年后的全部诗作。《渡水》和《冬天的树》两部诗集,可以看作休斯依照他个人的审美标准并结合出版者意见对普拉斯诗歌的精选。其中《渡水》跨度较大,既有1956年的,也有1962年的,与《巨像及其他》中重复选入的有9首。但其他诗歌基本创作于《爱丽尔》集中诗歌创作之前,尤其是以单篇形式选入了组诗《生日诗篇》,可以看作普拉斯过渡时期创作的汇集。《冬天的树》诗集中只有诗歌20首,创作时间比较集中,大致与《爱丽尔》诗集中的诗歌重合,其中与《爱丽尔》中重复选入的诗歌有9首,另外选入了广播诗剧《三个女人:一首三种声音的诗》("Three Women: A Poem for Three Voices")。《普拉斯诗选》出版于1981年,以编年形式收入诗歌274首,另以附录形式收入1956年前的作品50首(普拉斯1956年之前的诗作大约有220首,休斯认为这些早期作品相对稚嫩,因此没有全部收录)。这部诗选是普拉斯诗歌的一次全面展示,为读者全面了解、观察、研究普拉斯的诗歌创作提供了极佳的蓝本。

  通过对几部诗集的比较分析,至少可以得出两条结论:一是要了解普拉斯的诗歌、把握其艺术特色,诗集《爱丽尔》无疑是首要选择,这是诗人的呕心沥血之作。尤其要从诗人自己选定的篇目切入,同时兼及同时期的其他作品。而要掌握普拉斯的诗歌全貌、系统梳理其创作历程,则要倚仗《普拉斯诗选》的全景式结构。二是普拉斯的创作有阶段性,她的诗艺是日臻成熟的,《爱丽尔》代表了她的顶峰期。但《爱丽尔》不是横空出世的,诗艺的不断积累和突破,为其最后的高潮喷发奠定了基础。休斯也说,普拉斯的诗歌,在不到八年的时间里,一直在快速地发生蜕变,几乎每隔一段时间都展现出丰富而醒目的变化。因此,即便在如此短的创作时间之中,依然能够分出层次,可以尝试对其过程进行分期,找出不同阶段的特点,从而绘出其跃升的轨迹。

事实上,有洞察力的读者和批评家早已察觉出了普拉斯创作的阶段性。休斯将其分为三个阶段:其一是1956年之前的早期作品;其二是1956—1962年之间的作品;其三是以《爱丽尔》为代表的高峰期作品[1]。这里的问题是,他似乎将普拉斯从美国到剑桥作为一个划分标志,对1956—1962年期间的演变未做区分。而英国桂冠诗人卡罗尔·安·达菲(Carol Ann Duffy)在她所编选的《普拉斯诗选》中,虽未明确说其阶段性,却在目录中有意将她选出的普拉斯诗歌分成了三个部分,大致划分为:1956—1960、1960—1961以及1962年的高峰时期[2]。而爱尔兰著名诗人谢默思·希尼(Seamus Heaney),在出色的专论普拉斯的文章《不倦的蹄音:西尔维娅·普拉斯》中,专门剖析了普拉斯诗歌创作的三个不同阶段:在第一个阶段,普拉斯"逐渐将自己的诗歌注意力向内聚集,并找到了一种自我探测的独特方法","这种方法时而基于个人经验的语言化,使之成为象征或图像;时而基于自传素材和神话内容的混淆"。在这一阶段,诗歌技巧是关注的重点,舌头所管辖的格律、节奏、词汇、声韵努力以可信的语言形

---

[1] Hughes, Ted. "Introduction". in Plath, Sylvia. *The Collected Poems*, Ted Hughes ed. New York: Harper & Row, 1981, pp.15–16.
[2] 参见Plath, Sylvia. *Sylvia Plath Poems*, chosen by Carol Ann Duffy. London: Faber and Faber, 2014, pp.vii–ix。

式传达出经验。到了第二阶段,普拉斯的诗歌艺术已经"和个人精神与现实家庭生活的可怕压力之间保持着快乐的平衡",自我意志在膨胀,生命激情在绽放,她在诗歌中铺展着自身,写作领域自觉缩小到一个更精确、更敏感、更私密、更少限制,也更波涛汹涌的领域。诗歌中并没有出现一种持续的绝望或手足无措,相反,可怕的冷静和坚定主宰着旋律,这种冷静与她诗歌意象的阴暗、疯狂对比鲜明,读者甚至诗人自己都已被诗歌超越,诗歌"升起和沉落都超出了诗人的控制",自我仿佛成了一个"梦游者",被悬置在生与死的边缘。这样,普拉斯的诗歌过渡到了第三个阶段:"诗行是客观的,有着完美的节制,一种已经在等待着这首诗的、对时间和空间的敏捷而熟练的标定终于实现了。"[1]

希尼的论述展现了诗人对诗艺的敏感,有他的高妙之处,尤其是他并没有为了抬高《爱丽尔》中的诗而对普拉斯的早期创作给予贬评,相反他认为这是一个优秀诗人成长过程中的必然阶段,正是这一时期在诗歌技艺上近乎苛求般的精益求精为此后的喷发做好了准备。这就将这一时期的创作从"爱丽尔"的婢女地位上解放出来,还其以应有的尊重。但是,希尼并没有从时间段上进行划定,这三个阶段之间的临界是语焉不详的,但我们可以大致揣度第一个阶段是诗集《巨像及其他》出版之前,普拉斯精心用词语的石块搭设充满形式感的语言雕像;第三个阶段是《爱丽尔》创作阶段,普拉斯已经蜕变成用词语

---

[1] [爱尔兰]西默斯·希尼:《不倦的蹄音:西尔维娅·普拉斯》,见西默斯·希尼:《希尼诗文集》,穆青译,北京:作家出版社2001年版,第400,409,412,414,402页。

利器对抗情感风暴的精灵"爱丽尔",飞翔在抒情的高空与死亡的边缘;两者之间是过渡性的第二阶段。休斯应该也意识到了这个中间阶段,他特别为此编选了诗集《渡水》:"渡水"即过渡,意味着从此岸到彼岸。选择诗歌《渡水》之题为诗集命名,休斯看来是有深意的。

由此可以将普拉斯1956年之后的创作划分为三个阶段:"巨像"积累阶段(1959年《巨像及其他》中诗歌创作时期及之前);"渡水"过渡阶段(1960—1961年);"爱丽尔"高峰阶段(1962年创作《爱丽尔》中作品直至去世)。这三个阶段的诗呈现出不同的风格:

1."巨像"积累阶段

诗集《巨像及其他》出版于1960年,但其中的诗全部写于1960年之前,创作时间最晚的一首是《蘑菇》("Mushrooms"),写于1959年11月13日,因此可以大致将1960年之前划作第一阶段。对这一阶段,普拉斯本人后来基本是否定的。但诗人自己对早期作品有所不满,这几乎是普遍性的现象。刺激诗人不断推出新作品的动力,常常就是对前作的否弃。对这一时期的诗歌,诗人自己或许认为过于关注布局、押韵、音步等形式要素,但这个过程却让诗人掌握了诗歌的门道,为此后的爆发积累了诗歌技术的经验,这是很重要的。在这一时期,还有一个事件不可忽视,那就是1957年普拉斯师从洛威尔学诗,这也给普拉斯的诗歌带来了明显变化:我们可以看到,1956年的诗更注重形式感,有些诗甚至有炫技的嫌疑,主题多是触物或触景伤情,情感多较温和;而1957年之后的诗形式趋向自由,仿佛挣脱了束缚,而主题也开始伸向个人化的领域,如《巨像》("The Colossus")、《烦人的缪斯》("The Disquieting Muses")、《隐喻》("Metaphors")、《养蜂人的女儿》("The Beekeeper's Daughter")所做的那样。

2. "渡水"过渡阶段

　　这个阶段,普拉斯有意识地开始探索在诗歌中更多融入个人的经验,并小心翼翼地向私密领域潜进。也许是还略显羞赧,也许是还尚未完全摆脱形式格律的遗风,普拉斯还只是试探性地放开手脚,有时候表达并不那么"袒露",有些诗歌显得含蓄而遮掩。但在这一阶段,她几乎放弃了冗长的句式,诗行逐渐紧凑而洗练。这几年里普拉斯也有过怀孕、生子、流产等女性经验,催生出《东方三贤》("Magi")、《蜡烛》("Candles")等以孩子为表现对象的诗歌以及《不孕的女人》("Barren Woman")、《沉重的女人》("Heavy Women")等涉及女性经验的作品;她还因为阑尾手术住院治疗了一段时间,她身体所受、眼中所见则是《敷着石膏》("In Plaster")、《郁金香》("Tulips")、《凌晨两点的手术师》("The Surgeon at 2 a.m.")等医院诗的滥觞。这一阶段,普拉斯有意拓宽诗歌主题,关注个人经验,并反复寻求与诗歌技艺取得平衡,这些必要的磨合为"爱丽尔"时期的大放异彩做好了准备。

3. "爱丽尔"高峰阶段

　　普拉斯自己编定篇目的诗集《爱丽尔》中,写作时间最早的是1960年的《你是》("You're"),它与写于同年的《东方三贤》,以及次年的《晨歌》("Morning Song")、《不孕的女人》、《月亮与紫杉树》("The Moon and the Yew Tree")共同作为"爱丽尔"时期的序曲为

1962年的华丽表演揭开了帷幕。这一高峰时期，随着与休斯的分居愈演愈烈，她狂热的诗情一发而不可收，不可遏止的极端激情一直延续到她选择自尽结束生命。普拉斯编定《爱丽尔》是在1962年底，而在1963年普拉斯仍然笔耕不辍，所以应该把1963年的作品归入高峰时期。最后的一年，《雾中羊》("Sheep in Fog")是对死亡世界的一次试探性观望，《舞男》("Gigilo")继续控诉并嘲讽男性权威，《孩子》("Child")充满爱怜地惜别骨肉，《边缘》("Edge")则抵达了死亡的边缘，与世界斩钉截铁地告别……"爱丽尔"时期的诗，不再拘泥于任何形式，娴熟的诗艺已内化为一种自如的控制力，只是随着情感起伏自然吐露，而不需要制作"模型"，诗人也不再刻意地去寻求主题的升华或意象的提炼，神话资源的化用也不再是生硬地将生活寓言化而是信手拈来，并具有了沉甸甸的重量和柔韧的张力。希尼将普拉斯最后的诗作比作"一只甩动尾巴的老虎"，"令人震惊"但又"不容辩驳"[1]，"爱丽尔"时期的诗歌一扫过去女性诗歌的温婉与谦卑，注入了一种强悍的令人颤栗的声音。普拉斯一直追求诗歌的可朗读性，在诗集《爱丽尔》编定后，她曾去伦敦BBC电台录制了其中的一些诗歌，她是用深邃、饱满的嗓音清晰而冷静地去朗读这些诗的，但这种嗓音同样有坚定的力量。她的朗诵虽然不疾不徐，但依然给听众带来不安与惊惧的感受。普拉斯打动了她的听众和读者，她高峰时期的创作不仅仅是忘我的"表演"，更是舍我的绝唱。

---

[1]［爱尔兰］西默斯·希尼：《不倦的蹄音：西尔维娅·普拉斯》，见西默斯·希尼：《希尼诗文集》，穆青译，北京：作家出版社2001年版，第417页。

三

　　普拉斯诗歌的独特性，最令人过目难忘的，是诗歌所揭露出的个人经验的独特性。这种经验，既是洛威尔所倡导的"生活研究"，从自身最熟悉的私人生活中取材，也是将诗歌当作直面自己精神创痛的治疗手段，不断深入到心理深层，甚至从潜意识里挖掘出不可告人的秘密，通过诗的形式的讲述，以图疏泄心灵的焦虑。美国著名批评家哈罗德·布鲁姆(Harold Broom)指出，普拉斯诗歌的核心就在于焦虑，而确立其在诗歌史上的地位，则要依赖于读者，真正接受将"焦虑"作为审美的对象[1]。在大多数情况下，焦虑的产生是由于主体对客观世界危险性的判断和感受，它是一种情绪反应，一般表现为对危险的恐慌。对普拉斯而言，父亲的早逝在她童年时期即造成了她内心的不安全感，休斯的离弃也给她带来了未来的不确定性，而写作经常不被承认、时常感觉灵感的枯竭，也让她备受折磨。她的焦虑，一方面要求发泄，一方面又无法升华，或者说短暂的疏泄之后紧跟着更压抑的阻滞，从而造成弗洛伊德所言的"神经官能症"。有精神分析学家认为，普拉斯表现出的症状，是典型的具有极大危险性的"躁郁症"，认为这是导致她死亡的根源。

　　从诗歌表现层面来看，可以说她的焦虑至少具有三个层次：一是对外界环境的焦虑，对人际关系的恐惧，在她的诗里，叙述者所处的环

---

[1] 参见 Broom, Harold. "Intruduction". in *Sylvia Plath: Broom's Modern Critical Views*, updated edition, Harold Broom ed. New York：Infobase Publishing, 2007, pp.1-5。

境常被描述为"危险"的,极其普通的事物都会被看作不详的预兆,因此她对"月亮"、"榆树"、"空气"、"黑暗"无不感到恐慌;其二是来源于本我、自我与超我的冲突的道德焦虑,它体现为一种矛盾情绪,即对自我的痛恨,对那既爱又恨的客体的痛恨,两者同样强烈,所以,普拉斯的诗歌中弥漫着一种自毁的冲动,痛恨让她想毁掉这一个"我",而爱则让她想通过重生再造一个"我";其三是布鲁姆所说的"影响的焦虑",普拉斯无疑对写作有相当抱负,当她在现实之中处处碰壁,自然希望通过写作来实现自我,她想再造的"我",也可能是在语言中重建一个"自我",这个"言语自我"与现实自我既有一定程度的相似性,但又不像现实自我那样受到外界的限制,"言语自我"可由自己把握,其发展与完善可以抵消现实中的屡屡受挫。可是,对年轻的女诗人而言,这又谈何容易。横亘在普拉斯面前的,是英语诗歌传统中一座座令人仰视的高山,即使和同时代的许多女诗人比较,普拉斯也时常不自信。她对写作提出了要求,而写作也反过来要求她不断突破。在"爱丽尔"高峰时期,我们看到的就是她和写作之间亲密而胶着的持续较劲:她的经验和创造力在诗歌里喷发,而写作也不断催促她提供更新鲜、更震撼的经验,从而和其他前辈与同侪区别开来。而当死亡成为她"烦人的缪斯",成为她选择的用以言说的经验,以及突破瓶颈期的途径时,焦虑就具有了两面性:既激发了她的创造力,也导致了命运的悲剧。而纵观普拉斯的诗歌创作历程可以发现:在早期阶段,形式是她关注的重点,而过了这个阶段,她的每一次跃升,都是从内容题材另辟蹊径甚至剑走偏锋开始的。而普拉斯所偏好的诗歌题材,集中表现在家庭诗、女性经验诗、医院诗、死亡诗上。其中每一种类型,都有一定数量的作品,而且反复出现在她创作的不同时期。她影响力最大的诗、最能代表其艺术水准的诗,也主要集中在这几种类型上。

1. 家庭诗

在诗歌中记述、回忆家庭生活中的事件,表达对家庭成员的感情,这一类诗在普拉斯的作品中占有一定的比例,可以称之为家庭诗。在她的诗中,家庭的和睦气氛和血缘亲情几乎荡然无存,她对父母、丈夫等其他家庭成员的感情显得矛盾而复杂,唯有写给孩子的诗,还弥漫着母爱的温情。

她的名作《爹地》是这一类诗歌中的代表。这首惊世骇俗的诗中的父亲,被塑造成恶魔般的纳粹形象。诗歌一开篇就不客气地说自己生活在父亲的阴影中已经三十年,即使他早已不在人世。她扬言说要杀掉父亲以摆脱令人喘不过气的压抑,但父亲没有给她这次机会,"在我有机会下手前你就死了"。诗人随后以较大篇幅描绘了父亲在她心目中的形象的转变过程:先是顶天立地的神灵般的雕像,而由于具有纯正的德国血统,便和纳粹联系到了一起,而女儿在父亲面前犹如犹太人,战战兢兢,噤若寒蝉,心中满是敬畏。接着父亲又变身为恶魔和吸血鬼,有"野兽残暴的、残暴的心",把女儿的"小红心脏咬成了两半",并将她拉到"拉肢台和螺旋刑具"前。在严刑伺候面前,女儿只能表示愿意招供,而她的供词却流露出对父亲的复杂情感,既爱又恨,既充满崇敬又畏惧万分,她甚至愿意随同父亲一起去死,以极端的方式回到父亲身边。对父亲的这种复杂情感,同样流露在《水深五英寻》("Full Fathom Five")、《巨像》、《厄勒克特拉身临杜鹃花路》("Electra on Azalea Path")、《养蜂人的女儿》、《小赋格曲》("Little Fugue")等诗中,当她在诗中以厄勒克特拉自拟时,"恋父情结"就昭然若揭了。

"恋父"如果成为"情结",还意味着存在一个竞争爱的对手的母亲。普拉斯对母亲的情感更为复杂。父亲去世后,普拉斯和弟弟与母亲相依为命,她对母亲是依恋的。普拉斯始终保持着给母亲写信的习惯,从这些家书中我们可以看到母亲是普拉斯无话不谈的交流对象,她在家书中与母亲分享成功的喜悦,也向她倾诉情感上的苦闷。可是,在诗歌中,她却流露出潜意识深处隐藏的对母亲的恨意。早期的诗作《烦人的缪斯》,是对画家基里科画作的借题发挥,抱怨母亲仅仅关心她的生活和功名,却忽视了她精神上的抑郁。到了《月亮与紫杉树》,当父母亲同时出现时,母亲就成了冷漠的月亮,是高大的紫杉般的父亲的反衬。这种恨意在《美杜莎》中达到了顶点:母亲化身为希腊神话中的蛇发女妖美杜莎,面目狰狞,将女儿笼罩在令人窒息的爱的空气里。母亲的关心转变为了监视,是对私人生活的干涉。最后,女儿终于鼓足勇气发出反抗的怨言,表示"对这刺激性的咸味厌恶得要死",希望不对等的母女关系能够终结。然而,对母亲的怨恨仅仅出现在诗中,普拉斯自己也担心母亲看到《美杜莎》后感情上会受不了。写《美杜莎》之后两天内,普拉斯又给母亲传书两封,诉说在病中的孤独无依,并渴望得到亲人的关爱,意识到"家庭是不可或缺的"[1],这说明普拉斯对母亲的情感也同样具有两面性。

---

[1] Plath, Sylvia. *Letters Home: Correspondence*, 1950—1963, Aurelia Schober Plath ed. New York: Harper Perennial, 1992, pp.468 – 470.

休斯出现在普拉斯诗歌之中的形象，随着两人情感关系的起伏和婚姻的变故而发生了明显的变化。当他们处于热恋之中时，普拉斯认为休斯英俊伟岸，充满男子气概，她对休斯不吝赞美之词，一首诗甚至直接命名为《特德颂》("Ode for Ted")。在另一首写于两人初次相遇不久的诗歌《追随》("Pursuit")中，休斯幻化成一只豹子，普拉斯则沉浸在爱的狂热之中，甘心成为猎物，即使命中注定这爱和死亡织缠在一起也在所不惜。可婚后相处一段时间之后，家庭生活中的琐屑，不可避免的摩擦让普拉斯对婚姻有了新的思考，《动物园管理员的妻子》("Zoo Keeper's Wife")中已经有了一些怨言，而在《捕兔器》("The Rabbit Catcher")中，婚姻已演化为赤裸裸的另一种追猎："而我们，也同样，存在某种关系——／我们之间有紧紧的金属线，／钩子太深无法拔出，而一个念头仿佛指环／滑落下来罩住某个稍纵即逝的东西，／这种压迫感也正在谋害我。"当夫妻感情出现裂痕后，休斯更被描绘成了负心汉。《事件》("Event")、《听到的话，不经意间，从听筒上》("Words Heard, by Accident, over the Phone")、《那令人害怕的》("The Fearful")、《监狱看守》("The Jailor")都直接涉及了婚姻中的变故，这些诗歌中的休斯，是遭到遗弃的妻子声讨的对象，被指控为不幸与痛苦的根源。

　　普拉斯也有一批写给孩子的诗：《晨歌》的语调一反普拉斯其他诗歌中常有的决绝、痛苦、疯狂，仿佛爱的乐章，从中可看到一个细心、充满柔情的母亲形象；《蜡烛》中，母亲就像温柔烛光，这"最后的浪漫派"；《东方三贤》中，她宣称母爱，"乳汁之母，决不是空头理论"，而是母亲心甘情愿的奉献；即使是在精神濒于崩溃的自尽前夕，她仍然考虑带给孩子何种礼物："你清澈的眼睛是绝对完美之物。／我将填满它,用色彩和鸭子/有各种新奇的动物园",可是,面对"纷乱的拧绞的双手","这"晦暗的天花板,没有一颗星",当对孩子的爱已无法抵御对生活的失望,无法克制对再生的渴求,普拉斯只能写下《孩子》这样一首无限依恋的诗,与至爱诀别。值得注意的是,这些写给孩子的诗还包含着另外一个主题,就是由生育带来的女性身体和身份的变化:成为母亲并抚育子女,这也是女性身心所经历的重要经验,由此,写给孩子的诗,也是成为母亲的诗人书写母性经验的诗。

2. 女性经验诗

在诗中,普拉斯时常将女性特殊的生理器官作为意象直接写到诗歌之中,比如乳房、卵巢、子宫等,这些器官显然是标明性别的外显标志。除此之外,她还将笔触伸向了涉及女性独特生理体验的题材,比如月经、怀孕、分娩、流产等,只是这些描写,有些是直接呈现,有些则是通过隐喻。当然,普拉斯对身体经验的描述往往还和心理体验结合起来,这说明她认为女性的身心同样具有统一性。在《晨歌》里,就有对分娩的描写。而《国会山原野》("Parliament Hill Fields")看似描绘原野风光,实则疏泄流产后失去未成形的胎儿的伤痛感受。整首诗,就是一位流产的母亲对胎儿的挽歌。普拉斯还用韵文写过题为《三个女人》的广播诗剧,"某种意义上是扼要重述以往的往事","三种声音,差不多很像脱离现实的子宫里发出的声音"[1],包括妊娠阶段对

---

[1] [英]安妮·史蒂文森:《苦涩的名声——西尔维亚·普拉斯的一生》,王增澄译,北京:昆仑出版社 2004 年版,第 263 页。

怀孕的恐惧、对流产的伤怀、分娩时的复杂情感等。她在剧中构造出的三个女人的嗓音，实际都糅进了诗人自身的独特感受。有意思的是，在她看来，女人如果没有性经验，没有经历过怀孕与分娩，就没有获得作为女人的完整性。

普拉斯写过大量以女性形象和女性生活为表现对象的诗歌，透露出她对女性社会身份的认识。在人生的不同阶段，随着自身身份的转变、婚姻的变故，以及人生阅历的逐步丰富，她的认识也发生了阶段性的变化。在早年的诗歌中，她就曾多次写到老处女，认为她们的命运是悲惨的。而在《不孕的女人》中，她则将其转喻为一尊雕像，没有生气，也从来没有获得过生命。在她的意识里，女性的自我确证不能仅仅通过自我认同来实现，女性仍需在与他人尤其是与男性的关系中寻得实现自身的途径。只有在生命中完成了主妇、妻子、母亲所有的角色，最后才能成为一个完整的女人。如此看来，普拉斯关于女性的"自我"实现的看法，依然是充满矛盾的。而婚姻生活中的女性，也是她书写的重点所在。她侧重描述家庭对女性个性的戕害，以悲剧性的口吻反思女性的命运，并直接将愤怒之火对准了男性世界的威权。《侦探》（"The Detective"）就描述了在繁重的家庭劳动中被"谋害"的女性，虽然没有挑明凶手，但显然指向了男性，以及围绕其建立起来的家庭和社会制度。类似的诗还有一些，最集中的体现是"蜜蜂组诗"。她选取非常熟悉的蜜蜂作为对象，以五首诗分别探讨女性与社会、家庭、历史、写作的关系以及女性的自我认识，以"蜜蜂世界"来反观女性世界，寻找女性陷入困境的根源，并探求女性获得自由的出路。虽然她在《过冬》（"Wintering"）中为女性描绘了即将到来的春天，但她自己却选择自杀来结束生命,就像《蜂群》("The Swarm")中的蜜蜂们所做的那样,用生命来捍卫尊严,到死亡中去寻找解脱以获得自由。这正是她内心矛盾激化的结局。而对蜜蜂社会的描述,对它的阶层的分析,对蜂后地位和命运的揭示,实则是置身现实中的女性从另一个侧面对人类社会制度的自觉反思,对唤醒泥陷于男性中心主义不公平的社会制度中的女性起到了振聋发聩的作用。

3. 医院诗

医院诗在普拉斯的诗中也占有一定比例。她不动声色地将医院里的各种场景移置到诗歌中,这种不动声色看似冷静,实则隐藏着冷冰冰的残酷。的确,面对着手术台、白色床单、针、镇静剂、麻醉剂、浸泡在福尔马林里的婴儿,不动声色的克制所指向的可能正是被压抑的随时可能爆发的内心风暴。普拉斯对医院题材的偏好来源于她实际的生活经验。普拉斯曾经多次接受过精神病的治疗,医院无疑是她经常去的场所,而且她曾在马萨诸塞州总医院门诊部担任过秘书工作。这样的经历为她提供了相当丰富的素材,她把她在医院所观察到的、经历过的事情客观地记录到诗歌里。对于手术,普拉斯似乎并不感到恐惧,她甚至津津乐道其中的过程。接受精神治疗时,普拉斯曾多次接受过电惊厥疗法,即经受电击。这一过程仿佛一段梦魇,让普拉斯始终心有余悸。在施加"酷刑"的医生眼中,病人仿佛是没有感觉的物体,丝毫引不起他们的怜悯:"现在他们把我像一只电灯泡一样点着,/好几个星期我什么都想不起。"(《生日诗篇》)甚至这些医生还因为对病人的控制而获得了满足感:"加热钳子,举起精致的小榔头。/电流搅动着电线/一伏特又一伏特……"(《石像》)普拉斯向读者展示的正是作为病人的自己遭受的肉体和心灵的伤害,她在诗中对细节的刻画毫无保留甚至乐此不疲。而在这一类诗中,她同样展现出矛盾的态度,她对医院场景的描述时而露出受虐的快感,时而排斥健康的希望,更憧憬死亡降临。于是,《敷着石膏》里,石膏就完成了另一个"我"的塑形,仿佛是另一个生命在和旧的自我对话,而《郁金香》,则在手术过程中到死亡边缘走了一遭,她所向往的,令人奇怪的,不是充满活力的生命,而是死亡那迷人的白色的宁静。

4. 死亡诗

　　普拉斯热衷于谈论死亡,在早期和过渡时期,她就写过一些具有哥特风格的墓地诗和葬礼诗,营造阴森恐怖的环境,描述面对他人死亡时的感受,而到了后期,她甚至迷恋上了死亡,津津乐道地书写对死亡的矛盾而复杂的心态:担忧、恐惧、向往、狂热——"爱丽尔"时期的诗作,简直可以看作一部死亡笔记。阿尔瓦雷斯(A. Alvarez)将普拉斯迷恋死亡归因于与休斯分居导致的普拉斯心理上产生的与童年时父亲去世相似的被抛弃感,以及前一年车祸中经历过死亡而觉得获得了谈论的资格。但同样不能忽视的是,在诗歌中肆意体验死亡也给普拉斯带来了精神上缓解巨大压抑的替代性满足。死亡诗带给诗人的,正是安妮·史蒂文森(Anne Stevenson)所说的"苦涩的名声"。

　　在普拉斯短暂的生命中,自杀是反复出现的。她很早就尝试过以多种方式自杀,比如割脉、吃安眠药,还有故意在滑雪时造成事故。但除了最后一次死于煤气中毒外,其他几次都获得了拯救。在《拉撒路夫人》中,普拉斯以自豪的腔调谈到了自杀体验:"我又做了一次。/每隔十年/我都会来一次——"自杀在普拉斯看来仿佛并不意味着生命的结束,她甚至为此约定了重复的周期——每十年一次,因此可以多次体验——"我是个微微笑的女人。/我只有三十岁。/像猫一样,我可以死九次。"正是骄傲于自己拥有如此非凡的勇气和高超的技术,普拉斯像得意于自己的艺术创作一样,谈论起自杀,她也是得意洋洋,并宣称"死亡/是一种艺术"。自杀成了激发艺术创作灵感的源泉,同时,自杀本身也成了一件艺术作品。

普拉斯的大多死亡诗,都展示出由生到死再到生的循环结构:诗人憧憬死亡,渴望以死摆脱生的荒诞,似乎虚无的并不是死而是现世的生;其后死亡如其所愿到来,或者她主动靠近死亡,此时的死成为她自觉皈依的仪式;这一转换并没有因此终结,生命虽已消逝,但灵魂并没有随之逝去,正因为摆脱了肉体而获得了精神的重生。这一"生—死—重生"的循环结构在《拉撒路夫人》一诗中被排演成了一出三幕剧,在《爱丽尔》中被转喻为骑在马上由飞驰到飞升的过程,在《高烧103度》("Fever 103°")、《到那边去》("Getting There")、《死亡公司》("Death & Co.")、《雾中羊》等诗中也展现出戏剧性的场景变化。体验死亡似乎并不是唯一目的,追求重生才是死亡诗的隐在主题,甚至是普拉斯诗歌的中心主题。朱迪思·科罗尔(Judith Kroll)说:"在普拉斯的诗中,有一个压倒一切的关注:重生或超越的问题。几乎她诗中的一切都围绕着声明或设想解决这个问题而展开","普拉斯生命中最后的数首诗明确地怀有净化自身之意,这就不仅仅是为了重新回到人际之间的意图,而是为了寻找存在的新的方式"[1]。在这个意义上,普拉斯对生活的彻底失望所产生的幻灭感,已经不是仪式性的死亡所能够涤除的,对死亡的亲近与迷恋也就成了为艺术的献身。只有放弃这一个"我",才能像"露珠"和"箭",冲进"清晨的大锅"。这就是普拉斯"爱丽尔"时期的高峰:诗歌与死亡作为她极其珍爱的艺术,通过节奏变化、情感起伏、音调回旋如影附形地缠在一起,在生命戛然而止的瞬间突然交相迸发出绚烂的光芒,就像另一种形式的"新生",就像是超越肉身叩问永恒的"涅槃"。

四

编选这部书时,笔者更多考虑的是,如何从普拉斯的四百多首诗歌中选出一些篇目,既要能彰显其诗歌的主要艺术特色,同时还能反映出其诗歌发展的路径和轨迹。最终采取的方案是,在第一部分的"精读"部分,首先挑选出了普拉斯最重要的,无论如何不能绕开的代表作,即"爱丽尔"高峰时期的重要作品:《爱丽尔》、《爹地》、《拉撒路夫人》,以及"蜜蜂组诗"中的三首进行细读。而为了让读者对其诗歌创作全貌有大致的了解,"精读"部分还选择了"巨像"阶段以及"渡水"过渡阶段若干诗篇进行分析。读者可通过具体诗篇的分析,比较不同阶段诗人创作上或明显或细微的变化。在此基础上,"精读"部

---

[1] Kroll, Judith. *Chapters in a Mythology: The Poetry of Sylvia Plath*. Gloucestershire: Sutton Publishing Limited, 2007, pp.3, 173.

分的其他篇目选择,则考虑照顾到普拉斯诗歌中的主要题材。在这19首诗中,《爹地》《巨像》《追随》《晨歌》《捕兔器》《美杜莎》、《烦人的缪斯》可以被归为家庭诗;《蜜蜂会》("The Bee Meeting")、《蜂蛰》("Stings")、《过冬》《侦探》《慕尼黑女模特》("The Munich Mannequins")大致被列入女性经验诗;《郁金香》是医院诗的代表;《爱丽尔》《拉撒路夫人》《边缘》《冬天的树》《渡水》《高烧103度》则是死亡诗。当然,有些诗歌也不能做截然的区分,往往一首诗中会出现多个主题的交织和回旋:如《爹地》中既有对父亲的勾勒,也有女性的自省,还有死亡的如影随形;而《郁金香》,同样也有医院诗和死亡诗两个声部等。

"精读"部分的最后一首,选择了普拉斯"巨像"积累时期的一首诗《烦人的缪斯》。这首诗看上去是一首家庭诗,描述对母亲的情感,而它的灵感,来自画家乔治·德·基里科的一幅画作。在视觉艺术等其他艺术门类中寻找诗歌创作的资源,是普拉斯诗歌写作曾在一段时间里常用的方法。她有十来首直接和现代美术作品相关的诗,而从很多即使不是直接和画作相关的诗中,也可以看到她从其他艺术门类中借鉴题材、表现技法的痕迹。因此将这首诗和基里科的画放在一起进行解读,可以看出其他艺术对普拉斯诗歌的影响,以及她如何调用其他艺术形式中的相关资源。有兴趣的读者,还可以细读同类型的其他作品,如《幽魂离去》("The Ghost's Leavetaking")、《战斗场景》("Battle-Scene")、《耍蛇人》("Snakecharmer")、《树里的处女》("Virgin in a Tree")等,并和保罗·克利(Paul Klee)、亨利·卢梭(Henri Rousseau)等人的对应作品参照分析。

"精读"部分诗的顺序,是笔者确定的。它跟随的是笔者的思路,即先让读者接触诗人最重要的作品,再选入一些不同时期的诗,让读者对诗人创作的几个阶段形成大致的认识,同时也尽可能选入诗人在家庭诗、女性经验诗、医院诗、死亡诗几个集中主题中的代表性作品。为了让读者辨认出这些作品的创作阶段,每首诗后都注明了写作时间:有些诗人自己留下了创作日期,有些无法确定日期的至少标明年份。对这19首诗歌进行比较细致的分析,希望帮助读者不仅加深对具体诗歌的理解,还能形成对普拉斯诗歌的总体认识。此外,笔者还选译了另外的30首诗,同样分布于从"巨像"到"爱丽尔"的不同阶段,并选入了青少年时期的一首诗《疯丫头的情歌》("Mad Girl's Love Song")。"选译"部分的诗,按照写作时间的先后顺序编排,其选择同样兼顾了几种突出的类型,可以看作是"精读"篇目的扩展。对这些诗,除了在必要的部分做了一些注释,没有提供更多的剖析,相信聪明的读者自会有更精彩的发现和更独到的解读。

笔者开始关注普拉斯的诗歌,起初的动机并非为了进行学术研究。十多年前,困惑于自己的诗歌写作过于平滑温婉,笔者迫切希望能有异质性的元素改变语言风格,而普拉斯后期诗歌中的"凶狠劲"吸引了笔者。通过各种渠道,笔者尽可能收集到了普拉斯诗歌的译文。那时能够找到的,只是很少的一部分,主要集中在"爱丽尔"时期的代表作,对它们的阅读也的确引起了笔者的兴趣,并尝试在自己的诗歌中加入更快的节奏、更犀利的语言,以及尝试处理一些更私人化的经验。但由于译文数量有限,加上不同版本的译文之间存在的差异所引起的疑惑,促使笔者找到休斯所编订的《普拉斯诗选》,直接阅读她诗歌的原文,并按照自己的理解进行翻译。而与此同时,笔者也恰恰在攻读比较文学与世界文学的硕士与博士学位,于是选题自然选择了普拉斯及其诗歌。这就要求关注点要更加全面,尽可能掌握更多的相关材料,不仅仅是她的诗歌文本,还要涉猎她的日记、书信、传记以及其他学者的相关研究。随着更多材料进入视野,笔者才发现:普拉斯的诗歌,前后期竟然轩然有别,过去自己仅仅看到了普拉斯诗歌的一鳞半爪,对她诗歌的研究远谈不上深入。就算是那些笔者非常熟悉的代表作,如果结合其他相关材料进行细读,有时甚至能从一个词语的背后找到一扇隐秘的门,通向更广阔的阐释空间……

读普拉斯的诗,有两种不同的方式。一是将它们都作为隐去作者的诗,将和作者相关的那些外部因素撇在一边,关注它们成其为优秀的诗的那些要素,任由语言的漩涡将阅读者带到激情的中心去,即使可能存在误读的可能。还有一种方式就是将这些诗歌和诗人联系在一起,由诗歌了解诗人,也通过了解诗人去解读诗歌。前一种,接近于诗人的视角;后一种,则带有学术研究的性质。坦率地说,在本书的写作过程中,笔者曾在这两种方式中有过犹豫,有时候也试图在两者之间取得某种平衡。但回过头来看,这种平衡似乎做得并不是太好,一旦将诗歌和诗人的人生经历联系起来,就会陷入细节爬梳之中,或者引入精神分析、女性主义批评方法来阐释,而在诗歌技艺上会有所忽视。好在这些技艺层面的领悟,与其求诸他人的讲解,不如依靠自己的直觉和对诗歌的悟性。在这一点上,相信许多读者会做得比笔者更好。

还要承认的一点就是,在一遍遍重读普拉斯诗歌之后,笔者越来越怀疑自己是不是一个合格的阐释者。重要的原因在于性别和性格上的差异。而文字上的理解,离情感上的共鸣还差得很远。没有处于诗人那样的环境之中,没有和她类似的童年经验和生活遭遇,的确很难体会诗人内心的煎熬,也很难体会焦虑如何转化为巨大的诗歌创造力,很难准确捕捉死亡向她发散出的致命吸引力。当然,要找到一个和她具有类似心理特征的女性读者来解读她的诗,既是困难的,也是危险的。与其这样,不如承认对普拉斯的解读,都极有可能是一种误读,对中国的读者更是如此。美国著名文学批评家哈罗德·布鲁姆说过,阅读"是一种延迟的、几乎不可能的行为,如果更强调一下的话,那么,阅读总是一种误读"[1]。他同时指出,以阅读为基础的文学批评活动是一种确定的行为,他要确定的是意义。既然如此,批评是一种发现意义的误读。布鲁姆在《影响的焦虑》中甚至把误读抬高到延续文学传统的重要地位。他甚至说:"绝大多数所谓的对诗的'精确的'解释实际上比谬误还要糟糕。"[2]这一观点给我们所进行的文学批评和研究打了一剂强心针——文学批评不是为了还原历史,而是为了发现意义。而这些意义隐藏在诗歌的文本之中,是作家和阅读者的共同创造。所以,普拉斯的诗歌依然在期待更多的读者,期待更多的误读和创造。

---

[1] [美]哈罗德·布鲁姆:《误读图示》,朱立元、陈克明译,天津:天津人民出版社2008年版,第1页。
[2] [美]哈罗德·布鲁姆:《影响的焦虑——一种诗歌理论》,徐文博译,南京:江苏教育出版社2006年版,第43页。

十九首西尔维娅·普拉斯诗歌精读

爱丽尔①

黑暗中的静止。
随后是无形的蓝
小石山与距离涌来。

神的母狮②,
我们怎样融为一体,
脚踵和膝的轴旋!——畦田

裂开,掠过,就如同
我无法抓住的颈项的
棕色弧线,

黑眼
浆果扔来
暗钩——

满嘴黑而甜的血。
阴影。
另外的东西

拉拽我穿过空气——

大腿,头发;

从我脚跟剥落的薄屑。

雪白的

戈蒂娃③,我蜕去——

无用的手,无用的束缚。

现在的我

泡沫流向麦田,海上的波光。

孩子的哭泣

在墙上消失。

而我

就是那箭,

飞溅的露珠

自我毁灭,随那驱力合而为一

冲进红色的

眼睛,那清晨的大锅。

1962.10.27

Ariel

Stasis in darkness.

Then the substanceless blue

Pour of tor and distances.

God's lioness,

How one we grow,

Pivot of heels and knees! — The furrow

Splits and passes, sister to

The brown arc

Of the neck I cannot catch,

Nigger-eye

Berries cast dark

Hooks—

Black sweet blood mouthfuls,

Shadows.

Something else

Hauls me through air—

Thighs, hair;

Flakes from my heels.

White

Godiva, I unpeel—

Dead hands, dead stringencies.

And now I

Foam to wheat, a glitter of seas.

The child's cry

Melts in the wall.

And I

Am the arrow,

The dew that flies

Suicidal, at one with the drive

Into the red

Eye, the cauldron of morning.

注释

① 爱丽尔有三重意义:一是诗人在英国乡间练习骑马时其坐骑的名字。二是莎士比亚戏剧《暴风雨》(*The Tempest*)中的精灵。《暴风雨》讲述了被弟弟伙同那不勒斯王篡夺王位的米兰公爵普洛斯彼罗流落荒岛,在精灵的帮助下施魔法唤起暴风雨,将仇人的船只掀翻,最终原谅仇人并将女儿嫁给其儿子的皆大欢喜的故事。而从暴风雨开始的一系列魔法,几乎全部都是由爱丽尔这个精灵完成的。三是在希伯来语里,"爱丽尔"也是圣城耶路撒冷的别称,参见《旧约·以赛亚书》。

② 希伯来语中的"Ariel",意思是"神的母狮"(God's lioness)。

③ 戈蒂娃(Godiva)是中世纪盎格鲁-撒克逊传说中的人物,她是麦西亚伯爵夫人,其丈夫是考文垂伯爵。戈蒂娃对民众怀有深切的同情,时常劝诫丈夫减轻对属地民众的税负,但顽固的伯爵一直不肯松口。最后对于戈蒂娃替民请愿不胜其烦的丈夫说,如果戈蒂娃愿意在光天化日之下全身赤裸骑马穿过城镇,他就满足她的愿望,企图以此打消妻子的念头。戈蒂娃并未因此退却,而是按照丈夫的要求,仅仅披着一头长发骑马上街,而民众也自觉关门闭户,留下空荡荡的街道供戈蒂娃通过。较晚版本的传说中说,只有一个名叫汤姆的人通过墙壁上的小洞偷窥,而当他偷看时,立刻就遭到了眼瞎的惩罚。这也是俗语"偷窥狂"(Peeping Tom)的来历。

解读

《爱丽尔》是普拉斯诗歌中非常值得关注的一首诗:她在生前曾自编一本诗集,收有写于1962年10月(她创造力最旺盛的时期,几乎每天写一首诗)前后的41首诗歌。评论家普遍认为,这部集子中的作品体现了诗人成熟时期的诗歌水准,是她一生写作生涯的最高峰。而据手稿显示,诗人在为这部诗集酌定名字时曾经颇费踌躇,最开始曾考虑过"敌手"(The Rival)与"生日诗篇"(Poem for a Birthday),后来都划去了,代之以她另一首名作的标题"爹地",而在去世前不久才确定为"爱丽尔"[1]。可见,诗人自己对《爱丽尔》一诗是满意而珍视的,这其中一定有她的理由。几十年来,众多批评家从多个角度对这首诗做过解读,试图破解这首篇幅不长、诗句简练的诗篇中暗藏的密码,而随着一个个隐喻从不同方向的揭开以及进一步的阐释,这首诗的面貌并没有变得清晰:诗本身也变成了"爱丽尔"精灵,缥缈,变幻,在读者的想象力中若隐若现,唤起情感的"暴风雨"。

解读《爱丽尔》,批评家一般都是围绕"爱丽尔"这个词所具有的三重意义展开的。这三重意义仿佛精灵的三层"面纱",每一层后面都有一副生动的面貌:

---

[1] Hughes, Ted. "Introduction", in Plath, Sylvia. *The Collected Poems*. Ted Hughes ed. New York: Harper & Row, 1981, p.15.

我们可以先从最外层的"面纱"开始。据休斯说,"爱丽尔"是普拉斯在德文郡练习骑马时坐骑的名字[1]。而从这首诗来看,显见它所描述的是骑马者在清晨的骑行经历。首句是马匹出发前的瞬间,人与马蓄势待发,处于相对的静止状态。诗人只用三个词呈现这个状态,介词"in"连接两个分别表示空间与空间中事物的名词"stasis"与"darkness",全句没有一个动词,与要渲染的氛围吻合,而短促的句子暗示出这种状态不会持久,即将被某种力所打破。从第二句开始马就"动"起来了,但诗人没有直接写马儿跑起来的姿态,而是通过骑在马背上的自己对外部世界的观察来展现的,她看到了"无形的"(substanceless)蓝色,黎明时分的天色,远处小石山也映入眼帘,所有的外部世界都与"我"和马有一定的距离——因此,"我"和马仿佛组成了一个世界,"融为一体",共同运动,外部世界则相对于"我们"而运动,为"我们"所察觉:"畦田"在眼前分开,纷纷闪过;浆果也退向后方,它"扔来暗钩"也无法阻挠"我们"前行。"我"明显感觉到有某种力量在拉拽着向前,如果丢弃一些东西,速度必将越来越快。于是,在加速的过程中身体化作碎屑,"从我脚跟剥落",这些都可以扔给那个原本统治一切的静态外部世界。舍弃黑暗世界的"我",才能重塑光明世界的"我"。到了第七节,诗的色调陡然发生了变化,明亮的色彩纷至沓来,仿佛黎明进入了天色大亮的时分。进入这个世界,"我"成了"雪白的戈蒂娃",蜕去"无用的手,无用的束缚"之后,一丝不挂不仅没有带来

---

[1] Hughes, Ted. "Note 1962", in Plath, Sylvia. *The Collected Poems*. Ted Hughes ed. New York: Harper & Row, 1981, p.294.

羞耻,反而更加圣洁,更加光彩夺目——奔驰在早晨的原野,如同是麦田里的"泡沫","海上的波光"。而这时后方传来了"孩子的哭泣",这或许是外部世界最令人牵挂的,但"我"也绝不会回头了,任其"在墙上消失"。当放下了所有的羁绊,一切阻力都消弥无形,那向前的力必然让"我"获得最大的加速度,朝向此行的终点奔去:"我"成了飞驰的"箭",向"红色的眼睛"、"清晨的大锅"——冉冉上升的太阳飞去,即使这样的选择如同"飞溅的露珠"那样是"自取毁灭"也在所不惜。

将诗人的作品与诗人的生活经历和心理状态、情感体验联系起来是阅读诗歌尤其是以罗伯特·洛威尔、普拉斯和安妮·塞克斯顿等为代表的自白派诗歌常见的阐释方法。普拉斯的很多作品,无论是诗歌还是小说,或多或少都可以在其生活中找到对应的原型。《爱丽尔》来自诗人的骑马经历。在剑桥求学期间,她曾与一个美国朋友到格兰切斯特草场练习骑马,从过程描述来看,诗歌是对当时骑行过程的艺术处理。而自白派诗歌的特点,并不仅仅停留在对私人事件的忠实记录,它更是对诗人写作诗歌时个人情绪与精神世界的反映。《爱丽尔》的创作时间是1962年的10月,彼时普拉斯刚刚与丈夫、英国诗人特德·休斯分居不久,独自带着两个孩子在伦敦艰难生活,情感上的孤独、对丈夫不忠的愤恨、日常生活的拮据,甚至包括写作上不为外界承认所带来的苦恼都给她造成极大压力。联系到此后不久诗人即选择以自杀的方式结束短暂的生命,不由得让人猜想在那个时期诗人已经产生了轻生的念头。据若干本普拉斯的传记记载,当时生活在其周边的朋友和邻居都从诗人的古怪言行中察觉到了她可能患有抑郁症的迹象。而《爱丽尔》这样一首诗,如果从精神分析的角度来看,又的确可以看作一个"焦虑的文本",可以看作诗人意欲放弃此生世界,迎向另一个世界并获得重生的宣言:对她而言,此生世界是一个静止的黑暗世界,已经不值得留恋(甚至包括孩子的哭喊),而死亡将引"我"抛弃肉体,进入另一个世界:它充满光明,也将它的光明投诸"我"。而拉拽"我"的那股力量,就是死亡冲动,引领"我""完成",并由这一自我毁灭的"完成"启动另一新的开始,从而拉开新的"清晨"之幕,而骑马的过程也就转变为求死的过程。《爱丽尔》所要表达的,是创作者本人内心中的"高兴自杀赴死的愿望",在她看来,死亡并不可怕,它是"一次升华,超越了现世的爱,接近了爱的理念"[1]。

　　第二个层面,"爱丽尔"是莎士比亚戏剧《暴风雨》中的精灵。普拉斯的日记和家书都曾记载,十二岁那年母亲带她去剧院观看《暴风雨》,剧中的人物普洛斯彼罗和精灵爱丽尔给普拉斯留下了深刻的印象[2]。而在史密斯学院求学期间,她曾有机会与应邀到学校访问的英国著名诗人W.H.奥登会面,并在老师伊丽莎白·德鲁(Elizabeth Drew)家里亲耳聆听奥登一边喝着啤酒抽着烟,一边侃侃而谈《暴风雨》。奥登说剧中的精灵爱丽尔是创造性想象力的体现,这一点深深地触动了普拉斯[3]。而普拉斯的诗歌中,从《暴风雨》中汲取灵感的

---

[1] Lavers, Annette. "The World as Icon — On Sylvia Plath's Themes", in *The Art of Sylvia Plath*. Charles Newman ed. Bloomington: Indiana University Press, 1970, pp.129-130.

[2] Kirk, Connie Ann. *Sylvia Plath: A Biography*. Amherst: Prometheus Books, 2004, pp.52-53.

[3] Rollyson, Carl. *American Isis: The Life and Art of Sylvia Plath*. New York: Picador, 2013, p.58.

至少还有《水深五英寻》。如果普拉斯接受奥登的观点,会施魔法的爱丽尔充满创造力,那么《爱丽尔》这首诗所呈现出的动态过程,也就可以看作创作者在一首诗中表演魔法展现自身能力的过程:创作之初,一首诗尚处于浑濛的静止态,无形无迹,诗人不知道它最终会以怎样的面目呈现出来。慢慢地,一些具体的意象或抽象的概念开始浮现出来(注意这首诗中,表示具象与抽象的词经常成对出现,如 tor 与 distances,hands 与 stringencies),而写作者必须对不断在脑海中"掠过"的对象进行一些选择,有些进入诗,有些则坚决摒弃。在这样一个过程中,诗逐渐成形,而诗人也意识到在这个过程中,诗人与诗是"怎样融为一体"的(How one we grow),一种"脚踵和膝的轴旋"(Pivot of heels and knees)。在这个轴旋中必定存在某种力(灵感和创造力),拉拽着"我"和诗歌共同加速。而在某个转折点被突破之后,想象力将喷薄而出,流动起来,如同"泡沫"和"波光",迅速向诗的完成飞奔,直到像"箭""冲进红色的眼睛",诗人与诗共同实现了一个统一的自身。只有在统一之中,两者才是有生命的。而一旦这个过程结束,则意味着诗人将从这首诗中抽身而出,两者的分离也预示着共同生命的终结:这首诗将不再属于作者,而是属于读者,"作者之诗"的毁灭是"读者之诗"的新生。评论家 A. 阿尔瓦雷斯说《爱丽尔》看似写马,实则"是向内的,是在写某种情感状态"[1]。的确,整首诗中,马仅仅露出了背上的弧线,更多的笔触投向了骑马者的视野以及感

---

[1] Alvarez, A. "Sylvia Plath", in *Beyond All This Fiddle*. London: Allen Lane Penguin Press, 1968, p.50.

受。如果将这匹马看作诗的话,诗中的驭马术就转化为了诗人驾驭诗歌语言的能力,而《爱丽尔》也成了一首"元诗"(metapoetry)。

进入第三个层面,需要关注诗中出现的意象与《旧约·以赛亚书》的关联。在诗的第三行,普拉斯点出其坐骑名字的希伯来语含义,在《以赛亚书》中,"爱丽尔"是耶路撒冷的别称,是以色列王大卫安营的城,因为人类的罪业,耶和华将降灾于该城,让"她悲伤哀叹",让她"成为神的祭坛"。《以赛亚书》这样描述灾祸降临的场景:

> Suddenly, in an instant,
> The Lord almighty will come
> With thunder and earthquake and great noise,
> With windstorm and tempest and flames of a devouring fire.

这里出现的暴风雨(tempest),来自神的伟力。神在自然万物中显现,自然的伟力就是神的伟力,足以将人吞没,而"神的母狮"也成为神的献祭。联系普拉斯对犹太教的痴迷以及对犹太人命运的关心(她在多首诗中涉及过这些主题),《爱丽尔》也可以阐读为一首描述宗教体验的诗:这种体验在诗中分为三个阶段,首先是马(也是精灵和"神的母狮")引领"我"走出黑暗的现实世界,在奔向终点的过程中,"我"与它合一,并抛弃"这一个我",只有抛弃肉身的束缚才能进入精神的层次。由此进入第二个阶段,"我"变成了圣洁的戈蒂娃,成了"另一个我"。值得注意的是,如果把整个过程看作一次运动,那么此时运动的方向将由水平方向变成垂直方向,"我"经过了灵魂的净化不断飞升。这个过程是一个自我发现、自我认识、自我转化的过程。引领"我"上升的,这时仿佛已不是坐骑,而是"另外的东西",在其中潜藏着"驱力"。如果我们将这种力量理解为爱与信仰的力量,第一、二两个阶段的转换,自然可以联想到《神曲》中维吉尔将但丁从地狱和炼狱中带出,交给贝亚特丽齐去完成跃升。第三个阶段是完成阶段,"我"了无牵挂,似"箭"一般飞入光明之中,自我在与神合为一体时被完全抹除,也因此进入了与神同在的狂喜阶段。[1]

最后有必要补充几个在上面基础之上更进一步的分析。其一,从莎剧中爱丽尔形象的性别研究出发,进而讨论女性作家的身份与创造力。爱丽尔究竟是男性还是女性?曾有人做过有趣的探讨:莎剧中两次使用代词"his",似乎为男性无疑;但大多戏剧表演中又一般使用女性角色来扮演,因此,爱丽尔常常被看作是两性同体的。而普拉斯顺应奥登的指引将其塑造成创造力的化身,也可以凸显出在艺术创造方面,女性和男性具有同样的能力,女性作家并不因为性别和身份差异而与男性作家存在高低之分,《爱丽尔》因此被看作为女性作家正名,为男性中心主义主宰下的女性屈从地位发声叫屈。其二,也有论者指出该诗所具有的性意味[2],诗句"How one we grow, /Pivot of heels and knees!""Thighs, hairs; /Flakes from my heels""at one with the drive"都易使读者联想到性暗示,而全诗如果解读为性行为的隐喻,

---

[1] Davis, William V. "Sylvia Plath's 'Ariel'", in *Modern Poetry Studies*, 1973 III, pp.176 - 184.
[2] Dickie, Margaret. *Sylvia Plath and Ted Hughes*. Urbana: University of Illinois Press, 1979, p.166.

似乎也可以讲得通。关于性体验、死亡体验、宗教体验和写作体验几者的相似性,其中一些方面,比如消除不同程度的压抑,比如过程中的合一状态,比如个体在过程中消失并交由更大的神秘力量来驱动、接管,比如主体的净化等,在《爱丽尔》中也确实能够找到对应的诗句,将几者联系起来,也为其拓宽了阐释空间。

此外,也有评论家从其他角度切入阐释,如美国当代诗歌评论家马乔瑞·帕洛夫(Marjorie Perloff)以泛灵论观照此诗,认为人类世界死气沉沉、冰冷残酷,而动物却展现出了活力和生机,因此,诗人希望扔掉人的身份,亲近动物的本性,并由此体验到勃勃生机的喜悦感[1]。还有评论家对《爱丽尔》作尼采式的解读,认为爱丽尔体验与查拉图斯特拉的体验有许多相通之处[2]。这些正展示了《爱丽尔》的迷人之处:在简练的语言中以隐喻展现出主题的丰富,诗歌由此获得极大张力。而这首个人化的诗,还会邀请不同时代的读者去做出新的个人化的阐释。

---

[1] Perloff, Marjorie. "Angst and Animism in the Poetry of Sylvia Plath", in *Journal of Modern Literate*, 1970, 1(1), pp.66 – 67.
[2] Britzolakis, Christina. *Sylvia Plath and the Theatre of Mourning*. Oxford: Clarendon press, 1999, p.185.

爹 地①

你干不了,你再也
干不了了②。黑色鞋子
我像脚一样住在里面
已三十年,既可怜又苍白
不敢出气,也不敢打喷嚏。

爹地,我早该杀了你。
但在我有机会下手前你就死了——
大理石般沉重,一袋子上帝,
有灰脚趾③的恐怖雕塑
有弗里斯科④海豹那么大

头颅,落在反常的大西洋里
海把豆绿泼在蔚蓝上
在美丽的瑙塞特⑤外的海域。
我曾祈求过你能复生。
呵,你⑥。

操德国口音,在波兰的小镇
那个被战争、战争、战争的

压路机夷为平地的小城。
这个小镇的名字实在过于普通。
我的波兰朋友

说有一打或者两打那么多。
所以我根本无法说出
你曾在哪里落过脚,扎过根,
我甚至无法同你交谈。
我的舌头卡在嘴里无法动弹。

它卡在一个铁丝网陷阱里。
我,我,我,我,⑦
我几乎说不出话来。
我以为每个德国人都是你。
这下作的语言

引擎机车,引擎机车
把我像犹太人咔嚓咔嚓送走。
被送到达豪、奥斯维辛、贝尔森⑧的犹太人。
我开始像犹太人那样说话。
我想我说不准就是犹太人。

蒂洛尔的雪,维也纳的生啤⑨

其实并不纯,也不太正宗。
有吉卜赛女祖先,有诡谲的运气
加上我的塔罗牌,塔罗牌
我真有点犹太人的味道了。

但我始终畏惧你,
你的德国空军,你的虚张声势⑩。
还有你修剪整齐的短髭
你的雅利安⑪眼睛,明亮的蓝。
装甲队、装甲队,哦,你——

不是上帝,而是一个纳粹徽记⑫
黑得天空都无法钻过去。
所有女人都崇拜法西斯党徒,
靴子踩在脸上,像你这样的
野兽残暴的、残暴的心。

你站在黑板边,爹地,
在我拥有的你的一张照片里。
一道疤痕在你的下巴不是在脚上⑬
但你依然是魔鬼,比起
那个黑衣人丝毫不差

他曾把我的小红心脏咬成了两半。
他们埋掉你时我只有十岁。
二十岁那年我试过去死
回到,回到,回到你的身旁。
我想就是白骨也会这样做。

但他们把我从袋中拖了出去,
他们用胶水把我粘起来。
于是我明白了我该怎么干。
我造了一个你的模型,
一个黑衣人,看起来像《我的奋斗》⑭

对拉肢台和螺旋刑具有特殊的癖好。
我说我愿意,我愿意。
因此,爹地,我终于走出来了。
黑色的电话被连根拔起,
声音根本爬不出去。

如果说我杀了一个人,我就杀了两个——
那个声称就是你的吸血鬼
他喝我的血已经一年了,
是七年,如果你想确切地知道的话。
爹地,你现在可以躺回去了。

在你肥硕的黑心上插着一个尖桩⑮。

村民们可从来没有喜欢过你。

他们踩在你身上跳舞,跺脚。

他们清楚那就是你。

爹地,爹地,你这杂种,我熬到头了。

            1962.10.12

Daddy

You do not do, you do not do

Any more, black shoe

In which I have lived like a foot

For thirty years, poor and white,

Barely daring to breathe or Achoo.

Daddy, I have had to kill you.

You died before I had time—

Marble-heavy, a bag full of God,

Ghastly statue with one gray toe

Big as a Frisco seal

And a head in the freakish Atlantic

Where it pours bean green over blue

In the waters off beautiful Nauset.

I used to pray to recover you.

Ach, du.

In the German tongue, in the Polish town

Scraped flat by the roller

Of wars, wars, wars.

But the name of the town is common.

My Polack friend

Says there are a dozen or two.

So I never could tell where you

Put your foot, your root,

I never could talk to you.

The tongue stuck in my jaw.

It stuck in a barb wire snare.

Ich, ich, ich, ich,

I could hardly speak.

I thought every German was you.

And the language obscene

An engine, an engine

Chuffing me off like a Jew.

A Jew to Dachau, Auschwitz, Belsen.

I began to talk like a Jew.

I think I may well be a Jew.

The snows of the Tyrol, the clear beer of Vienna

Are not very pure or true.

With my gipsy ancestress and my weird luck

And my Taroc pack and my Taroc pack

I may be a bit of a Jew.

I have always been scared of *you*,

With your Luftwaffe, your gobbledygoo.

And your neat mustache

And your Aryan eye, bright blue.

Panzer-man, panzer-man, O You—

Not God but a swastika

So black no sky could squeak through.

Every woman adores a Fascist,

The boot in the face, the brute

Brute heart of a brute like you.

You stand at the blackboard, daddy,

In the picture I have of you,

A cleft in your chin instead of your foot

But no less a devil for that, no not

Any less the black man who

Bit my pretty red heart in two.

I was ten when they buried you.

At twenty I tried to die

And get back, back, back to you.

I thought even the bones would do.

But they pulled me out of the sack,

And they stuck me together with glue.

And then I knew what to do.

I made a model of you,

A man in black with a Meinkampf look

And a love of the rack and the screw.

And I said I do, I do.

So daddy, I'm finally through.

The black telephone's off at the root,

The voices just can't worm through.

If I've killed one man, I've killed two—

The vampire who said he was you

And drank my blood for a year,

Seven years, if you want to know.

Daddy, you can lie back now.

There's a stake in your fat black heart
And the villagers never liked you.
They are dancing and stamping on you.
They always *knew* it was you.
Daddy, daddy, you bastard, I'm through.

注释

① 原诗标题为"Daddy",意为"父亲",但诗歌未以"Father"为题。全诗是一个女子对死去父亲的表白,而父亲去世时她只有十岁。于是她对父亲的称呼随着回忆回到了童年时代的孩子的口吻,因此翻译时采用了"爹地"。

② 原句"You do not do, you do not do any more."是孩子的口语化表达,至少有两个层面所指,一是说父亲已经去世,二是说父亲对女儿再也没有任何心理影响。对此句的翻译,多个版本不太一样。

③ "灰脚趾"的意象来自西尔维娅的父亲奥托·普拉斯,他死于糖尿病,灰脚趾是症状之一。

④ 弗里斯科(Frisco),指美国西部的圣弗朗西斯科海湾。这里曾是奥托·普拉斯研究蝇类昆虫幼虫的所在地。

⑤ 瑙塞特(Nauset),美国东部马萨诸塞州的港口城市,是奥托·普拉斯从德国来到美国的登陆点。

⑥ 原文为德文。

⑦ 原文为德文。

⑧ 达豪、奥斯维辛、贝尔森都是纳粹集中营所在地。

⑨ 蒂洛尔(Tyrol)、维也纳均为奥地利城市。

⑩ "虚张声势",原文为"gobbledygoo",指一种浮夸而费解的语言,强调声音胜过意义。

⑪ 纳粹认为雅利安人是德国的纯正血统。

⑫ 原文为"swastika",指纳粹党所用的十字徽章。该诗的其他版本此处直接是一个徽章记号。

⑬ 魔鬼脚上有疤痕。

⑭《我的奋斗》是纳粹头目阿道夫·希特勒的自传。

⑮ 尖桩(stake),是一端削尖的木棍,传说中用来杀死吸血鬼的工具。

解读

《爹地》不一定是普拉斯最好的诗,但一定是她最具声名的诗。对于习惯了亲情诗中充满脉脉温情和浓浓爱意的读者,这首以父亲为描写对象的诗,所展现出的女儿对父亲的爱恨交织的情感,阴森森的语调,多少让人觉得不太舒服。这首诗,大大跳出了读者的"期待视野",因此具有极强的冲击力甚至是杀伤力;但同时,它也在一定程度上唤起了读者对潜意识的关注,引导读者去审视内心世界里被压抑的、更汹涌的潜流。诗人在接受 BBC 采访时曾经谈到过这首诗的创作主旨:

这首诗的发声者是一个具有厄勒克特拉情结的女孩。她曾以为父亲是上帝,但他却死了。情况的复杂更在于,父亲是纳粹分子,而母亲极有可能具有部分的犹太血统。在女儿那里,这两种血脉彼此交织(marry)又相互掣肘(paralyze)——她必须将这个令人困扰的寓言表现出来(act out),这样才能获得解脱。[1]

诗人自己的阐释透露出这样两点讯息:第一,诗中的叙述者并非作者本人,而是一个虚构的人物;诗歌是一个寓言的表演,而不是对真

---

[1] Hughes, Ted. "Note 1962", in Plath, Sylvia. *The collected poems*. Ted Hughes ed. New York: Harper & Row, 1981, p.293.

实故事的叙述。第二,具有恋父情结的叙述者处于矛盾的心理状况之下,而血缘和身份的混杂强化了这一矛盾,叙述者渴望摆脱矛盾,因此希望通过一次表白将心理压力释放出来,由此获得解脱。在这里,普拉斯试图和诗歌中的女孩撇清关系,避免读者将诗歌和她个人的生活与情感经历勾连起来。在和评论家 A. 阿尔瓦雷斯的交谈中她将《爹地》归入了"轻体诗"(light verse)[1],试图将其与童谣、民歌、胡话诗等同起来,仿佛在意义层面,这首诗不值得深究,只是偶尔为之的游戏之作。然而,正如普拉斯所欣赏的诗人 W. H. 奥登所言,轻体诗"也可以是严肃的"[2],同样可以处理重大的经验。而从这首诗所激起的读者和批评家的反应来看,其态度大多是严肃的,从诗歌中挖掘出了更多的意义,不仅仅是个人心理层面的,也包括政治的和意识形态的。有趣的是,批评家似乎从不听从诗人的"一面之词",诗人在现实人生中的形象和诗歌中的女主角形象又叠合在了一起:女孩的痴迷、热爱、焦虑、痛苦、诅咒,成了诗人的心声,她的解脱之道也成了诗人自己驱逐心魔的过程。这首诗,正因为对私人内心隐秘世界的毫不掩饰的袒露,被抬高为"自白诗"的典范之作。

　　从整体上看,这首诗是一个女子对父亲的情感表白,而父亲已死,造成了表白对象的不在场,表白于是转化成了独白。而她要表露的情感,实在是异乎寻常:对于父亲,她的内心不仅仅有爱,越往深处,越

---

[1] Uroff, M. D. "Sylvia Plath and Confessional Poetry: A Reconsideration", in *The Iowa Review*, 1977, 8(1), p.114.
[2] Auden, W. H. "Introduction", in *Oxford Book of Light Verse*. Oxford: Oxford University Press, 1938, p.ix.

是有郁结积压的恨,给她造成了极大的难以摆脱的心理阴影。这首诗,就是要把这阴影掀开,仿佛只有一吐为快,她才能获得新生。诗歌因此看起来更像是一次搏斗,是女子和父亲形象的搏斗,不是和真实的父亲,而是和死去的父亲,是和自己在心中所造的、用于填补父亲不在场的心灵神像搏斗。同时,也更是内心两股互相绞结的力量的搏斗,是被压抑的自我同施压的潜意识的搏斗。整首诗看上去就像一出情节剧,上演的是女主角在舞台正中树立起一尊巨像(普拉斯早年另有一首以父亲为对象的诗《巨像》),终日在他的阴影中喘息,无法自拔,而最终认清巨像的真实面目,下定决心将其"清出场外",获得个体自由的完整剧情。全剧在女儿获胜的高潮中落下帷幕,她宣告终于走出了父亲的阴影,获得了自由。

  我们来看这首诗在细节上是如何展开的。开篇"You do not do,"确定了全诗的基调:第一,有一个表白的对象,是"我"对"你"说话,虽然暂时不清楚这表白是倾诉还是控诉;第二,"你再也干不了了",暗示父亲不在了,失去了行动能力;第三,"你再也干不了了",也暗示施动者对受动者失去了作用,父亲对女儿的影响失效了。随后以一个比喻展开说明究竟是怎样的影响:"你"是"黑色鞋子",而"我"是住在里面的"脚",生活在一个密闭的环境中,不敢"出气"也不敢"打喷嚏"。第二节笔锋一转,心惊肉跳的诅咒跳了出来:"爹地,我早该杀了你。"——只是"你"死得太早,"我"来不及动手。画面随着诗人的记忆闪回到父亲去世前,只是她呈现给我们的不是真实生活的画面,而是经过心理处理的造神运动:重如大理石,脚搁在弗里斯科,头落在瑙塞特外,横跨大西洋和太平洋,覆盖整个美利坚,硕大无朋。这是女儿心目中的伟岸的父亲形象,令人尊敬,需要仰视,所以"我曾祈求过你能复生",并情不自禁地发出呼喊:"呵,你。"

或许在潜意识的作用下,女儿的呼喊是用德语发出的,而这正是父亲的母语。诗歌随即追述父亲的来历:来自一个经历过战争创伤的"波兰的小镇",却是正统的德国人,"我"无法准确地说出"你"出生以及曾经踏足过的地方,说明父亲从没有给女儿讲述过他的过去,两人之间缺乏交流,因此造出一个父亲的形象,很多讯息需要猜测和想象。而在一个高大的父亲面前,女儿经常张口结舌,"舌头卡在嘴里无法动弹",尤其是当要用德语和父亲交流时,更是"几乎说不出话来"。对从小在英语语言环境长大的女儿来说,这语言陌生且"下作"(obscene),像敌人一样难以掌握。由"卡在一个铁丝网陷阱里"的舌头和父亲的德国身份,女儿自然把这语言比作"引擎机车",把"我"送到了犹太人集中营里。至此,父女关系仿佛被切断了,苦心经营的神像换上了恐怖的神情,女儿也变成了一个受害者(victim)。

身份转换让女儿心生疑虑,自己是不是确实有犹太人的血统?她开始从母系一支寻找答案。母亲来自奥地利,但就像"蒂洛尔的雪,维也纳的生啤"不太纯正。而某些特征如"吉卜赛女祖先"、"诡谲的运气"、迷恋"塔罗牌"等,强化了女儿的犹太人气质,也更进一步加深了对"受害者"身份的认同。

至此,父亲彻底转变成了一个纳粹形象,由"上帝"变成了"纳粹徽记",有"修剪整齐的短髭"、"雅利安眼睛",说话的语气和神情也让人望而生畏。她开始审视父亲身上的特质:"黑"、"残暴",她也同时审视自己对父亲的情感:敬畏中深藏着崇拜,这种崇拜甚至就是由残暴引起的,就像"所有女人都崇拜法西斯党徒",暴力具有性吸引力。单向的施害者与受害者的关系,由于情感的复杂性转变成了"施虐狂"与"受虐狂"的关系,爱恨交织更加难以分离。[1] 所以,当父亲的形象再次变换,由"站在黑板边"的教师摇身一变为下巴上有疤痕的魔鬼,即使"他曾把我的小红心脏咬成了两半",女儿依然难以割舍,当父亲死后,她曾经想过以极端方式结束生命以换取"回到你的身旁",并信誓旦旦地说"就是白骨也会这样做"。

女儿从死亡的边缘被拖了回来,感觉自己仿佛是被"胶水""粘起来"的新人,她以为可以面对失去父亲的现实了,"明白了我该怎么干":"造一个模型"作为父亲的替身,让他来到自己身边。这时一个"黑衣人"出现了,和父亲一样迷恋于施暴。当移情的女儿被父亲的翻版带进婚姻殿堂,她毫不犹豫地应允"我愿意,我愿意(And I said I do, I do.)"。她庆幸这样就从父亲的阴影中"终于走出来了",不料却走入了另一片阴影:"黑色的电话被连根拔起,/声音根本爬不出去。"这个幽魂附身的家伙,摇身一变成了吸血鬼,"喝我的血已经一年了,/是七年"。女儿意识到只能杀死他,才能摆脱他变本加厉的压榨。而这次杀戮也完成了女儿早年的心愿——杀掉吸血鬼,也就杀掉了附身其上的父亲,女儿长出了一口气:"爹地,你现在可以躺回去了。"

---

[1] 参见 Strangeways, Al. "'The Boot in the Face': The Problem of the Holocaust in the Poetry of Sylvia Plath", in *Contemporary Literature*, 1996, 37(3), pp.372–374。

惊心动魄的"驱魔"至此划上了句号,吸血鬼的"黑心"上插上了象征性的"尖桩"(stake)。诗歌的最后一节,跳转到了庆祝胜利的宗教仪式场景：和"我"一样从来没有喜欢过父亲的村民们踩在父亲身上"跳舞,跺脚"。"心魔"已去的女儿如释重负,在大幕缓缓落下时狠狠扔下一句咒骂——"杂种"(以此取消父亲的纯正血统,从而取消其控制女儿的合法性),然后说"I'm through."。尾句遥遥回应首句,表示父亲和他的代理人从此失效,自己"穿越"了父亲无边的暗网。

熟悉普拉斯的日记和传记的读者,很容易将诗歌中的"爹地"和诗人的父亲联系起来,认为诗歌是以奥托·普拉斯为原型创作的。许多细节上的蛛丝马迹也的确支持了这样的认识,比如奥托在女儿幼年时期的早逝,比如他的糖尿病症状,比如他的德国血统和长相,再比如普拉斯在史密斯学院学习期间对德语课程的畏惧和困扰。也有人通过细节上的出入认为诗歌不过是艺术创造,与自传性无关,比如奥托去世时普拉斯是八岁而不是十岁,普拉斯本人的自杀经历发生在二十一岁那年而不是二十岁,而且诗人的母系血缘中并没有犹太基因。这样的争论,不是消除而是增加了普拉斯及其诗歌的神秘性。就诗歌本身而言,创作既需要模仿,也需要表现,虚构一定有它的现实基础,同时也要依从效果的需要对现实进行裁剪、拼贴、扭曲甚至是翻转。普拉斯在诗歌中对父亲形象的处理就是这样做的:不是一个固定的形象,而是经历了从神像到纳粹,再到魔鬼和吸血鬼的嬗变。这样的变化,是以女儿的矛盾心理和情绪变化为基础的,这正是诗人自己所说的诗的主题:厄勒克特拉情结。它存在于诗的女主角内心深处,也潜伏在诗人的内心深处。

  诗人以父亲为书写对象的诗，除了《爹地》之外，还有《巨像》《水深五英寻》《养蜂人的女儿》《小赋格曲》等，还有一首《厄勒克特拉身临杜鹃花路》，直接以厄勒克特拉自况，倾诉来到父亲墓前的悲伤。但这些诗中的父亲形象，几乎都是高大伟岸的神一般的存在，女儿只是一个弱者，只有仰视和乞怜的份，从来不敢流露出反抗。而到了《爹地》，她提出只有兵戎相见才能做彻底了断，这是潜意识的海啸，是内心岩浆的总的喷发。如果把这些以父亲为表现对象的诗篇放在一起，几乎就构成了诗人对父女关系认识的"心理自传"，而对于熟悉弗洛伊德和荣格著作并曾接受过心理治疗的作者来说，这些诗歌更是一次自我的心理诊断。

  在《爹地》这里，这份"诊断书"开篇就显得有些诡异，她的口吻是儿童化的：非常简单的孩子气用词（Achoo, chuffing, gobbledgoo），韵律也是仿童谣的（押 oo 韵），如詹姆斯·乔伊斯（James Joyce）在《一个青年艺术家的画像》（*A Portrait of the Artist as a Young Man*）中所采用的手法，以语言来凸显出孩童的视角[1]。这显示出普拉斯对弗洛伊德观点的认同：现在的心理创伤是根植于童年经验的。这一点也符合她个人的经历：传记材料显示，童年时期，普拉斯的父亲和子女交流的机会很少，尤其是当他患病之后。母亲为了避免孩子的吵闹影响父亲的心情，带着两个孩子回避到楼上，以保持父亲所在空间的安静；

---

[1] Nance, Guinevara & A. Jones, P. Judith "Doing Away with Daddy: Exorcism and Sympathetic Magic in Plath's Poetry", in *Concerning poetry*, 1978, 11(1), p.75.

偶尔为了逗他开心,母亲会带着普拉斯下楼为父亲表演诗歌朗诵等节目,孩子总会期待父亲的赞赏和笑声。[1] 父亲去世后,母亲没有带孩子们参加他的葬礼,这进一步拉大了与父亲的距离,同时也造成了普拉斯内心深处对母亲的怨恨。她认为,与父亲相处的机会被剥夺了,父亲的形象也变得模糊。于是,我们就看到了诗歌中的另一个奇怪之处:本应非常熟悉的父亲,却无法呈现出完整的形象,诗人只能用想象来填补,于是她采用一些现代诗歌技法,如意象的拼贴、叠加、扭曲变形等来完成塑形,这看似属于技艺层面,实则有她的心理根源。女主角的自我诊断在"治疗方案"上同样透出吊诡:首先是自杀,未遂之后是找到父亲的替身,把爱慕和崇拜投射到他身上,这似乎正是普拉斯早年的自杀经历,以及与特德·休斯的爱情与婚姻的镜照。当她写作这首诗之时,两人相识七年,婚姻在一年前出现了裂缝,休斯刚刚同意离婚,这也是诗歌中的吸血鬼"喝我的血"的时间! 在这个时候,不仅仅是父亲和丈夫的形象叠加在一起了,而且他们所带来的心理创伤也叠加在了一起。这样来看,这首诗的目的,其实在于疗治。这是"厄勒克特拉"的病史口述,诗人因此给出了最终的解决方案,这也体现出她直面创伤的巨大勇气:将父亲和丈夫的合体杀死。她已经不指望俄瑞斯忒斯从远方赶来,她要变成克吕泰涅斯特拉,将刀锋对准阿伽门农。

到了这里,对这首诗的另一层阐释空间也打开了:如果将诗中的

---

[1] Kirk, Connie Ann. *Sylvia Plath: A Biography*. Amherst: Prometheus Books, 2004, pp.43–44.

父亲以及丈夫的形象看作代表男性中心主义的父权制的代言人,将女主角看作深陷于由这种制度所建构的社会层级中的女性个体,那么父亲巨大的阴影、压路机的碾轧、啃噬心脏的黑衣人、吸血鬼就有了另外的意味。诗中女主角的哀怨、诅咒、控诉,也变得不再那么刻薄,而显得字字泣血。她所发出的"杀死父亲"的呼喊也成了在社会历史中处于屈从地位的女性,对被男性所主导、掌控的制度机器盘剥女性的生理和心理,扼杀女性的创造力等的强有力的声讨。在许多女性主义批评家看来,这首诗将女性内心的战争戏剧化地表现了出来,表现出了颠覆父权制限制的努力,以及挣脱牢笼获得女性个体独立自由的强烈愿望,具有振聋发聩的力量,是一首"复仇之诗"。从这种意义上说,《爹地》是20世纪60年代女性认识自身,认识社会结构中两性关系的诗体寓言。

此外,还有一个角度的批评解读值得注意,主要聚焦于诗歌中出现的"大屠杀"(Holocaust)意象。普拉斯诗歌中使用这类意象,《爹地》并非孤例,这表明了诗人对现实政治和人类命运的关注。当然,这也和诗人的个人经验相关。历经两次世界大战,作为德国的第二代移民,在美国社会所经历的身份尴尬,以及现实中所遭受的冷遇,这些都曾在童年的普拉斯心中留有印痕,她也查阅过相关历史并在日记中对这一人类史上的浩劫做过反思。对历史重大题材的创造性使用,通过个人经验唤起了读者的公共记忆,这样的关联,也让历史伤痕因为个体伤痕的生动呈现变得可感可触,因此更能打动人心。代表性的评价来自批评家乔治·斯坦纳(George Steiner),他认为普拉斯在"尽力反击遗忘死亡集中营的普遍倾向",《爹地》一诗则"直抵终极的恐怖","将明显不可忍受的私人伤害转换成平铺直叙的符号,转换成立刻与我们所有人相关的公共意象",他也因此将这首诗抬升为"现代诗歌中的《格尔尼卡》"[1]。

---

[1] 参见 Steiner, George. "Dying is an Art", in *The Art of Sylvia Plath: A Symposium*. Charles Newman ed. Bloomington: Indiana University Press, 1970。

拉撒路夫人①

我又做了一次。
每隔十年
我都会来一次——

有点像活的奇迹,我的皮肤
闪亮如纳粹的灯罩,
我的右脚

一块镇纸,
我的脸,平常的、优质的
犹太亚麻布。

掀开面巾
哦,我的敌人。
我是不是很吓人?——

鼻子,眼窝,这整副牙齿?
酸腐的气息
一天就会消失。

很快,很快我的
被坟墓吞噬的肉体将
重回我身

我是个微微笑的女人。
我只有三十岁。
像猫一样,我可以死九次。

而这是第三次。
如此的废物
每十年就要销毁一次。

如此数以百万计的灯丝。
嚼着花生的人群
挤进来围观

我的手脚被他们摊开——
大场面的脱衣舞。
先生们,女士们

这是我的双手
我的两膝。
我也许就只是皮和骨头,

然而,我还是同一个女人。

第一次发生这种事时我只有十岁。

那是一场意外。

第二次,我已决意

坚持到底,不再回头。

我晃动着封闭起来

犹如一只海蚌。

他们反复呼唤我

将蠕虫像黏住的珍珠一样从我体内拣出。

死亡

是一种艺术,和其他东西一样。

而我干得尤其出色。

我干这事仿佛是在地狱。

我干这事仿佛来真的。

我猜想你会说我得到了召唤。

小房间里做这事儿特容易。

做完了就那么待着特容易。

多么有戏剧性

我在光天化日之下回来
回到同样的地点,同样的面容,同样狂野的
开心欢呼:

"一个奇迹!"
它把我送回来了。
这可是要付钱的

看我的伤疤,可是要付钱的
听我的心脏——
它真的在跳。

要付钱的,一大笔钱
为一句话,或摸一摸
或者一点儿血

或一缕头发,一点衣服片儿。
好,好,医生先生
好,敌人先生②。

我是你的杰作,
我是你的无价之宝,
纯金宝贝

熔化成一声尖叫。
我翻身,燃烧。
不要以为我低估了你的高度关注。

灰烬,灰烬——
你又是捅又是拨。
肉、骨头,什么也不剩——

一块肥皂,
一枚结婚戒指,
一颗金牙。

上帝先生,路西弗③先生
留点心
留点心。

从那些灰中
我披着红发升起
吃掉男人如吃掉空气。

1962.10.23—29

Lady Lazarus

I have done it again.

One year in every ten

I manage it—

A sort of walking miracle, my skin

Bright as a Nazi lampshade,

My right foot

A paperweight,

My face a featureless, fine

Jew linen.

Peel off the napkin

O my enemy.

Do I terrify? —

The nose, the eye pits, the full set of teeth?

The sour breath

Will vanish in a day.

Soon, soon the flesh

The grave cave ate will be

At home on me

And I a smiling woman.

I am only thirty.

And like the cat I have nine times to die.

This is Number Three.

What a trash

To annihilate each decade.

What a million filaments.

The peanut-crunching crowd

Shoves in to see

Them unwrap me hand and foot—

The big strip tease.

Gentlemen, ladies

These are my hands

My knees.

I may be skin and bone,

Nevertheless, I am the same, identical woman.

The first time it happened I was ten.

It was an accident.

The second time I meant

To last it out and not come back at all.

I rocked shut

As a seashell.

They had to call and call

And pick the worms off me like sticky pearls.

Dying

Is an art, like everything else.

I do it exceptionally well.

I do it so it feels like hell.

I do it so it feels real.

I guess you could say I've a call.

It's easy enough to do it in a cell.

It's easy enough to do it and stay put.

It's the theatrical

Comeback in broad day

To the same place, the same face, the same brute

Amused shout:

'A miracle!'

That knocks me out.

There is a charge

For the eyeing of my scars, there is a charge

For the hearing of my heart—

It really goes.

And there is a charge, a very large charge

For a word or a touch

Or a bit of blood

Or a piece of my hair or my clothes.

So, so, Herr Doktor.

So, Herr Enemy.

I am your opus,

I am your valuable,

The pure gold baby

That melts to a shriek.

I turn and burn.

Do not think I underestimate your great concern.

Ash, ash—

You poke and stir.

Flesh, bone, there is nothing there—

A cake of soap,

A wedding ring,

A gold filling.

Herr God, Herr Lucifer

Beware

Beware.

Out of the ash

I rise with my red hair

And I eat men like air.

注释

① 拉撒路是《新约·约翰福音》中的人物,是一个男子。拉撒路患病身亡,死后四天耶稣来到他的墓前,唤人将挡住坟墓的石头移开,大声说:"拉撒路出来!"拉撒路就起死回生,手脚裹着布,脸上包着面巾走出坟墓。

② "医生先生"与"敌人先生"原文均为德文。

③ 传说路西弗曾经是天堂中地位最高的天使,在未堕落前任天使长的职务。他由于过度骄傲,意图与神同等,而堕落成魔鬼撒旦。

解读

《拉撒路夫人》化用了《圣经》中的拉撒路起死回生的典故,但是更换了拉撒路的性别,诗歌中的主角变成了一个死后重生的女性——拉撒路夫人。诗歌是她个人的讲述,讲述她由生到死,再由死返生的经历。但她不是患病而亡,而是自杀,这是她的主动选择。谈到死亡,她甚至非常得意,充满了炫耀的口气,开篇就是这样:"我又做了一次。"而且她对听众说:"每隔十年/我都会来一次——"当然,读者此时可能并不知道她做了什么,直到她开始描绘自己的模样:皮肤"闪亮",如"纳粹的灯罩";脚如"镇纸",脸是"犹太亚麻布"。连续几个比喻,很快将自己摆到了牺牲者的位置(纳粹在集中营就曾拿犹太人的皮做灯罩),而她说话的对象也随之明确,她戏谑地称呼他为"敌人先生",邀请他"掀开面巾"看自己的面孔,并嘲弄般地打趣他:"我是不是很吓人?——",随后还宽慰他:"酸腐的气息/一天就会消失。"

可见,她对死亡并不感到恐惧,因为她自信死亡并没有消灭她的灵魂,甚至都没有消灭她的肉体,她会像《圣经》中的拉撒路一样,从坟墓里走出来,重新回到人世,就像回家(at home)一样。死亡只是一次洗涤身心的旅行,回来时卸掉了一切烦恼,精神抖擞,变成了"三十岁"的"微微笑的女人"。她自信像猫一样有九条命,现在才做到"第三次",还有大把生命可以挥霍。因此,当身体被糟践成了废物(trash),不妨十年销毁一次,让它重新点亮,点亮身体里的"数以百万计的灯丝"。

每次她的死都引来了大批的围观者,他们"嚼着花生",怀着看热闹的心态,当"我的手脚被他们摊开",这群人似乎在观赏"脱衣舞"表演,十足的"窥淫癖"嘴脸。于是,"我"干脆满足这群人的愿望,主动向他们介绍自己的身体:手、膝、皮和骨头。这时的场景发生了变化,由私密场所转移到了公共空间,由静变为了动,死亡于是成了一次商业性质的"表演","我"的言说对象,由身份未揭开的敌人转变成了麻木无情、追求刺激的大众。于是,夫人直接面对观众回忆前几次死亡经过:十岁那年是"意外",第二次"决意/坚持到底",把自己像"海蚌"一样封闭在死亡里,但还是被"反复呼唤"。有了这样两次经验,主人公于是向观众们夸口"死亡/是一种艺术","我干得尤其出色"。

主人公在"死"这个问题上得心应手,觉得它实在"特容易"。相比之下,"复活"就有点难度了。因此当她戏剧性地在"光天化日之下回来",就会引起"狂野的/开心欢呼":人群大叫"一个奇迹!"而"That knocks me out."意味着我从死亡之境中被带离出来,回到了熟悉的情景中,继续面对人群表演。拉撒路夫人得意地告诉人群:如此精彩的剧情,如果您想继续观看或者检验复活之后的完美,"这可是要付钱的"。这时,死亡艺术转化为商品,提供给观看者消费。死亡与重生的戏剧表演,在票房爆炸中达致高潮。从语气上来看,女主人似乎应该带着心满意足的笑容接受观众的欢呼和掌声,从而完成谢幕,就像普拉斯在另一首诗中提到的"魔术师的女助手"一样。

然而,诗在这时进入尾声,拉撒路夫人再一次转换了讲述的对象,称呼他为"医生先生"和"敌人先生",而且使用了德语的称呼,一下子又将自己和听者的关系变为受害者与施害者的关系。这样,在主人公的眼中,她的死实际是拜"你"所赐,"我是你的杰作,/我是你的无价之宝"。而当她说出是一个"纯金宝贝"(pure gold baby)的时候,我们在《爹地》一诗里所发现的施害者(父亲、丈夫、男性)—受害者(女儿、妻子、女性)的二元对立关系也在这首诗中显露无遗。这种情感同样也是复杂的,因为在仇恨中同样掺杂着爱,"不要以为我低估了你的高度关注"。但毫无疑问的是,主人公的自杀,背后还有真凶,他仿佛将"我"扔进了纳粹集中营的焚尸炉,将"我"烧成"灰烬",只剩下"肥皂"、"结婚戒指"、"金牙"等有价值的商品。但要记住,拉撒路夫人早就告诉我们,她是会复活的!在诗的最后两节,她就从灰烬中腾空而起,如同凤凰涅槃,并警告那迫害她的"上帝先生"和"路西弗(魔鬼)先生"当心,因为她会"吃掉男人如吃掉空气"。全诗就在这惊悚的警告中结束,一首"死亡之诗"旋即成为一首"复仇之诗"。

  《拉撒路夫人》常被看作《爹地》的姊妹篇,两首诗存在许多共同之处:首先,两首诗的主题都与死亡和复仇相关,《爹地》是要杀人,要杀掉以父亲和丈夫为代表的压迫女性的男人;《拉撒路夫人》则是关于自杀,而结尾处化成的红发幽灵则要复仇吃人——她要吃的也是男人(men);此外,两首诗都揉入了纳粹相关意象来强化其主题。其次,两首诗都以戏剧化的方式呈现,以一个女性主人公说话的口吻来讲述和推动情节的发展,伴之以情景的交替和观众(言说对象)的变换;再次,在艺术表现方式上,都是采用轻体诗的形式来书写严肃的主题,用戏谑、反讽、自嘲等手法,和看似不经意的轻描淡写来处理复杂、沉重,甚至恐怖的经验,诗歌语言上也力求简练干脆,采用口语化的表述与特定的对象对话,从而一针见血。从诗艺来看,《拉撒路夫人》得到的好评甚至超过《爹地》,许多评论家将其看作普拉斯的代表作,将这首诗和罗伯特·洛威尔的《臭鼬的时光》("Skunk Hour")并提为自白诗的典范之作,因为它们"将讲述者自己置于诗歌的中心,并以这样的方式将个人精神上的羞愧与脆弱作为时代文明的化身"。[1]

拉撒路夫人的形象,是诗人创造力的产物。普拉斯从《圣经》典故中借用的,只是一个人物名字和他起死回生的故事梗概。随着主人公性别的转变,神迹显现的宗教意味被遮蔽了,而更个人、更私密、更当下的现实经验则凸显出来。诗人创造了一个女性,也把自我融进了这个形象之中,这个形象在诗中的经历,融入了诗人的个人经验,既包括生活经验也有心理经验。拉撒路夫人屡次三番自寻短见,与诗人的几次自杀未遂叠在一起。拉撒路夫人对死亡的态度,也反照出诗人的态度。她对死亡问题既不回避,也不畏惧,甚至津津乐道趋之若鹜。如果承认诗人自己处于"诗歌的中心",承认自白诗所袒露出的精神伤痕是诗人自己的心理自传,那么拉撒路夫人,就是普拉斯自己,拉撒路在诗中的敌人就是诗人在生活中的敌人,拉撒路在诗中的选择也将影响诗人对未来人生的选择。这首诗以夸张的手法戏仿了自杀,这一手法"显示了她可以将自己客体化,将恐惧仪式化,操纵自我的恐惧的程度"[2],而写下后几个月,普拉斯即在伦敦的公寓以煤气结束了年轻的生命。艺术摹仿生活,而生活也随后摹仿艺术的创造。在艺术

---

[1] Rosenthal, M. L. "Poetry as Confession", in *Critics on Robert Lowell*, Jonathan Price ed. London: George Allen and Unwin, Ltd., 1974, p.79.
[2] Dickie, Margaret. *Sylvia Plath and Ted Hughes*. Urbana: University of Illinois Press, 1979, p.130.

中体验并想象极端,生活又将艺术中想象的部分变成现实,这就是"用生命写作"的危险之处。

戏剧化的呈现方式是这首诗非常突出的特色,这正是科林斯·布鲁克斯(Cleanth Brooks)和罗伯特·潘·沃伦(Robert Penn Warren)在《理解诗歌》(*Understanding Poetry*)中所言的诗歌形式的"容器"[1]。戏剧结构将诗歌素材组织起来,为其塑形,并使意义明确。诗中的拉撒路夫人,本身就是一个"表演者",将死亡与重生表演给身份不明的观众看。拉撒路夫人显然深谙表演之道,她十分了解观众的心理,知道他们的兴趣点和心理期待,知道如何调动自己的天赋去迎合他们的需求,制造轰动效果,并且从中获得收益。她也知道如何拉近与观众的距离,但是在某些时候又必须制造出间离效果,这样才能确保自己每时每刻处于舞台的中心。因此,一个人在舞台中央始终絮絮叨叨肯定是不行的,需要在合适的时候切换戏剧场景,满足观众的猎奇心理,逐步将情节推向高潮。因此,在诗中可以看到,说话者的自我戏剧化经历了一系列转化,突出表现在身体上。第一幕她是布料、灯罩、面巾等物质材料;第二幕是身体器官:手、膝、皮肤、骨头;第三幕又是灰烬、肥皂、钻戒、金牙等物质实体;尾声时是红发的吃人魔鬼。随着场景的交替,她说话的对象也在变化:第一幕和最后一幕似乎针对特定的敌人,中间两幕说给整个围观者。她呈现给观众的形象,从来都不是完整的,都是一些碎片,需要观众自行用想象去补充。而观

---

[1] Brooks, Cleanth & Warren, Robert Penn. *Understanding Poetry*. Boston: Wadsworth, Cengage Learning, 1976, p.18.

众或许更有兴趣的是,那隐藏在人群之中的"敌人先生"究竟是谁?这些都调动起了观众的窥视癖和好奇心,从而增强了戏剧效果。

在这出戏剧中,拉撒路夫人的表演,始终处于观众的"凝视"当中,她与观众,以及这首诗及其读者,建立了"被看"与"看"的关系。叙述者成为"牺牲者的原型,凝视客体的原型",这首诗也"突出了叙述者作为凝视对象的定位具有表演的性质"[1]。作为"被看者",她需要他者的凝视才能成为被注目的中心,她也知道面对"嚼着花生的人群",只有"大场面的脱衣舞"才能吸引他们的注意,只有满足这些人窥淫癖的欲望,才能让他们"花钱"投资。如此,身体变成了商品,表演由艺术降格为消费。这样的一种转变所导致的,是表演者主体性的消失,她无奈地服从于顾客的需要,试图取悦他们,而死亡与裸露身体对于自我的疏泄意义,反而退到其次,表演者的"自我"成为凝视者眼中的"他者"。当意识到表演者是女性,而凝视者是男性,这种看与被看的关系,就成为两性权力关系的反映:女性是被观看的对象,被消费的对象,换言之,也是被压制和管控的对象。这是女性主义批评家对这首诗展开性别批评的一个切入点,而《拉撒路夫人》则成了女性反抗男性,争取性别平等的呼喊。当化作恶魔的拉撒路夫人威胁要"吃掉男人",她复仇的对象——"敌人先生"就由具体的人,无论是父亲还是丈夫,扩展到男性群体,她的要求也变成了冲破这令人窒息的权力关系,不惜以肉体的死亡来终结它。

---

[1] Strangeways, Al. "'The Boot in the Face': The Problem of the Holocaust in the Poetry of Sylvia Plath", in *Contemporary Literature*, 1996, 37(3), p.386.

这种凝视中所引出的另一种讨论是"如何看待他人的痛苦"的问题，这是 W.H.奥登在他的诗《美术馆》("Musée des Beaux Arts")里曾涉及的主题。在《余波》("Aftermath")里，普拉斯也化身为希腊神话里的美狄亚，将矛头对准了旁观者的漠视。《拉撒路夫人》则更进了一步，观众不再是局外人，还是参与者，既生产也消费他的痛苦，从中获得感官愉悦。而当读者意识到自己同样是一个观看者的时候，自然会将自己的心理感受与诗中观众的病态心理做比较，进而反思自己在现实中面对同样情况的态度和行为，这也是"戏剧化"的另一重现实功能。

值得注意的是，诗人将痛苦的经验呈现给观众和读者，并不是用语言的刀锋直接划出道道伤痕，而是用戏仿的方式，以诙谐的语调来谈论个人的经验，这就是用轻体诗来处理严肃经验所产生的亦庄亦谐的审美效果。为了更接近戏剧舞台的效果，主人公的表白尽可能采用了日常的口头语言，从开篇时的"I have done it again."，一直贯穿到结束时的"Beware/Beware."。在某些戏剧冲突的关键时刻，诗歌通过词语与短语的重复，强调情感的深度，同时也带来语气上的变化，控制诗的总体氛围不至于过于单调和枯燥。它的冲击力和新鲜感，同样来自"肆意把玩观念、神话和语言"，"展示了一种疯狂的扩散，一种离心式的旋转，不断地抵达愤怒"[1]。这样，随着说话对象的交替，女主角的言说产生了间奏的效果，诗歌的力量也在这倾诉中逐渐积蓄起

---

[1] Vendler, Helen. "An Intractable Metal", in *The New Yorker*, February 15, 1982, p.124.

来,一切看上去仿佛都是为了那最后的一击,要在爆发中与敌人同归于尽。从这个角度来看,戏剧化的《拉撒路夫人》其实是一首诉诸听觉的诗,在大声朗诵中才能体现出修辞效果[1],因为它还依赖于嗓音的高低变化,这是需要读者在阅读诗歌的过程中自行去发现的。此外,面对如此强烈和极端的情感,诗人并没有任由语言泛滥肆虐,她甚至有意识地通过诗的形式对其加以控制,如全诗采用了传统的三行诗韵(terza rima),通过诗行、节奏的约束来控制情感的宣泄;而在句子中有时亦采用押韵的词来突出语言的效果,如"the grave cave ate"、"I turn and burn"等,这些刻意的修辞显然在提醒读者,所阅读的文本是一首诗,是艺术作品,而不是满足猎奇心理的准神话或传记。这也充分显示出在创作的高峰时期,普拉斯对诗歌具有了很好的控制力,能够在诗的主题和诗艺之间保持恰当的平衡。

---

[1] Rosenblatt, Jon. *Sylvia Plath: The Poetry of Initiation*. Chapel Hill:University of North Carolina Press, 1979, p.41.

边　缘

这女人完美了。
她死去的

躯体挂着完成的微笑，
希腊式必要性的幻觉

在她罩袍的卷褶里浮动，
她赤裸的

双脚似乎在说：
我们走了那么远，它现在结束了。

每个死去的孩子蜷缩着，一条白蛇，
各自守着小小的

奶罐，如今空了。
她已把他们折叠

回到她身体内，像玫瑰的花瓣
闭合，当这花园

变得僵直,香气如血流出
从夜之花甜蜜的深喉。

月亮没有什么可伤心的,
从她白骨的面罩后凝视。

她已对这种事习以为常。
她的黑衣窸窣,拖地而行。

1963.2.5

Edge

The woman is perfected.

Her dead

Body wears the smile of accomplishment,

The illusion of a Greek necessity

Flows in the scrolls of her toga,

Her bare

Feet seem to be saying:

We have come so far, it is over.

Each dead child coiled, a white serpent,

One at each little

Pitcher of milk, now empty.

She has folded

Them back into her body as petals

Of a rose close when the garden

Stiffens and odors bleed

From the sweet, deep throats of the night flower.

The moon has nothing to be sad about,

Staring from her hood of bone.

She is used to this sort of thing.

Her blacks crackle and drag.

解读

《边缘》是普拉斯生命中的最后一首诗,几天之后,她选择了自杀。而这首诗所写的,也是一个死去的女人。诗歌的标题难免引起人们的猜想,所谓"Edge",是否就是生与死的边缘,这首诗是否就是诗人对这个世界的最后告别,是诗人留下的临终遗言?如果是,她会对这个世界上的生者说什么?我们不妨走进诗,到她用文字构造的"边缘"世界去看一看。

诗的开篇说:"这女人完美了。"要注意的是,她并不是说"The woman is perfect.",而是说"The woman is perfected."。这里使用的分词形式,强调不是描述某种状态,而是动作和过程的结束,这女人的完美是经由一定的行动实现的。这是一句斩钉截铁的断语,为这个事件划上句号,宣告这女人的目标已经实现。诗的第二、第三两行简洁描绘这个女人此刻的状态和外貌:"她死去的/躯体挂着完成的微笑"。又是一个诡谲的微笑!在《拉撒路夫人》,同样的微笑也凝固在另一个女性死者的嘴角。诗人有意将"躯体"(body)放在了第三行的句首,这样它的首字母便成了大写的"B",突出"躯体"是诗人关注的重点[1]。"完成"(accomplishment)意味着得偿所愿:死亡使其完美。接下来的"希腊式必要性的幻觉//在她罩袍的卷褶里浮动"告诉读

---

[1] Bohandy, Susan. "Defining the Self through the Body in Four Poems by Katerina Anghelaki-Rooke and Sylvia Plath", in *Journal of Modern Greek Studies*, 1994, 12(1), p.5.

者,诗人描绘的对象其实是一具古希腊的女性雕像,上句中的"完成"因此也有双关之意,也可指作品的完工。这个句子中出现的另一个词"necessity",本来也有多重含义,可能导致不同的理解:如果是"必需品",可能指雕像中的女性人物是希腊悲剧不可缺少的要素;如果是"必要性",也可以理解为达致完美的必要条件。这时,一个死者的美和古希腊雕像的美被放到一起来谈论了。而古希腊艺术品的美是如何实现的呢?这些雕像,其材质是大理石,其原型,要么是美的理念(如对神话故事中神和半神的刻画),要么是死去的英雄人物。也就是说,要实现"美",必须扬弃这具"躯体",因为它终究是要朽坏的,而这就是"必要条件"。这自然引出下面的句子:"她赤裸//双脚似乎在说:/我们走了那么远,它现在结束了。"脚在这里说有其正当理由,"躯体"的所有重负都压在它上面,现在终于可以卸下了。

  接下来的诗句显示出:这女子并非一人孤身赴死,她的几个孩子也随之命赴黄泉。"每个死去的孩子蜷缩着"躺在她身边,"各自守着小小的//奶罐"。"奶罐"的隐喻暗示女子的乳房,"如今空了"。母亲的身体耗尽,孩子们也失去了营养源,自然无法生存下去。西方文化中常将蛇(serpent)比喻为对人的生命的威胁物,这里诗人将之比喻为孩子,但是用"白色"的修辞,解构了意象的经典所指。有人据此指出普拉斯可能具有"弑婴"倾向(事实上并没有),这只能是一种臆测,这也是将"自白诗"过度做"自传性"阐释可能会导致的附会。这女子显然对自己的孩子充满了怜惜,她渴望保护他们,恨不得将其收入自己的身体,"像玫瑰的花瓣/闭合"。随着孩子回到腹中,这女人的身体将重新变得完整[1]。收回孩子成了一个象征性仪式,她的血肉重新回到身体里,如此达成的"完美"才是一个整体性的"完美",没有任何缺失。而她之所以这样做,是因为"花园//变得僵直,香气如血流出/从夜之花甜蜜的深喉"。当这女人被形容为一朵玫瑰,她曾经在其中盛开,如今却变得"僵直"的花园就成了她曾寄身的世界的象征。而"僵直"不仅指向冬天的寒冷萧瑟,这个词具有的性意味也指向了男性,和女性的象征物"花瓣"、"深喉"产生了尖锐的对立。曾经丰腴富饶、繁殖力旺盛的"花园"被"僵直"统治,变得刻板贫瘠。它给女人带来伤害,其创造力如花瓣收敛,"香气如血流出"。这是女性主义批评家将诗中女子之死归咎于男性中心主义社会的意象之源。

　　月亮的意象紧接着"夜之花"出现在诗歌的尾声,它悄悄出现在天上,"没有什么可伤心的",因为"她已对这种事习以为常"。诗人称月亮为"她",而且从"白骨的面罩后凝视",仿佛月亮是另一个已死去的女性。她对这女子的死无动于衷,因为她见怪不怪了:这个女子所受到的侵害和她的死,看上去并非孤例,在她的故事里包含了女性共同的命运,甚至包含她自己的。而弃绝这一具肉身,有可能意味着"重生",这是肉眼难以察觉的"精神生命",就像月亮自身,能够被察觉到的部分是"白骨",另外的部分遮蔽在"面罩"之后。当她"肉身"的这一半凝视人间之时,察觉不到的精神生命还在延续,"她的黑衣窸窣,拖地而行"。月亮的形象,与死去的女人的形象在诗篇结束时

---

[1] Bohandy, Susan. "Defining the Self through the Body in Four Poems by Katerina Anghelaki-Rooke and Sylvia Plath", in *Journal of Modern Greek Studies*, 1994, 12(1), p.8.

蒙太奇般地叠加在了一起,共同行走在"边缘"——不是生与死的边缘,而是从肉体生命过渡到精神生命的重生的边缘——当她跨越过这升华的一步,才实现了真正的"完美"。

这样一首简洁的诗,被认为是一首象征主义的作品,诗中出现的若干意象——罩袍、蛇、奶罐、花瓣、花园、月亮,都被解读者分析为另有所指。从总体上,这首诗自然被剖析为诗人临终心境的投射。而"边缘"所意味的边界状态,不仅被理解为生死之间,死亡与重生之间的临界,也被阐读为生活与艺术、抒情诗与戏剧、诗与伦理之间的交壤。唯一可以肯定的是,诗歌中的女人,显然已经对"此在"状态极度疲乏,她渴望从中退出,不是"抽身"而出,而是毁掉"这一个身",从而实现"完美"。和普拉斯的其他诗歌不同的是,这首诗并没有交代这个女人究竟是谁。按照诗人这一时期常见的塑造人物的方法——将自己投射到某个虚构的人物,或者是从神话、传说中借用的人物身上,并用戏剧化的方式来呈现她的命运,我们可以将这首诗看作一出戏剧的尾声,大幕将在她呈现出的场景中缓缓落下。这个女人可以是拉撒路夫人,可以是《爹地》里有"厄勒克特拉情结"的女孩。也有人根据诗中出现的希腊雕像,以及女主角的"弑婴"冲动,推测其原型是古希腊悲剧中的人物美狄亚。而另一位研究者朱迪思·科罗尔则通过和莎士比亚戏剧《安东尼与克莉奥佩特拉》的对照阅读,认为这个女人就是埃及艳后。其理由是,首先,女人所穿的罩袍(toga)是古希腊罗马时期的,而克莉奥佩特拉与罗马的联系显而易见,她也有着希腊的血统(托勒密家族,常被误认为是埃及人)。其次,克莉奥佩特拉将蝮蛇放到自己胸部以求了断,她还称其为自己的孩子。再次,克莉奥佩

特拉也认为死亡将使自己达致完美,她说:

... What's brave, what's noble,
Let's do it after the high Roman fashion,
And make death proud to take us.

在她看来,死亡将实现她生命的意义,这和女主人公在诗中的宣称也是如出一辙。最后,克莉奥佩特拉也被看作月亮女神的化身,仿佛暗示性地揭示出这个女人跨越边缘之后的去向。在朱迪思·科罗尔看来,普拉斯生命最后时期的诗,构建了一个死亡和重生的神话,每一首诗都仿佛是其中的一个仪式,而《边缘》,则通过描述悲剧女主角安静而有尊严的死,完成了最后的献祭。[1]

蒂姆·肯德尔(Tim Kendall)认为,令人震惊的《边缘》里有一种冷峻的语调,展现出"面对棘手命运时剧增的疏离与顺从"[2]的风格。而这种命运,并非诗人自己或者诗中的女主角要独自面对的,当她变身为拉撒路夫人、美狄亚,或者克莉奥佩特拉,她面对的棘手处境,就是女性要共同面对的。那么,是不是死亡就能解决问题、通向"完美"? 那让女主角脸上挂着"完成的微笑"的原因究竟是什么? 对诗人来说,只有诗歌的完成才能使其作者实现自我,实现不朽。普拉

---

[1] Kroll, Judith. *Chapters in a Mythology: The Poetry of Sylvia Plath*. London and New York: Harper & Row, 1976, pp.149 – 154.
[2] Kendall, Tim. *Sylvia Plath: A Critical Study*. London; New York: Faber and Faber, 2001, p.208.

斯对诗歌所抱有的宗教般的虔诚,也促使她在诗歌中重塑一个"自我"。这个诗里的"自我",不是传记材料里的"自我",它是由语言构成的。因此,"自我"会随着诗歌的完成而完成,也会随着诗歌的升华而升华。普拉斯的雄心正在于,在诗歌中实现"完美",甚至不惜不断地体验死亡以满足语言的要求,从而换取"苦涩的名声"。正因为如此,她对语言有一颗虔诚的心,她"将信仰不是放在宗教而是语言上,放在说出它的努力上"[1]。而史蒂文·古尔德·艾克斯罗德(Stephen Gould Axelrod)从语言批评的角度为《边缘》提供了另一种阐释,他认为诗歌中的语词是实现完美的"必要条件",而蜷缩的孩子则是诗歌的象征。这个女子无法实现完美,是因为她的文本仅仅是意义交锋冲突的力量,诗歌无法实现她的写作目的,无论她写什么,文本总会产生偏离,也因此遭到误读。这导致语词处于形而上学与意义含混的边缘,处在语言暗示与真实意义的边缘。这样,女主角对肉体和人生的绝望转变成了对写作的绝望,而解决之道则是将诗歌"收回身体",通过弃绝语言实现诗歌的升华。按照这样的解释,《边缘》就成了"诗的墓志铭"[2]。

---

[1] Hampl, Patricia. "The Smile of Accomplishment: Sylvia Plath's Ambition", in *The Iowa Review*, 1995, 25(1), p.16.

[2] 参见 Axelrod, Steven Gould. "The Mirror and the Shadow: Plath's Poetics of Self-Doubt", in *Contemporary Literature*, 1985, 26(3), pp.300–301。

蜜蜂会①

这些在桥上等我的人是谁?他们是村民——
教区长、助产士、教堂司事、蜜蜂经纪人。
我穿着无袖的夏装,毫无遮护,
而他们却裹得严严实实,怎么没有人告诉我?
他们微笑着掏出带面罩的旧式帽子。

我像鸡脖子一样裸露在外,难道没有人爱我?
还好,走过来穿白色罩衫的蜂场女秘书,
给我扣紧腕部袖口,还有从颈到膝的衣缝②。
这样我就成了乳草丝③,蜂群不会注意的。
它们不可能嗅到我的恐惧,我的恐惧,我的恐惧。

哪一个是教区长,是那个黑衣人?
哪一个又是助产士,是那个穿蓝外衣的?
每个人都点着黑色的四方脑袋,他们是戴面盔的骑士,
粗棉质的胸甲在腋下打了个结。
他们的笑容和嗓音都在变。我被领着穿过豆荚地。

锡纸的条带像人一样眨着眼,
羽毛掸子在豆花的海洋里挥舞着手,

奶油色的豆花有黑眼睛,叶子则像厌倦的心。
那藤蔓用绳子拖向高处的是血的凝块?
不,不,那是某天可以食用的猩红花朵。

这时他们递给我一顶时髦的意大利白草帽
还有适合我脸型的黑面罩,把我变为他们中的一员。
他们带我走进修剪过的小树林,蜂箱环绕。
那闻起来令人反胃的是山楂树?
山楂树的光秃身躯,醚醉着它的孩子。

是不是正进行着什么手术?
我的邻居们等候的外科医生来了,
这个幽灵戴着绿头盔,
闪亮的手套,穿白套装,
他是屠夫、杂货商、邮差,我认识的某个人?

我跑不掉了,我生了根,金雀花④伤害我
用它黄色的夹子,带刺的兵器。
我不能逃,既然不可能逃一辈子。
那白色的蜂房像处女一样舒适,
封住它的孵卵室,它的蜜,轻轻地嗡鸣。

烟雾在小树林里翻滚弥漫⑤。

蜂群的首脑认为末日到了。

他们来了,那些先锋们,歇斯底里地弹跳着。

如果我静静站着,他们会以为我是一株峨参⑥,

容易受骗的头脑并不为他们的敌意所动,

甚至头也不点一下,灌木篱墙中的要人。

村民们打开蜂箱,寻找蜂后的踪迹。

她藏起来了?她正吃蜜?她太聪明了。

她老了,老了,老了,但必定再活一年,她也明白。

当新生的处女们在指关节般榫接在一起的小房子里

梦想着一场必胜无疑的决斗,

蜡帘子却隔开了她们新娘的飞行⑦:

女刺客飞升到爱她的天空。

村民们移走了处女们,杀戮得以避免。

老蜂后仍不露面,她如此不领情?

我已精疲力竭,我已精疲力竭——

刀子的暗转⑧中白色的柱子。

我是从不畏缩的魔术师的女助手。

村民们卸着伪装,他们正相互握手。

树林中的白色长箱究竟是谁的,他们完成了什么,为什么我冷。

1962.10.3

The Bee Meeting

Who are these people at the bridge to meet me? They are the villagers—

The rector, the midwife, the sexton, the agent for bees.

In my sleeveless summery dress I have no protection,

And they are all gloved and covered, why did nobody tell me?

They are smiling and taking out veils tacked to ancient hats.

I am nude as a chicken neck, does nobody love me?

Yes, here is the secretary of bees with her white shop smock,

Buttoning the cuffs at my wrists and the slit from my neck to my knees.

Now I am milkweed silk, the bees will not notice.

They will not smell my fear, my fear, my fear.

Which is the rector now, is it that man in black?

Which is the midwife, is that her blue coat?

Everybody is nodding a square black head, they are knights in visors,

Breastplates of cheesecloth knotted under the armpits.

Their smiles and their voices are changing. I am led through a beanfield.

Strips of tinfoil winking like people,

Feather dusters fanning their hands in a sea of bean flowers,

Creamy bean flowers with black eyes and leaves like bored hearts.

Is it blood clots the tendrils are dragging up that string?

No, no, it is scarlet flowers that will one day be edible.

Now they are giving me a fashionable white straw Italian hat

And a black veil that molds to my face, they are making me one of them.

They are leading me to the shorn grove, the circle of hives.

Is it the hawthorn that smells so sick?

The barren body of hawthorn, etherizing its children.

Is it some operation that is taking place?

It is the surgeon my neighbors are waiting for,

This apparition in a green helmet,

Shining gloves and white suit.

Is it the butcher, the grocer, the postman, someone I know?

I cannot run, I am rooted, and the gorse hurts me

With its yellow purses, its spiky armory.

I could not run without having to run forever.

The white hive is snug as a virgin,

Sealing off her brood cells, her honey, and quietly humming.

Smoke rolls and scarves in the grove.
The mind of the hive thinks this is the end of everything.
Here they come, the outriders, on their hysterical elastics.
If I stand very still, they will think I am cow-parsley,
A gullible head untouched by their animosity,

Not even nodding, a personage in a hedgerow.
The villagers open the chambers, they are hunting the queen.
Is she hiding, is she eating honey? She is very clever.
She is old, old, old, she must live another year, and she knows it.
While in their fingerjoint cells the new virgins

Dream of a duel they will win inevitably,
A curtain of wax dividing them from the bride flight,
The upflight of the murderess into a heaven that loves her.
The villagers are moving the virgins, there will be no killing.
The old queen does not show herself, is she so ungrateful?

I am exhausted, I am exhausted—
Pillar of white in a blackout of knives.
I am the magician's girl who does not flinch.

The villagers are untying their disguises, they are shaking hands.
Whose is that long white box in the grove, what have they accomplished, why am I cold.

注释

① 诗歌标题为"The Bee Meeting",直译为"蜜蜂会"。这是一组以蜜蜂为中心意象的诗中的一首,批评家通常将这组写于1962年10月3日—10月9日的诗叫作"蜜蜂组诗"。普拉斯的父亲曾是波士顿大学的生物学教授、昆虫学家,有丰富的养蜂经验,并写有研究蜜蜂习性的专题论文。此前,普拉斯曾写有另一首诗——《养蜂人的女儿》,回忆过父亲的养蜂经历。普拉斯在英国乡间生活时,也养过蜜蜂,出席过当地养蜂人协会组织的聚会。而《蜜蜂会》是"蜜蜂组诗"的第一首,该诗所记述的正是参加聚会的场景。诗的标题中"bee"还有另一层含义,是指"为了共同的目标会聚到一起的一群人",也可指向一起参加聚会的这群人,该词具有双关之意。

② 这句是说,蜂场的女秘书也给"我"穿上了罩袍,将"我"的身体和村民们一样包裹起来。

③ 乳草(milkweed),属于夹竹桃科马利筋属,是一种多年生草本植物,为北美洲本地物种。叶子汁液有轻微毒性,可驱退其他昆虫。种子的颜色为浅棕色到深棕色,连着银白色的丝,有利于随风散播。

④ 金雀花,又名荆豆,豆科灌木。多刺,花朵为唇形鲜黄色。

⑤ 这句是说村民们用烟雾将蜜蜂驱赶出来,以便分箱。分箱就是将一个蜂群分成两个,以扩大规模。分箱时,要及时为分出的蜜蜂引入新的蜂后,如果两个蜂箱距离较近,就会出现两个蜂后打架的情

况,对分箱不利。

⑥ 峨参,两年生或多年生草本植物。

⑦ 新娘的飞行(bride flight),指处女蜂长大后,飞到高空并与雄蜂交配,并带领其他工蜂建立新群,昆虫学上称为"婚飞"(nuptial flight)。

⑧ 暗转,原文为"blackout",戏剧表演专业术语,指舞台灯光突然暗下来便于场景转换。魔术表演时的"暗转",有利于魔术师施展手法达到效果。

解读

《蜜蜂会》为"蜜蜂组诗"的第一首,该诗是叙事性的,用平实的语言完整而清楚地描述了与村民们一起去参观蜜蜂分箱活动的全过程以及"我"的内心感受。但它并非一首孤立的诗,诗人显然是将它们作为一个整体来构思的;据对手稿的研究,这五首诗有连续的编号,并且有一个组诗的名字:最先是"养蜂人"("The beekeeper"),后来改为"养蜂人日记"("The Beekeeper's Daybook"),最终确定为"蜜蜂"("Bees")[1]。因此,我们需要将《蜜蜂会》与另外四首放在一起来考察,以接近作者写作这些诗的用意。

写作这一组诗时,诗人刚刚经历了生活上的巨变:更换了在英国居住的处所,从城市移居乡村;生下第二个孩子;更要紧的是,她与特德·休斯的婚姻出现了裂痕,两人分居。种种变化促使她重新认识、评价自我,审视与外部世界、与其他人之间的关系,审视自我所扮演的社会角色及其价值和意义,审视诗歌如何直面生活的新变化并形成新的语言风格。她找到了一个从童年时期就非常熟悉的"客观对应物"——蜜蜂,来呈现她的"自我重估"。选择蜜蜂作为书写对象,对诗人而言具有特殊的意义,因为"蜜蜂对她的生命和神话来说都是家庭的象征符号,谈论蜜蜂含蓄地容纳了她的神话的源头(养蜂人父亲

---

[1] Van Dyne, S. R., *Revising Life: Sylvia Plath's Ariel Poems*. Chapel Hill: University of North Carolina Press, 1979, p.101.

之死)和神话的类型(以她真实的'蜂后般的自我'的重生,逃离虽生犹死的状态或虚假的自我)"[1]。这五首诗,按写作时间先后作为一个序列来看,其处理的经验域以及语言特色有一个依次变化,这反映出其自我认识也经历了渐变:第一首《蜜蜂会》中的"我"处于一个社群当中,到了最后的《过冬》,则完全退入了孤独的内心世界。而语言上,句子越来越短,语气上由犹疑逐步变得坚定有力。随着外部世界对她个人的影响趋于消失,一种属于她个人的,并将在此后的诗歌中(如《爱丽尔》《拉撒路夫人》等)一直坚持的新的写作风格也趋于定型,诗人也乐观地展望"冬眠"之后的春天。在编订诗集《爱丽尔》时,普拉斯将这五首诗放在最末的醒目位置,可见诗人自己对"蜜蜂组诗"的珍视。

《蜜蜂会》的关注点,主要在自我与他人、与社会的关系。它开始于"我"出发去参加一个活动,而村民们聚集"在桥上等我"。他们约定的地点"桥"很有意味,更像是诗人有意选择的象征性建筑,将不接壤的两地连接起来。而诗人一一介绍了那些村民的身份:教区长、助产士、教堂司事,分别与婚姻、出生、死亡相关。这些人都将自己裹得非常严实,唯独"我"没有,看上去我是个与此行目的不相容的"异类"。当这些人都戴上了面罩,就无法分辨出谁是谁了,人的社会身份消失在伪装之中,或者说,身份本就是个伪装。这样的打扮,使得"村民的动机甚至比蜜蜂看上去更加神秘莫测"[2]。他们还递给

---

[1] Kroll, Judith. *Chapters in a Mythology: The Poetry of Sylvia Plath*. London and New York: Harper & Row, 1976, p.144.
[2] Kendall, Tim. *Sylvia Plath: A Critical Study*. London; New York: Faber and Faber, 2001, p.135.

"我"一身装束,让"我"也把自己遮挡起来,这样的举动意味着"我"的个性也被抹除了,与他们看上去一样——他们只会接受服从这一要求的个体,"我"要"变为他们中的一员",就必须遵守规则,将自我隐藏在面具之下。

而"我"的沿途所见,本来的田园风光却变得有些诡异,豆荚地里的锡纸条、羽毛掸子、豆花等,都幻变为人,奇怪地眨眼,张牙舞爪,百无聊赖;恐怖小说里常见的场景浮现出来:"藤蔓用绳子拖向高处的是血的凝块?"这是普拉斯早期诗歌里驾轻就熟的哥特风格的场景移植,将这次出行的气氛渲染得有了一丝阴森恐怖,令人心悸。于是,山楂树的气味就"令人反胃",仿佛是乙醚的味道,让人联想到手术台上的麻醉。

于是,后面出现的这个人,自然既是"幽灵"(apparition)又是"外科医生"(surgeon),他接下来将进行的分箱活动也就成了一台"手术"。而这个人同样全副武装,无法辨明其身份。这让叙述者猜测,他会不会是"我认识的某个人"？她虽然猜测他是"屠夫、杂货商、邮差",但读者会不会认为,此刻她内心里浮现出的养蜂专家的形象,或许是那时不时在她的诗歌中现身的父亲？"我"瞬间产生了被压迫、被牺牲的恐惧,施于蜜蜂的"手术"朝"我"而来,让"我"感觉无处可逃,仿佛"生了根",变成了一株植物,只能任其摆布。

接下来是分箱的过程:村民们点起烟雾,把蜜蜂们熏走,以便寻找蜂后并重新安置。受到刺激的蜜蜂们发狂般地飞起,吓得"我"不敢动弹。村民们打开箱子,却找不到蜂后。"我"在思忖"她"究竟躲在哪里的时候,似乎摸清了"她"的想法并深深同情这个必将被处女蜂取代的"老女人"。村民们为了避免蜂后间的争斗与杀戮，将处女蜂移走，但老蜂后仍不露面。已移情于"她"的"我"受到这样的惊吓，感到"精疲力竭"，仿佛是"魔术师的女助手"，从"刺刀分身"魔术的箱子里刚刚钻出来。而这时，一切都结束了，村民们脱下装束，握手致意，但"我"却惊魂未定，怀疑那树林中的白色箱子是为"我"准备的棺材并感到全身发冷。

或许，这首诗中的叙述者，当她想与村民们一起去参加这个聚会的时候，她内心里还是渴望进入这个社群（整个社会的缩影）找到自己的位置和角色，并为他人所接受的。但是，当"我"与他们相遇时，却没有料到立即遭到冷遇，没有人告诉她应该如何穿衣保护自己。她的内心疑云顿生，掂量自己在他人心目中的重量："难道没有人爱我？"这是她的瞬时反应，而随着村民们都戴起"面罩"，她感觉到自己与村民们的距离越来越远，心中的困惑在行进到分蜂现场的途中不但没有解开，反而越来越深。诗行间盘旋着非常多的疑问句：问题在诗歌的第一句就提出来了，而全诗 11 个诗节，除了两节没有出现疑问句，其他 9 节每节都至少有一个，询问他者的身份，询问他者行为的动机和目的，也探寻自我与他者的关系。全诗以"？"结束的问句，叙述者随后都尝试做出了回答，显示出她的纠结与偏执。唯一没有出现"？"的疑问句群，出现在全诗的结尾：连珠炮似的提出的三个问题。但较之其他问题，这三个问题是更难回答的，每一个问题都关系到"我"自身，关系到"我"与社群的关系，并将"我"的命运与死亡联系在一起。在随后的其他几首蜜蜂组诗中，诗人将继续对这些问题的思考。

显见的是,"我"并没有从这个社群中获得认同感,而是感觉到疏离和迷失。村民们试图接纳"我",他们的条件是"我"必须和他们一样,变成同样一副面孔,接受社群所分配的社会角色,而这是以牺牲自己的个性为代价的,变成阶层社会机器上的一个组成部分。在这个为权力所控制的阶层社会中,个体被其制度规训,必须听从"家长"的命令,必须接受"手术"的修正。村民们的帮助与关心,实际却造成了伤害。而"我",本希望通过认识、建构与他者的关系来发现自我,却发现自我在其中消失,甚至被抹除了,这是"我"难以接受的。于是,"我"产生了"逃"的念头,从人类社会中抽身出来,这让叙述者将目光投向蜜蜂社会,通过观察它的结构,观察个体在其中的命运,来重新寻找自我未来的可能性。这样来看,疏离是"我"的主动选择,逃脱是"我"的主观愿望:"无论必须经受什么仪式(rite)或手术,无论蜜蜂象征着什么,无论抖动的面罩将揭露什么,她都做好准备面对她的命运,即使那意味着死亡。"[1]

表面上看,《蜜蜂会》叙述的是一个参与和融入的过程,但从心理层面,它的结果截然相反,叙述者撤退和逃离的念头越来越强烈,这样的悖论也真实反映出写作者本人当时所面临的现实困境。"蜜蜂组诗"的核心是"变",要从过往生活的牢笼中挣脱出来,重塑一个"自我"。可是,她要重塑怎样的一个自我?她似乎并没有想明白,她的脑子里有一串串的问题抛出来,折磨自己的智力,现实的困境在诗人

---

[1] Kendall, Tim. *Sylvia Plath: A Critical Study.* London;New York:Faber and Faber, 2001, p.137.

的心里布下蛛网。下意识的反应是"逃离",先不管去向是哪里。在这个时候,她一定想起了奥维德《变形记》里的达芙妮,为丘比特的箭所伤的河神的女儿,为躲避阿波罗的穷追不舍,吁请父亲将自己变成了一株月桂树。普拉斯意欲摆脱的,正是一个"阿波罗"——高度理性的化身,为了满足自己的欲望而将自己的猎物(爱人)逼上绝路的男性代言人。《蜜蜂会》中所显示的逃离的途径,首先就是变成植物,于是,"我就成了乳草丝","我生了根","我是一株峨参",可是依旧心存恐惧,惴惴不安。而植物世界随后证明并非理想的庇护所,豆荚地里的杀戮气氛已经让"我"战战兢兢,而"金雀花伤害我",它使用的武器甚至就是阿波罗式的(黄夹子,带刺兵器)。当意识到这种途径走不通后,"我"鼓足勇气,决定直面困境,"我不能逃,既然不可能逃一辈子"。在凯伦·福德(Karen Ford)看来,"这种变形,从人变成植物的愿望,揭示了逃离性别压迫的渴求"[1]。如何才能挺过艰难岁月?叙述者观察蜂群,看它如何应对村民们的樱犯,如何熬过"翻滚弥漫"的浓烟,希望找到一点启发。而蜂后的命运却显示,要么躲起来,要么就要面对被选定的处女蜂的挑战,自然法则转化成了人为规定,服从于权力的意志。寻找出路的努力,看上去是徒劳了:"我"既无法融入,也无法退出,自我认识只是发现了自身的脆弱和性别的弱点,如果要"变形",就要首先克服这些。但对置身于制度的庞然大物中的个体而言,这何其困难!这也是在诗的结尾"我精疲力竭",并感到死亡

---

[1] Ford, Karen. *Gender and the Poetics of Excess: Moments of Brocade*. Jackson: University Press of Mississippi, 1997, p.139.

逼近,寒冷深入骨髓的原由。

当然,诗人并没有完全放弃,她对自我的认识和出路的追寻只是刚刚拉开序幕,"蜜蜂组诗"的后几首将深入到蜜蜂社会的内部去观察。希望还在——她告诉读者,也宽慰自己。

蜂 蜇

光着手,我拿起这蜂巢。
白衣人微笑,也光着手,
我俩的棉手套整洁而甜,
而腕口是勇敢的百合。
他和我

中间隔着一千个干净小房间,
八个黄色的杯状蜂巢,
而整个蜂房本身就是个茶杯,
白色的,上面有粉色的花,
我像涂釉一样抹上太多的爱

暗想着"甜蜜,甜蜜"。
贝壳化石般灰色的孵卵室
吓到了我,看上去太古老了。
我在买些啥,虫蛀的桃花心木?
它里面有没有蜂后?

如果有的话,她老了,
她的翅膀是撕破的披肩,她细长的躯体

磨掉了长绒毛——
可怜,光秃秃,没个皇后样子,一点儿也不体面。
我站在一列

有翅膀的,平凡无奇的女人中间,
这些采蜜的劳力们。
但我不是苦役工
虽然数年来我一直吃尘土
然后擦干盘碟,用我浓密的头发。

我看见我的个性消散,
危险皮肤上的蓝露。
她们会不会恨我?
这些只会劳碌奔波的女人,
她们的新鲜事是绽放的樱桃,绽放的苜蓿?

这一切差不多结束了。
一切在我掌控之中。
这是我的酿蜜机器,
它不用思想就可以工作,
在春天动工,像个勤劳的处女

擦干净油腻腻的额头

像月亮擦亮大海，寻觅象牙白的粉末。
第三者正在看着。
他与卖蜂人和我都无干。
现在他逃之夭夭

跳了八大步，一个绝好的替罪羊。
他落下一只拖鞋，另一只在那儿，
还有他戴着用来代替帽子的
一方白色亚麻布。
他多么香甜，

他挥汗如雨
把世界费劲拖向成熟。
蜜蜂们发现了他，
像谎言一样覆盖他的嘴唇，
把他变得面目全非。

它们认为就是死了也值得，但是我
还要重新找回一个自我，一个皇后。
她死了吗？还是在沉睡？
她去了哪里，
带着她狮红的身躯，她玻璃的双翼？

她正在展翅高飞
比以往更加恐怖,天空中
红色的疤痕,红色的彗星
飞过那杀害她的引擎——
陵墓,蜡制的房子。

          1962.10.6

Stings

Bare-handed, I hand the combs.

The man in white smiles, bare-handed,

Our cheesecloth gauntlets neat and sweet,

The throats of our wrists brave lilies.

He and I

Have a thousand clean cells between us,

Eight combs of yellow cups,

And the hive itself a teacup,

White with pink flowers on it,

With excessive love I enameled it

Thinking 'Sweetness, sweetness'.

Brood cells gray as the fossils of shells

Terrify me, they seem so old.

What am I buying, wormy mahogany?

Is there any queen at all in it?

If there is, she is old,

Her wings torn shawls, her long body

Rubbed of its plush—

Poor and bare and unqueenly and even shameful.

I stand in a column

Of winged, unmiraculous women,

Honey-drudgers.

I am no drudge

Though for years I have eaten dust

And dried plates with my dense hair.

And seen my strangeness evaporate,

Blue dew from dangerous skin.

Will they hate me,

These women who only scurry,

Whose news is the open cherry, the open clover?

It is almost over.

I am in control.

Here is my honey-machine,

It will work without thinking,

Opening, in spring, like an industrious virgin

To scour the creaming crests

As the moon, for its ivory powders, scours the sea.

A third person is watching.

He has nothing to do with the bee-seller or with me.

Now he is gone

In eight great bounds, a great scapegoat.

Here is his slipper, here is another,

And here the square of white linen

He wore instead of a hat.

He was sweet,

The sweat of his efforts a rain

Tugging the world to fruit.

The bees found him out,

Molding onto his lips like lies,

Complicating his features.

They thought death was worth it, but I

Have a self to recover, a queen.

Is she dead, is she sleeping?

Where has she been,

With her lion-red body, her wings of glass?

Now she is flying

More terrible than she ever was, red

Scar in the sky, red comet

Over the engine that killed her—

The mausoleum, the wax house.

解读

《蜂蜇》是"蜜蜂组诗"的第三首。与其他几首不同的是,这首诗的草稿其实是更早一些时候作为一首单独的诗构思的,写在休斯诗稿的背页。当普拉斯集中写"蜜蜂组诗"时,也将这首诗纳入其中,并且做了较大的修改[1]。从词句的调整来看,不同时期诗人处于不同的状态之下,特别是婚姻的骤起波澜影响了她,而她也将对丈夫的情绪浸透到纸面中。普拉斯曾记述过与休斯一起养蜂时他被蜇的经历[2],这首诗中出现的被蜜蜂围攻的第三者,虽然未必是以休斯为原型,但也是被遗弃的妻子寻求报复的"替罪羊"。当然,这首诗不是止于"复仇之诗",如同"蜜蜂组诗"中其他的诗歌每一首都侧重某一个方面的自我发现,《蜂蜇》从《蜜蜂会》里更大的背景退到小的社会组织结构中去考察,就像把目光从养蜂场投向蜂巢的内部,它反思的是女性个体在家庭生活中的身份与角色问题,揭示女性的悲惨境遇及其根源,并渴望寻求出路。

《蜂蜇》所述,是去蜜蜂店购买蜂房的经历。出现在开篇的,只有两个人物,似乎在就叙述者"我"看中的蜂房商量着什么。在这里,"我"和"他"都"光着手",与《蜜蜂会》里人与人之间会面时的层

---

[1] Van Dyne, Susan R. "'More Terrible Than She Ever Was': The Manuscripts of Sylvia Plath's Bee Poems", in *Critical Essays on Sylvia Plath*, Linda W. Wagner-Martin ed. Boston: Hall, 1984, p.159.

[2] Plath, Sylvia. *Letters Home: Correspondence*, 1950—1963, Aurelia Schober Plath ed. New York: Harper Perennial, 1981, p.457.

层防护迥然有别。"光着手",意味着坦诚相见,两人的关系是"整洁"有序的"甜蜜"关系,没有隔阂与争斗(如果注意到《蜜蜂会》里同样材质的衣服被比喻为"盔甲"),即使面对危险,也会共同面对,"腕口是勇敢的百合"。第一节的最后一句,只有"他和我"(He and I)几个词,表明两人处于"与外界隔绝而分离的状态",从《蜜蜂会》的社群退到家庭里,勾勒出简单的二人世界,"他们的关系正如他们的工作那么有序,相对简单而不乏温柔"[1]。他们的注意力,全部放在共同感兴趣的"杯状蜂巢"上面,仿佛他们将要共同经营它。"蜂巢"于是转喻为"爱巢",是婚姻生活的象征,它看上去具有茶杯般的光泽,上面还有一些花,而"我"像给瓷器涂釉一般"抹上太多的爱",认为这样的关系是"甜蜜,甜蜜"。诗歌的前两节,似乎是深情的回忆,弥散着女性的温柔语调,仿佛在这蜂巢中看到了她憧憬的生活。

可是,随着观察深入到蜂巢的内部,当发现了"贝壳化石般灰色的孵卵室",叙述者坦言被"吓到了",这是婚姻生活不可避免要遇到的实际问题——生儿育女,女性的生理决定了她要在其中承担更多的义务,她的家庭角色要承担起妻子和母亲的双重身份,其重心会发生转移,将更多的精力投诸家庭中的其他人,而不是自己身上。"我"对此产生了深深的疑虑,自己"订购"的生活难道只是"虫蛀的桃花心木"? 在这样一个蜂巢中生活的"蜂后"还能称为蜂后吗?"她"的翅

---

[1] Ford, Karen. *Gender and the Poetics of Excess: Moments of Brocade*. Jackson: University Press of Mississippi, 1997, pp.149–150.

膀被生活的琐细给"撕破",飞不起来,"她"身体上的"长绒毛"也给磨掉了。她已经不是她自己想要的样子,容颜衰颓,"一点儿也不体面"。"她"变得和其他雌蜂差不多了:她们有翅膀,但是"平凡无奇",只是埋头于家庭日常工作,成为"采蜜的劳力"。"我"虽然意识到自己应该与她们不同,但还是摆脱不了日复一日的枯燥,多年"吃尘土",用"浓密的头发"擦干盘子。"吃尘土",源自《旧约·创世记》中蛇因为引诱夏娃吃智慧树上的果子而遭到神的惩罚;而基督教的传说中,曾是妓女的抹大拉的马利亚用忏悔的眼泪为耶稣洗脚,用"浓密的头发"来把它们擦干,以此"描述叙述者对其角色的认识:养蜂者顺从的助手,典型而言,这种顺从是短命的"[1]。化用宗教典故,表明了"我"对过去生活的态度:有"原罪",对此悔恨不已。这样的生活只会导致"我的个性消散",自我被蒸发掉了。因此,这样的生活不能再继续下去了,自我意识突然觉醒了。但是,这只是个体的觉醒和选择,将要塑造一个与其他人完全不同的新形象,难免遭到妒忌和闲言碎语:那些雌蜂,依然在"劳碌奔波"中浑浑噩噩,她们只关心"食物",热衷于蜚短流长,对被社会分配的角色习以为常,顺从地成为奴隶,并对觉醒的"我"怀有敌意。

叙述者决意结束这样的生活状态,自信地认为自己能够控制局面,她知道自己的优势在哪里,所以认为她订购的蜂巢与众不同。在"蜜蜂组诗"第二首《蜂箱送抵》("The Arrival of the Bee Box")里,蜂

---

[1] Gill Jo (ed). *The Cambridge Introduction to Sylvia Plath*. Cambridge: Cambridge University Press, 2008, p.58.

箱是作为艺术作品的隐喻出现的,现在它以同样的面貌出现。"差不多结束了",既指过去的生活状态,也指与卖蜂人的交易完成,"我"订购了一个"酿蜜机器",它只属于"我","在春天动工";这里出现了漂亮的连环比喻,仿佛"擦干净油腻腻的额头","像月亮擦亮大海,寻觅象牙白的粉末",这是艺术创作寻找灵感并完成作品的过程,创作者的自我经由这个过程实现。

但这时候,"第三者"插入了进来,"他与卖蜂人和我都无干",像是一句赌气的话,将他从自己的生活中清除出去,他与"我"和"蜂巢"所建立的关系无关。他不会参与到"我"的自我发现中来,他的出现、他的观望相反是一种外部干预,甚至是权力的干预。诗歌的后半部分显示出,他的出现是诗歌中的一个转折,"我"与卖蜂人的"二人世界"将被"我"与这个不速之客的"二人世界"所取代。而这个不速之客,是改头换面的丈夫形象,是一个不忠实的背叛者形象。当他在生活中再次出现的时候,妻子们的化身"雌蜂",自然会激起满腔怒火,向他复仇。诗歌在描述了他被蜜蜂追得慌不择路的狼狈模样后,又花费笔墨去描述他的过去:"他多么香甜","他挥汗如雨/把世界费劲拖向成熟"。在初稿里,这个形象被描述成一个在《爹地》里出现的恶魔般的男性形象。叙述者的情感此时变得复杂起来,交织着难以言明的爱恨情绪。她依然承认,这样一个男性角色有可贵的品质,也曾帮助自己成熟。但无法原谅的是他的谎言,所以,雌蜂们在他后面穷追不舍,希冀实施报复,"认为就是死了也值得"。当他作为"绝好的替罪羊"落荒而逃时,叙述者成功地将前节里认识到的自身的罪"转移到他身上",他的离开,"将她和他两者的罪都全部带走了"[1],这同时也宣示,叙述者通过替罪羊,完成了对恶魔般的丈夫和父亲的驱魔[2]。

可是,面对被谎言掩盖的生活真相的揭开,面对给自己造成伤害的男性角色,叙述者的选择又与"雌蜂"产生了分歧。她认为不值得付出生命的代价,而是应该"重新找回一个自我"。在她看来,蜂后才是一个真正的独立的女性自我。她把注意力放到了寻找蜂后上:"她死了吗?还是在沉睡";"她去了哪里"。出现在诗歌结尾处的,是一个飞向天空的超现实主义的"恐怖"(terrible)蜂后:有"狮红的身躯",充满力量;有"玻璃的双翼",依然有她的脆弱的一面。蜂后就像一道"红色的疤痕",而不是滴血的伤口,这意味着已经造成的伤害正在愈合。她又像"红色的彗星",进入了新的轨道。她"飞过那杀害她的引擎——/陵墓,蜡制的房子"。最终,叙述者化身蜂后,将伤害她的对象指向了被制度所规定的婚姻,指向了死气沉沉的人类社会的性别阶层。在这里,如同《爱丽尔》中飞升的"箭"和《拉撒路夫人》里从灰烬里飞起的凤凰精灵,她以醒目的红色提醒,只有卸掉枷锁、挣脱束缚,女性才能实现超越,从而通过"重生"实现自我。这次飞行的恐怖在于,"它不仅仅是逃离,更是死亡之旅。从约束中挣脱,丰沛如女王的诗人不仅可以弹射回到她死亡的过去,也可以向前飞入她死亡的未来"[3]。

---

[1] Ford, Karen. *Gender and the Poetics of Excess: Moments of Brocade*. Jackson: University Press of Mississippi, 1997, p.152.
[2] Kroll, Judith. *Chapters in a Mythology: The Poetry of Sylvia Plath*. London and New York: Harper & Row, 1976, p.156.
[3] Gilbert, Sandra M. "'A Fine White Flying Myth': Confessions of a Plath Addict", in *The Massachusetts Review*, 1978, 19(3), p.601.

《蜂蜇》这样一首诗,并非对现实生活的忠实复述,诗人调用想象虚构了一个场景,再戏剧性地将诗人自己拼接到主人公身上。它并不是"自传",但又带有自传的印记。这首诗中出现的"自我",一个是陷于现实的自我,是她通过"雌蜂"这面镜子看到的;还有一个是想象的自我,是她寄希望于"蜂后"来实现的。她在这两者之间做出了明确的选择,这意味着当诗人回到现实的困境,她也希望自己能做出同样的选择。伴随自我意识的觉醒,身份的重塑也势在必行。转变,正是"蜜蜂组诗"的主旨。而生活态度的转变,也带来了诗歌风格的转变,从《蜂蜇》开始,一种在诗人高峰时期非常鲜明的写作风格开始逐渐成熟:戏剧化的手法是外在的特征,主人公既是虚构的人物,也是自我的投射;这样的处理也避免了主观情绪的无节制的宣泄,冷静到可怕的语调的穿插,控制狂热的怒火,诗歌也逐渐从形式主义的影响中走出,修辞变得克制,展现出诗人具有了诗艺上的控制力。而这样的处理也避免了诗歌过于"个人化"的倾向,具体到《蜂蜇》来说,诗歌中的"我",她的困境,以及她在困境中的自我发现,也不仅仅是她个人的。她的不幸,丈夫的不忠只是表层原因,更深层次上,它是整个社会制度的必然产物。所以,那些出现在诗歌中的"雌蜂",磨损"翅膀",个性消散,是20世纪五六十年代美国社会女性命运的写照。从这个意义上说,《蜂蜇》并非为女性指明方向,而是试图去唤醒"沉睡"的"玻璃翅膀",让她们认识到现实的残酷以及困境的根源。至于如何解决,诗人给出的个人方案是:延续《蜜蜂会》里的从社会中抽身的举动,在《蜂蜇》里否弃家庭。而这也将悲剧性地将自己变成一个孤独个体,她正是这样进入了《过冬》,将独自去面对彻骨寒冷。

过 冬

这是一段轻松时光,没什么事可做。
我已转动了助产士的提取器,
我储存了蜂蜜,
六个罐子,
酒窖里的六只猫眼,

在没有窗子的黑暗中过冬
这座房子的中心
紧挨着上一个房客的变质果酱
还有闪着光的空瓶子——
某某先生的杜松子酒。

这是我从未住过的房间。
这是我一进来就无法呼吸的房间。
捆成一束的黑,像只蝙蝠,
没有光
但手电筒和它微弱的

中国黄,照在骇人的物体上——
黑色的愚钝。腐朽。

所有品①。
就是它们占有了我。
既不残忍也不冷漠,

只是懵懂。
这是蜜蜂要挺住的时光——蜜蜂
如此缓慢,我几乎察觉不到它们,
它们像士兵一样排队
向糖浆罐前进

补充着那些被我取走的蜜。
泰莱糖②让它们活下去,
精炼的雪。
它们靠泰莱糖为生,而不是花朵。
它们就吃这个了。寒冷骤然来临。

此时它们聚成一堆,
昏暗的
头脑抵御那一片白。
雪的微笑是白的。
雪将自己,梅森③瓷器几英里长的躯体,

铺展到,温暖日子里,

它们把尸体搬送到的地方。
蜜蜂全是女人,
侍女们和修长的皇家夫人。
她们除掉了男人,

那些笨手笨脚的家伙,那些粗人。
冬天只适合女性——
那女人,还在织毛线,
守在西班牙胡桃木做的摇篮边,
她的身体是严寒中的球茎,冻僵得无法思考。

蜂房能否熬过去?剑兰能否
成功地蓄积火焰
而进入另一年?
它们将品尝什么,圣诞的玫瑰?
蜜蜂在飞舞。它们品尝春天。

1962.10.9

Wintering

This is the easy time, there is nothing doing.

I have whirled the midwife's extractor,

I have my honey,

Six jars of it,

Six cat's eyes in the wine cellar,

Wintering in a dark without window

At the heart of the house

Next to the last tenant's rancid jam

And the bottles of empty glitters—

Sir So-and-so's gin.

This is the room I have never been in.

This is the room I could never breathe in.

The black bunched in there like a bat,

No light

But the torch and its faint

Chinese yellow on appalling objects—

Black asininity. Decay.

Possession.

It is they who own me.

Neither cruel nor indifferent,

Only ignorant.

This is the time of hanging on for the bees — the bees

So slow I hardly know them,

Filing like soldiers

To the syrup tin

To make up for the honey I've taken.

Tate and Lyle keeps them going,

The refined snow.

It is Tate and Lyle they live on, instead of flowers.

They take it. The cold sets in.

Now they ball in a mass,

Black

Mind against all that white.

The smile of the snow is white.

It spreads itself out, a mile-long body of Meissen,

Into which, on warm days,

They can only carry their dead.

The bees are all women,

Maids and the long royal lady.

They have got rid of the men,

The blunt, clumsy stumblers, the boors.

Winter is for women—

The woman, still at her knitting,

At the cradle of Spanish walnut,

Her body a bulb in the cold and too dumb to think.

Will the hive survive, will the gladiolas

Succeed in banking their fires

To enter another year?

What will they taste of, the Christmas roses?

The bees are flying. They taste the spring.

注释

① 原文为"possession",这里译为"所有品"。该词也有"沉迷"之意,柏拉图所谓的诗人的"迷狂"状态也是"possession"。批评家对此亦有不同解读。

② 原文为"Tate and Lyle",指泰莱公司,是英国的糖业公司。

③ 梅森,德国城市,以产瓷器闻名。

解读

《过冬》是"蜜蜂组诗"的最后一首,也是普拉斯自己整理的诗集《爱丽尔》的最后一首。在前面的几首诗里,诗人分别涉及了个人与社会、家庭、艺术、历史的关系,她对男性中心主义占据绝对主导地位的现实有了比较清晰的认识,并对之深恶痛绝,也对女性的悲惨遭遇痛心疾首。总的来看,她对这个社会是持否定态度的,表现为从《蜜蜂会》就表现出的逐步退出姿态,于是,她的关注点一步步从社会退回家庭,从家庭退回自我。到了《过冬》这里,她需要面对的只是"自我"了。个体与自我的关系,在一个消减到没有男性,没有"蜂蜇",没有"刀剑"的空间里,女性如何认识自我,树立新的身份,实现自由,这是《过冬》的主题。

诗以轻松的口语化的语调开始:"这是一段轻松时光,没什么事可做",一落笔就显示出与前几首的气氛大相径庭,一种如释重负的感觉。前面的几首诗里硝烟弥漫、血肉横飞,此刻敌人全部被想象性地击退了,叙述者可以着手清理战场了。叙述者已经完成了她的工作,"储存了蜂蜜,/六个罐子",她将在一个小房间里过冬,六罐蜂蜜是食物,好像"六只猫眼"。"猫眼",意味着和外面的联系,意味着和过去的联系,这表明叙述者依然很清醒地认识到现在的"我"依然是历史的"我",过去依然是"甜蜜"的。对于为什么是六个罐子,一般认为指的是诗人和休斯的婚姻维持了六年[1]。因为诗中紧接着就出

---

[1] Ford, Karen. *Gender and the Poetics of Excess: Moments of Brocade.* Jackson: University Press of Mississippi, 1997, p.158.

现了"上一个房客"留下的"变质果酱"和"空瓶子"。他这时已经变成了"某某先生",仿佛根本不愿意提起他的名字,过去的一页已经被叙述者撕去了。她知道,"我"不可能靠回忆过去的"甜蜜"活着,就像"果酱"终会变质,不会持久。

接下来,叙述者继续描述她即将独自过冬的地方:这是个小房间,"我从未住过的房间",是"一进来就无法呼吸的房间"。可以猜想,储存蜂蜜的小房间,应该是蜂巢。那么,"我"就是在往蜂巢的内部走,而前面的四首诗里,的确也没有对蜂巢内部结构的细致描述,现在要去一探究竟,多少有些忐忑。在这里,像前面几首诗一样,诗人已经移情于蜜蜂,一只人格化的蜜蜂正在往蜂巢深处挪去。而如果我们将蜂蜜看作过往的回忆,它又储存在哪里呢?显然是内心。这样,"小房间"也成为"我"的内心世界的隐喻,而蜜蜂"缓慢的、季节性的工作和冬眠的周期,成了心灵的发展中系统的对应象征"[1]。但叙述者说"从未住过",意味着"我"从来没有真正去面对它,"无法呼吸",意味着如果选择面对它,就不能再躲闪回避,也就没有退路。

正因为无人住过,这个房间"捆成一束的黑,像只蝙蝠",但"我"决意进去,拿着"手电筒",去打量里面的陈设。她看到了"骇人的物体",然后是"黑色的愚钝"、"腐朽"、"所有品"(或"迷狂")。叙述者并没有告诉读者她看到了什么具体的事物,而更多的是心理的暗示,以哥特风格描述这些事物给观者造成的感受。而读者也只能猜测,叙

---

[1] Luck, Jessica Lewis. "Exploring the 'Mind of the Hive': Embodied Cognition in Sylvia Plath's Bee Poems", in *Tulsa Studies in Women's Literature*, 2008, 26 (2), p.302.

述者要么看到了一系列东西,它们依次给她带来了上述感受;要么她看到了同一事物在时间中的渐变,她慢慢接近其本质。这些东西,如同过去在脑海中的情景重现,而"我"曾紧密和它们联系在一起,彼此"占有"。当"我"撇开一切外在因素来客观评价它们时,结论则是:"就是它们占有了我。/既不残忍也不冷漠,//只是懵懂。"

当然,这房间也是一个蜂巢,里面依然有存活的蜜蜂。它们还在为过冬做准备:"如此缓慢,我几乎察觉不到它们/它们像士兵一样排队/向糖浆罐前进//补充着那些被我取走的蜜。"这些蜜蜂,是经历过《蜜蜂会》里养蜂人僭越、干涉、规训的蜜蜂,是《蜂箱送抵》里熬过奴隶岁月的蜜蜂,是《蜂蜇》里满腔仇恨的蜜蜂,也是《蜂群》里为独裁者冲锋陷阵的蜜蜂。它们从春季到秋季,为他者活着,也被他们践踏,现在,它们要依靠"糖浆"而不是"花朵"来面对寒冷的冬天,对它们而言,这是"要挺住的时光"。于是,它们抱团取暖,聚成一个黑球,"抵御那一片白"。而"雪的微笑是白的",迥异于小房间的黑。雪是外部世界,意味着危险和死亡,它在外面铺展———旦天气暖和,蜜蜂将把尸体搬运到那里。所以,一切外在于"我"所在的独立世界的,外在于"我"的独立心灵的,都必须被清除出去。

值得注意的是,"蜜蜂组诗"里的"我"此时的态度和策略发生了一个转变。此前,她是一味地撤退、躲避外界的伤害,就像达芙妮把自己变成一棵树。现在,她意识到外界不会因为你的躲避而善罢甘休,就像男权社会不会因为女性的软弱而停止戮犯。如果要获得自由,就必须主动将外部世界从"我"的世界里排除出去。另外一点,"我"意识到,个体的力量是微弱的,女性的自由和解放,必须依靠群体的觉醒和共同的努力。因此,《过冬》里的雌蜂们不再像《蜂蜇》里那样甘受摆布,不再猜忌和嫉妒同类,她们同仇敌忾,共同面对寒冷[1]。这是一群经受过磨难、沉默而坚韧的女性:"侍女"(雌蜂)和"修长的皇家夫人"(蜂后),她们"除掉了男人,//那些笨手笨脚的家伙,那些粗人",依然履行生理属性给予女性的天赋和职责——"还在织毛线,/守在西班牙胡桃木做的摇篮边"。她们经过了自省和反思,汇聚了能量等待时机。她们的身体变成了剑兰(gladiolas)的球茎,蓄积能量(火焰),期待来年的春天。而剑兰一词内嵌的"glad",预示着挺过艰难岁月的快乐时光,预示着女性终将在未来获得自由,像"蜜蜂在飞舞。它们品尝春天"。

《过冬》始终保持着一种平静的语调,如果把"蜜蜂组诗"看作一次航行,这首诗是雷暴过后的风平浪静,虽然在船体四周依然漂浮着伤痕累累的残骸。刚刚经历情感风波的诗人,以这样的一组诗歌来整理自己的生活和情感,希望从过去摆脱出来,重建一个新的自我。她意识到这将是"新生",诗歌最后以"春天"结束,诗集《爱丽尔》最终以"春天"结束,这表明诗人意欲与过去告别,以全新的姿态去迎接未来的生活。但也有批评家对这首诗的乐观态度心存怀疑,他们的理由是普拉斯这首诗的手稿,最后两行是这样的:

What will they taste [like] of the Christmas roses?

---

[1] Ford, Karen. *Gender and the Poetics of Excess: Moments of Brocade*. Jackson: University Press of Mississippi, 1997, p.160.

Snow water? Corpses? [Thin, Sweet Spring.]
[Impossible spring?]
[What sort of spring?]
[O God, let them taste of spring.][1]

诗人似乎对"蜜蜂"能否"品尝春天"缺少把握,她对"圣诞的玫瑰"究竟是"雪水"还是"尸体"举棋不定。她也反问自己:这个春天会是"不可能的春天"还是"什么样子的春天"?这既是对自己未来前途的不自信,也是对女性未来命运的担忧。的确,从社会制度这个庞然大物的阴影中挣脱出来又谈何容易?即使女性退到安静的角落,它的触须依然会阴魂不散如影相随,扑过来扼住脖子让人窒息。这也不难理解诗人为什么在"圣诞的玫瑰"中看到了"尸体"。还有人考证过"圣诞的玫瑰"究竟是哪种植物。一种说法是一品红(Poinsettias),美丽而有毒,品尝它就暗示着品尝死亡[2]。而另外一种说法是黑嚏根草(Hellebore):希腊神话中阿戈斯城的墨兰波斯曾经用这种植物,将受酒神狄俄尼索斯诱惑而裸体奔跑的阿戈斯国王的女儿从癫狂状态中拯救了出来。这似乎又暗指"圣诞的玫瑰"具有医治功效,品尝它就

---

[1] Van Dyne, Susan, R. "'More Terrible Than She Ever Was': The Manuscripts of Sylvia Plath's Bee Poems", in *Critical Essays on Sylvia Plath*, Linda W. Wagner-Martin ed. Boston: Hall, 1984, p.169.

[2] Bundtzen, L. *Plath's Incarnations: Woman and the Creative Process*. Ann Arbor: University of Michigan Press, 1983, p.181.

是疗伤[1]。诗人的真实所指,我们无从得知,但无论是死亡也好,还是治愈也好,对普拉斯而言,都意味着"重生",正如我们在诗集《爱丽尔》中的许多诗篇里看到的。《过冬》的结尾处,蜜蜂又在春天飞向高空,"蜜蜂组诗"也完成了从夏天经过冬天到春天的季节更替,从而形成了一个"循环结构"。

"蜜蜂组诗"完成以后,诗人非常满意地写信给母亲说:"我是一个写作天才,我有天赋;我正在写一生中最棒的诗;它们将塑造我的声名。"[2]这样的自我评价和期许,也是诗人在"蜜蜂组诗"尤其是《过冬》里深入认识自我的结果。她期望从此开启一个全新的生活,这是和写作紧密捆绑在一起的生活:只有心无旁骛,才能在诗歌中完成自我的实现。这样一个自我,将在诗歌里拥有"玻璃的双翼",像蜜蜂一样飞起来。可见,这一组诗歌对诗人具有非凡的意义。有批评家也指出放在诗集《爱丽尔》最后的这一组诗歌,同样在整部诗集中显得异常突出:"蜜蜂组诗更宽阔的运行轨迹,从孤独跨越到社群,从天真跨越到经验,从静态与死亡跨越到新生与希望,让整部《爱丽尔》具有了完全不同的光芒。"[3]

---

[1] Kendall, Tim. *Sylvia Plath: A Critical Study*. London; New York: Faber and Faber, 2001, p.146.
[2] Plath, Sylvia. *Letters Home: Correspondence*, 1950 – 1963, Aurelia Schober Plath ed. New York: Harper Perennial, 1981, p.468.
[3] Gill Jo (ed). *The Cambridge Introduction to Sylvia Plath*. Cambridge: Cambridge University Press, 2008, p.58.

晨　歌

爱使你走动像只胖金表。
助产士拍打你的脚底,你光溜溜的哭声
在元素中找到自己的位置。

我们的声音回荡,放大你的到来。新的雕像。
在一座通风的博物馆,你的赤裸
给我们的安全感投下阴影。我们如墙壁茫然站在四周。

我不像是你母亲,较之于
云朵:它提取一面镜子,反射出自身
缓慢的消失,在风的手中。

整个晚上你飞蛾的呼吸
在平整的粉色玫瑰中颤动。我醒来倾听:
远方的海在我的耳中移动。

你一哭,我就匆匆下床,奶牛般笨重
裹着绣花的维多利亚式睡袍。
你大张着嘴像只猫。窗格子

泛白,吞掉晦暗的星。此刻你

试着发出一串音符;

清晰的元音像气球升起。

1961.2.19

Morning Song

Love set you going like a fat gold watch.
The midwife slapped your footsoles, and your bald cry
Took its place among the elements.

Our voices echo, magnifying your arrival. New statue.
In a drafty museum, your nakedness
Shadows our safety. We stand round blankly as walls.

I'm no more your mother
Than the cloud that distills a mirror to reflect its own slow
Effacement at the wind's hand.

All night your moth-breath
Flickers among the flat pink roses. I wake to listen:
A far sea moves in my ear.

One cry, and I stumble from bed, cow-heavy and floral
In my Victorian nightgown.
Your mouth opens clean as a cat's. The window square

Whitens and swallows its dull stars. And now you try

Your handful of notes;

The clear vowels rise like balloons.

解读

以诗的形式记述家庭生活中的事件,真实袒露个人对家庭成员的感情,这一类诗歌在普拉斯的作品中占有一定的比例,可以称之为家庭诗。《晨歌》就是这一类题材诗歌中非常引人注目的一首,诗人自己也将其放在诗集《爱丽尔》的第一首。诗歌写于她的第一个孩子——女儿弗里达出生后 10 个月,描述她成为母亲后的心理感受。但这首诗与通常所见的其他诗人写给孩子的诗有所不同,并不是一味表达对孩子的爱意,它展现了一个母亲如何逐步接受孩子,并由此确立自己新身份的过程。全诗只有六个诗节共 18 行,但在这不长的篇幅里,新奇意象纷呈,这些意象诉诸某一感官或感官的综合,在这样一个连续的经验空间里,可以看出母女的关系是如何从最初的疏离渐渐趋向"共鸣",两者之间的距离是怎样慢慢抹除并走向和谐的。

诗歌首句交代的是这个新生儿从何而来:"爱"是施动者,是驱动力,"使你走动"(set you going)。但这个"走动",并非指"人"的走动。后面的明喻,将这个孩子比喻为"胖金表",一个机械物品,那么,这个"走动"是表的走动。我们习惯了诗人将孩子比作花朵,比作羊羔,比作天使,可诗人为什么将之比作"表"呢?不妨联想一下机械钟表的结构:它以发条作为动力的原动系,经过一组齿轮组成的传动系来推动调速器工作,传动系在推动调速器的同时还带动指针结构,从而由指针来显示时间。那么,我们不妨推测,"爱"就是这个表走动的原动力,而一个外形通常呈圆形、内部由精密走动的齿轮等部件构成的表,和受孕的女性子宫具有了相似性。如此，首句似乎是在交代，这个孩子被带到了母亲的子宫里，同时也开启了属于他（她）自己的时间之旅。之后，孩子降临人世，这就是第二句直接描述的场景："助产士拍打你的脚底"，而"我"听到的"你"的哭声，也是"光溜溜"的，而"你"也在这世上"找到自己的位置"。要注意的是，诗人说，"你"是在"elements"中找到位置，这里有双关之意：这个词可指自然世界中的元素；也可以指自然环境，主要是不太理想的天气状况；还可以指组成一个整体的各个部分，可以从整体中分离出来。这意味着，这个孩子的到来，对刚刚经历阵痛的母亲来说，仿佛自身的一部分被分离出去，不再属于自己，它被带入了另外一个世界，这个世界不是主观世界，而是客观的外部环境，孩子就像自然元素一样，变成了自然环境的一部分，仿佛为元素周期表增添了新的内容。

  第二节的场景是在医院的走廊里，孩子的降生，引来了一些探望者。大家都在谈论孩子，"声音回荡"，仿佛"放大你的到来"。川流不息的来访者让诗人联想到了博物馆里的参观者，于是，大多数时间处于睡眠状态的新生儿，就被比喻成了刚刚收藏入馆的"新的雕像"，是被观看的对象，是人工制品，静止不动。此时，孩子是众人视觉的中心，处于突出的位置，仿佛在博物馆被提升到了高处。而叙述者，可能也会忙于和那些探视者寒暄，注意力还无法完全倾注在孩子身上。而那些探视者的频繁到访，却是对私人生活领域的侵入，于是"你的赤裸/给我们的安全感投下阴影"。母亲从分娩之后，不仅尚未和孩子建立起联系，反而隐隐生出不安，"茫然站在四周"。

  这自然就引出了第三节中的感受："I'm no more your mother..."

("我不像是你母亲")。看上去,叙述者是在回避母亲的责任,她是要否认自己是"钟表匠"、"雕塑家"?或者,如果是"钟表匠"、"雕塑家",那么她的制品一旦完成,就交给了使用者与欣赏者,从而与制造者切断了关联?这里展现出的,是由对新生儿的认识而带来的对自身的重新认识。她仍然使用类比来具体化她的认识:"云朵:它提取一面镜子,反射出自身/缓慢的消失,在风的手中。""镜子"是"云朵"的孩子,但它的出现伴随着"云朵"的消失。此处诗人选择的"消失",用的是"effacement",它也是一个医学术语,指的是"子宫颈展平",这样就和女性的命运联系在一起了。叙述者所疑虑的,是成为母亲的女性的担忧,担心孩子的到来会使自己失去自我,失去独立性。[1]

第四节的场景移到了一个夜晚的家里,孩子在熟睡之中。她呼吸轻微而均匀,仿佛一只飞蛾轻轻地扇动翅膀,在铺着粉色玫瑰的墙纸上(玫瑰是平整的)[2]。这是母亲的又一个比喻,却是第一次将孩子比作了一个有生命的存在物!仿佛刚刚从这个"客体"那里发现了和自己的相同和相通之处,她开始留意这个"生命体":"我醒来倾听:/远方的海在我的耳中移动。"在普拉斯的诗里,大海常是活力的

---

[1] Barrett, Allison. "The Identity In-Between: A Historical Close Reading of Sylvia Plath's 'Morning Song'", in *The Oswald Review: An International Journal of Undergraduate Research and Criticism in the Discipline of English*, 2017, 19 (1), p.70.

[2] 此处应是对诗人卧室场景的描述。写作该诗时,她的卧室确实铺着有粉色玫瑰的墙纸。参见 Crowther, Gail & Steinberg, Peter K. *These Ghostly Archives: The Unearthing of Sylvia Plath*. Stroud: Fonthill Media, 2017, p.106。

象征,她也曾说大海是"诗的古迹"(poetic heritage)[1],这与她童年时曾在海边生活有关。大海的声音出现在这里,也表明她从孩子的呼吸中听到了生命力。但同时,这是一片"远方的海",仿佛她听到的是与所在的英国相距甚远的美利坚的海,仿佛是童年的海浪在拍打她耳朵的海岸线。那里有一个过去的自我,那是她留恋而不愿意割舍的。她从孩子身上发现了一个新的生命,但依然对失去的自我而感伤。

而突然响起的孩子的哭声,打断了她的触景生情。母亲的天性一下子被这个小生命给唤醒,她于是"匆匆下床",跌跌撞撞地(stumble)去查看孩子的需要。她形容自己"奶牛般笨重",裹着"维多利亚式睡袍",没有使用任何美化的语言修饰。这个略显慌张的女人,自然展露出天性,急忙去给孩子喂奶,成了一个"旧式"女性。孩子"大张着嘴像只猫",仍然被比喻为一只小动物,而母亲在这个阶段的天职就是去满足孩子的这种动物性需要,这是诗歌里母亲和孩子的第一次互动。孩子的小嘴,"也可以看作一个缩小的空间,而母亲则以功能性的方式来适应这一空间"[2],此时母亲通过女性的独特身体经验发现了自身对孩子的价值和意义。可是,孩子对于母亲呢?

此时已近凌晨,母亲抬头看了看窗格子——这片狭小空间是她了解外面世界的唯一渠道了:泛白的窗格子"吞掉晦暗的星",既是实

---

[1] Plath, Sylvia. *Letters Home: Correspondence*, 1950–1963, Aurelia Schober Plath ed. New York: Harper Perennial, 1981, p.345.
[2] Katz, Lisa. "The Space of Motherhood: Sylvia Plath's 'Morning Song' and 'Three Women'", in *Journal of the Association for Research on Mothering*, 2008, 4(2), p.117.

写,也是自况。属于夜晚的星星正在被即将到来的早晨抹去,它的光芒渐渐暗淡,母亲的感伤再次泛上心头,有顾影自怜之意。而孩子此刻(and now)"试着发出一串音符;/清晰的元音像气球升起"。这时刻意强调的"此刻",点出了这首诗与标题"晨歌"的联系:清晨来临了,新的一天开始,孩子的声音仿佛是在唱一首歌。这个"此刻"把即将到来的时光与已经过去的时光分开,孩子能发出音符,这仿佛是孩子成为一个新的独立个体的标志,在母亲眼中成了一个有意识的"人",不再是无生命的元素、雕像,也不再是动物。由比喻构成的一个序列,展现出母亲对孩子的接受过程。而一个诗人母亲,从孩子的发声里听到了"元音",这可是诗歌的构成要素,她从孩子那里找到了诗歌的灵感,而这本来是她担心因为承担母亲责任会失去的。在这一刻,母亲的语言和孩子的语言突然成功匹配,语言的交流随之带来情感的交流,"共鸣"产生了。在这一刻,母亲也似乎发现了自己新的角色,找到了一条途径将母亲的身份和诗人的身份统一起来,孩子不像她起先担忧的那样是写作的负担,而成了诗歌的源泉。

《晨歌》一诗,细腻地描述了一个女诗人如何消除与孩子的隔膜感,走出迷失状态,重建新自我的过程。与其说它是一首写给孩子的诗,不如说是面对自我的诗,是对女性独有经验的细致刻画,是一首"自白诗"。所以,有一种声音认为这首诗是女性"产后抑郁症"的"症状"描述,并从精神分析的角度深入潜意识的内部,分析女性创造力与无意识心理状况的关系。也有人认为诗人选择"morning song"作为标题,背后的意图其实是写一首"mourning song",即"晨歌"的言外之意是"哀歌",这首诗是诗人内心深处的自怜自艾,是低沉旋律的内心回旋[1]。从艺术特色上说,这首诗醒目地运用了一种修饰技法:通感(synaesthesia)。一个个新奇意象的次第出现,是多种感官综合作用的结果。正是视觉、听觉、触觉、嗅觉、味觉彼此打通,共同参与对审美对象的观察、体悟和呈现,才有可能听到孩子"光溜溜"的哭声,看到飞蛾呼吸的"颤动",也才能营造出"远方的海在我的耳中移动","清晰的元音像气球升起"的画面感。当其诉诸读者的感官,也能够调动各个审美感官,使其突破各自的界限并整合起来,从而在看似孤立的意象间建立联系,捕捉诗人呈现出的整体形象,体会情感的细微变化。而《晨歌》的情感基调,在诗歌的开篇已经确定,那就是"爱"。普拉斯有意在诗集《爱丽尔》中以《晨歌》的"爱"开始,以《过冬》的"春天"结束,使得整部充满风驰雨骤、阴沉深郁的诗集在首尾两端洒入了一缕阳光。这是她内心真正渴望的——"爱"和"希望",这是经历磨难的女性仍然透过逼仄的"窗格子"所翘首企盼的。

---

[1] Katz, Lisa. "The Space of Motherhood: Sylvia Plath's 'Morning Song' and 'Three Women'", in *Journal of the Association for Research on Mothering*, 2008, 4(2), p.117.

侦 探

当翻过七座小山头,红色犁田,
蓝色山脉,突然到来时,她在干什么?
她在整理杯具? 这点很重要。
她在窗边,侧耳倾听?
山谷里火车的尖叫回荡如钩子上的灵魂。

那是死亡之谷,尽管奶牛茁壮成长。
在她的花园里谎言抖掉潮湿的丝线
凶手的眼睛鼻涕虫一般地移向一边,
无法正视这手指,那些自以为是的人。
手指正把一个女人往墙里塞,

把一具尸体塞到管子里,烟雾升腾。
在这厨房里有岁月焚烧的气味,
这些都是欺骗,像全家福一样高挂,
而这就是那个男人,看他的微笑,
这就是凶器? 没有人丧命。

在这房子里根本就没有尸体。
只有上光剂的味道,只有毛绒地毯。

这儿还有阳光,弹拨着它的锋刃,
红房间里令人生厌的恶棍
无线电收音机自说自话像上了年纪的亲戚。

它的到来像箭,像刀子?
它是哪一种毒药?
它是哪一种神经扰乱剂,痉挛剂?它是否导电[①]?
这是一宗没有尸体的案件。
尸体根本就不在案发现场。

这是一宗活人蒸发案件。
首先是嘴,它被报失踪
发生在第二年。它原本就不知足
作为惩罚,它被挂出来,像棕色水果
外表起皱,变得干瘪。

然后轮到了乳房。
它们变硬了,两块白石头。
乳汁转黄,接着转蓝,变甜,像水。
嘴唇尚未失踪,还有两个孩子,
但他们露出骨头,月亮微笑。

接着是枯木,大门,

母亲般的褐色犁田,整个庄园。
我们走在空中②,华生医生③。
只有一轮月亮,浸泡在磷水里。
只有一只树上的乌鸦。请一一记录在案。

　　　　　　　　　　　　1962.10.1

The Detective

What was she doing when it blew in
Over the seven hills, the red furrow, the blue mountain?
Was she arranging cups? It is important.
Was she at the window, listening?
In that valley the train shrieks echo like souls on hooks.

That is the valley of death, though the cows thrive.
In her garden the lies were shaking out their moist silks
And the eyes of the killer moving sluglike and sidelong,
Unable to face the fingers, those egotists.
The fingers were tamping a woman into a wall,

A body into a pipe, and the smoke rising.
This is the smell of years burning, here in the kitchen,
These are the deceits, tacked up like family photographs,
And this is a man, look at his smile,
The death weapon? No one is dead.

There is no body in the house at all.
There is the smell of polish, there are plush carpets.

There is the sunlight, playing its blades,

Bored hoodlum in a red room

Where the wireless talks to itself like an elderly relative.

Did it come like an arrow, did it come like a knife?

Which of the poisons is it?

Which of the nerve-curlers, the convulsors? Did it electrify?

This is a case without a body.

The body does not come into it at all.

It is a case of vaporization.

The mouth first, its absence reported

In the second year. It had been insatiable

And in punishment was hung out like brown fruit

To wrinkle and dry.

The breasts next.

These were harder, two white stones.

The milk came yellow, then blue and sweet as water.

There was no absence of lips, there were two children,

But their bones showed, and the moon smiled.

Then the dry wood, the gates,

The brown motherly furrows, the whole estate.

We walk on air, Watson.

There is only the moon, embalmed in phosphorus.

There is only a crow in a tree. Make notes.

注释

① 普拉斯在第一次自杀未遂后曾接受过精神治疗,而电惊厥疗法是当时常见的物理疗法。

② 原文为"walk on air",直译为"走在空中",该短语有"飘飘然、洋洋得意"之意。

③ 华生医生是阿瑟·柯南·道尔小说《福尔摩斯探案集》中的虚构人物,是侦探福尔摩斯的搭档。

解读

在《侦探》里,我们又遇到了一个虚构的叙事者。从标题可以知道,他的身份是一名侦探,全诗是他面对一起凶杀案的探案过程,讲述他如何寻找线索、推理案情、锁定凶手的经过。当这首诗最后随着他称呼其助手为"华生",读者才恍然大悟,原来这个侦探是鼎鼎有名的福尔摩斯。和普拉斯同时期其他诗中的叙述者相比,他显得极其冷静,这是由他的身份所决定的。他只是客观地呈现案情的发展,很少加以评述,带来的效果则是,《侦探》一诗没有诗集《爱丽尔》里大多诗歌那样激越而狂热的情绪,它尽可能不带情感地陈述事实,并以锋利的逻辑去梳理因果关系,试图将真相大白于眼前。我们知道,普拉斯的文学创作并不仅限于诗歌,她对小说同样有极大的兴趣,并倾注了大量时间和精力在小说创作中。她曾明确表示过对小说家的羡慕,声称和小说家比起来,诗歌中的空间和时间显得过于局限,诗人就像是"熟练的行李打包人"[1]。而这首诗,她则尝试从侦探小说中借用一个家喻户晓的角色,也是一种借鉴小说技法的尝试,因此,这首诗也表现出侦探小说的若干特点。

这首诗落笔时,侦探在赶往案发现场的路上,他迫不及待地与助手分析案情,谈论凶案发生时受害人的举动。她是在"整理杯具"还

---

[1] Plath, Sylvia. "A Comparision" in *Jonny Panic and the Bible of Dreams*. New York: Harper and Row, 1979, p.62.

是在窗边"侧耳倾听"？他认为这也是非常重要、不可忽视的线索，显示了侦探的专业素养和敏锐性。随着慢慢靠近事发地点，周遭的环境也引起了他的注意：火车尖叫如"钩子上的灵魂"，花园里"谎言抖掉潮湿的丝线"，这是一片阴沉而充满杀气的"死亡之谷"。奇怪的是"奶牛茁壮成长"，这是看似反常的情景，也是悬疑小说中常见的伏笔。进入现场，凶手早已隐身，但他的眼睛却像"鼻涕虫"，黏乎乎地阴魂不散。而根据描述，死者是一个女性，尸体被一只手指塞进了墙壁、管道，厨房里发生的凶杀很离奇，"烟雾升腾"、"岁月焚烧"，但这只手指是谁的？高明的侦探认为这个犯罪现场可能是伪装的，是"欺骗"，起先被怀疑的"全家福"里的那个男人，他的"微笑"不可能是凶器，而更诡异的是：房间里根本就没有尸体！

侦探开始留意现场的细节，希望找到蛛丝马迹，他闻到了"上光剂的味道"，看到了"毛绒地毯"，听到了收音机还在"自说自话"，还有射进来的阳光"弹拨着它的锋刃"。联系到尸体已经"不在案发现场"，侦探怀疑，凶手是"阳光"，这个像箭和刀子的"恶棍"，它杀人于无形，和毒药差不多，它扰乱人的神经，像电流通过人的身体使人痉挛而死。而侦探，将凶手锁定为无处不在的阳光：杀人是通过"蒸发"来实现的。

锁定嫌疑人后，侦探开始运用逻辑推理，试图还原整个案发过程。在他的描述中，凶犯杀人并非一刀致命，而是蓄谋已久，一步步执行的。于是，被害人的"活人蒸发"，是凶手分步实施的：首先消失的是嘴，"被挂出来，像棕色水果，/外表起皱，变得干瘪"，失去了光泽和水分。其次是乳房，"变硬了，两块白石头"，乳汁也由白变黄再变蓝。

但是,"嘴唇尚未失踪,还有两个孩子",这里又出现了蹊跷之处,嘴唇如何从消失的嘴上幸存下来？这又是一个悬念。随着女子身体的渐渐消失,象征着死亡的月亮又在诗中露出了她恐怖的微笑,宣告生命的终结。

　　但是,凶手并没有善罢甘休,看不见的魔爪还在四处找寻猎物。蒸发案似乎是传染性的,阳光还在贪婪地攫取、吸吮水分和生命的精华。于是,这宗案件的受害者扩大到了树木、大门、犁田,直至蔓延到将整个庄园变成一片焦土。侦探先生的严密推理,锁定了凶案的罪魁祸首,他不禁得意于自己的高明推断,催促自己的助手做结案报告。当他们离开现场时,天色已晚,只有月亮和乌鸦在沿途出没,仿佛两个证人。

　　然而读者兴许不会同意福尔摩斯先生的"盖棺定论",也不会允许真正的"凶手"逍遥法外。不妨再次回顾一下这个由诗句构成的卷宗,看看这起离奇的女性失踪案中还有哪些谜团,以及还有什么线索。诗的第三行在强调受害人遇难的时候已经指出"这点很重要"。女子彼时正在"整理杯具",表明她正在从事家庭体力劳动。而案发地点在厨房,这通常也是女性在家庭中被分配的空间：一个手指把她往墙里和管子里塞,是否也在说女性的角色被强行固定在特定的场所？随后出现的"上光剂"也罢,"毛绒地毯"也好,都是家务劳动的工具或者打理的对象,而在当时的美国家庭中,类似的工作都是由女性来完成的。当这首诗反复说"没有人丧命"、"房子里根本就没有尸体"、"尸体根本就不在案发现场"时,这个女子的蒸发就显得可疑了。她的身体或许并没有消失,而是一个有活力和创造力,独立的女性自我消失了,消失在繁重的家庭负担中,消失在生育当中(联想到"奶牛茁壮成长"的象征),消失在丈夫的谎言和欺骗中。之后,身体部件的失踪,也就并非指器官的消失,而是指功能的退化或被扭曲——嘴的消失"发生在第二年",从何时开始的第二年?应该是婚姻,而它被抹去的,是表达的自由;乳房的消失,源于哺乳期的到来,它们成了养育孩子的工具,服从于家庭传宗接代的需要。而尚未失踪的嘴唇,可能根本就不是这个女人的,而是以乳汁为生的孩子的。分析到此,我们不妨猜测普拉斯这首诗背后的抱怨:日复一日的家务导致了"谋杀案",它对女性的伤害是日积月累的折磨。家庭让女人实现了社会赋予她的性别和身份,但她却失去了自我。虽然女性依然有获得独立性的要求,但正如波伏娃所言:"社会结构并未由于女人的地位发生了变化而有多大改变;这个始终属于男人的世界,现在仍然保持着他们所赋予它的形式。"[1]而家庭以及由家庭所强加给女性的义务,就是男性世界所赋予的现实中的形式。隐藏在叙述者背后的诗人,她所指向的"凶手",依然是"那个男人",是男性中心主义所主导的社会制度。

这首诗,同样写于诗人创造力惊人的 1962 年 10 月,和同时期的其他诗一样,重新认识自我、反思女性悲剧的根源、思索走出困境的出路是普拉斯非常集中的关注点。《侦探》所描述出的命案,既是对女性的命运痛彻骨髓的认识,也是对戕害女性的"真凶"发出控诉。如果认同"阳光"是凶手,那么由阳光和太阳神所代表的男性世界是不是幕后的指使?如果认为同样要求被"记录在案"的月亮和乌鸦别有

---

[1][法]西蒙娜·德·波伏娃:《第二性》,陶铁柱译,北京:中国书籍出版社 1998 年版,第 772 页。

深意,它是不是暗指身体要腐烂、朽坏,只能"浸泡在磷水里",进入一个黑暗的领地?这是这首诗最后留给我们的又一个悬念,福尔摩斯不会告诉我们答案。因为,从叙事角度来说,福尔摩斯纵然绝顶聪明,他仍然不是一个全知的叙事者,他依然需要调动他的感觉和意识,从他的视觉、听觉及感受的角度去发现线索,并在此基础上做出合理的推理和分析。从小说叙事学的角度来看,侦探是一个"内视角",某种程度上更像一个见证人,他的叙述是为塑造一个主要人物服务的。因此,这首诗所要表现的中心人物,其实是这个没有尸体的女死者。她的身体、经验、内心世界,都是通过侦探的视角去观察、揭示和剖析的。而神通广大的福尔摩斯,增强了读者的信任感,读者不会怀疑案件是不是子虚乌有,从而增强了对受害者悲惨遭遇的同情。

然而,见证人视角毕竟不是当事人的,叙述者的描述必然会受其观察力、性格、阅历、智力的限制,当主要人物基本处于隐形或者失语状态时,事情的真相,以及主要人物的内心世界,就只能依靠猜测与推断,从而失去它的客观性。从艺术表现效果来看,侦探的视角使故事充满悬念,充满了戏剧性。事件的真实性,由于叙述者视角的局限,也因此处于揭开与遮蔽的临界点,给读者带来的阅读感受则是,似乎无限接近真相,但又留有大量空白。这正是普拉斯诗歌叙事的高妙之处:"抒情的声音通过操控视角来讲述故事","这样的处理让诗歌具有了令人难以察觉的叙事密度"[1]。这首诗,也因此具有了类似侦

---

[1] Dickie, Margaret. "Sylvia Plath's Narrative Strategies", in *The Iowa Review*, 1982, 13(2), p.10.

探小说的引人入胜之处和叙事魅力,而诗中女人之死,也并没有大白于天下,而是随着侦探和他的伙伴"走在空中"而融入夜幕,留给读者去猜谜。

对福尔摩斯的结论抱有怀疑,还因为他的性别角色。从诗的语调来看,侦探面对案件的细节,面对死去的女性,表现得缺乏同情,他看来习惯了"烟雾升腾"的厨房景象,对"岁月焚烧的气味"、"上光剂的味道"也见怪不怪,似乎这些与案情毫不相干。当杀手被比喻为"毒药"、"扰乱剂"、"痉挛剂"等化学物质时,受害者则被当作了"害虫或病菌","毒性物质遍布了她的身体和更大的生态环境之中"[1],当说到女人的嘴巴被报失踪时,他甚至不经意间流露出某种嫌恶,评论它"原本就不知足",它"被挂出来"是一种惩罚,这些都在无意间泄露出他对这个女性的态度。福尔摩斯是一个男性,当他在侦破这个案件时,似乎也掺入了基于自身性别立场的评价。而当讨论凶手是不是"那个男人"时,侦探马上说他的微笑不可能是凶器,况且没有发现尸体,立刻为其开脱,并将注意力迅速转移到房子里的阳光上,将受害人之死篡改为"失踪"与"蒸发"。这样的情节安排,似乎意在表明,侦探依然试图维护根深蒂固的制度,因此对它的恶行熟视无睹,甚至转移视线遮盖事实。结案后的侦探"walk on air",他的飘飘然,看上去像是成功破案的喜悦,实质却是"卫道者"维护既得利益、巩固性别等级的成果炫耀。这样来看,普拉斯的《侦探》就不仅仅是个人色彩的抱怨,而是对整个男性群体和社会制度的控诉。

---

[1] Brain, Tracy. *The Other Sylvia Plath*. New York: Routledge, 1988, p.193.

捕兔器

它是力的场所——
风吹起我的头发填塞我的嘴,
撕扯着我的嗓音,而大海
它的光让我目眩,死者的生命
在其中翻卷,油一般洇开。

我领教过金雀花之恶,
它的黑色尖刺,
它黄色的蜡烛花给临终者涂的油膏。
它们有一种功效,一种了不起的美,
而且毫不节制,像酷刑。

唯有一个地方还可以去。
慢慢升温,充满香气,
小路缩进了洞中。
圈套几乎抹去了自身——
没有罩到什么,许多零,

落下闭合,像分娩之痛。
尖叫的缺席

在热天里留下一个窟窿,一种空缺。
玻璃般的光是一堵明晃晃的墙,
灌木丛阒寂无声。

我察觉到一种呆滞的忙碌,一种企图。
我察觉到茶杯边的手,无精打采、迟钝,
环握着白瓷器。
它们就这样等着他啊,那些小小的死神!
它们像情人一样等着。它们让他兴奋。

而我们,也同样,存在某种关系——
我们之间有紧紧的金属线,
钩子太深无法拔出,而一个念头仿佛指环
滑落下来罩住某个稍纵即逝的东西,
这种压迫感也正在谋害我。

1962.5.21

The Rabbit Catcher

It was a place of force—
The wind gagging my mouth with my own blown hair,
Tearing off my voice, and the sea
Blinding me with its lights, the lives of the dead
Unreeling in it, spreading like oil.

I tasted the malignity of the gorse,
Its black spikes,
The extreme unction of its yellow candle-flowers.
They had an efficiency, a great beauty,
And were extravagant, like torture.

There was only one place to get to.
Simmering, perfumed,
The paths narrowed into the hollow.
And the snares almost effaced themselves—
Zeros, shutting on nothing,

Set close, like birth pangs.
The absence of shrieks

Made a hole in the hot day, a vacancy.

The glassy light was a clear wall,

The thickets quiet.

I felt a still busyness, an intent.

I felt hands round a tea mug, dull, blunt,

Ringing the white china.

How they awaited him, those little deaths!

They waited like sweethearts. They excited him.

And we, too, had a relationship—

Tight wires between us,

Pegs too deep to uproot, and a mind like a ring

Sliding shut on some quick thing,

The constriction killing me also.

解读

《捕兔器》是一首引起争议的诗。普拉斯将它编选入诗集《爱丽尔》中,但休斯在将诗集交付出版时,对其中的篇目进行了一些调整,删去了包括《捕兔器》在内的一些诗,原因是认为这些诗具有人身攻击性[1]。若干年后这些诗所引起的批评也证明,休斯的担心并非多余。甚至有人质疑休斯删去这些诗的真实意图,仿佛是他个人意图掩盖什么。《捕兔器》描写的对象,表面上是英格兰旷野上猎人布置的猎取动物的机关,但评论家们有一种共识,认为这个危机四伏的场景以及器械,是婚姻的隐喻。这首诗揭示的,是诗人对婚姻中存在的不平等和压迫的怨诉,它是一则关于两性关系的寓言,"既是渴望理解的呼喊,也是妻子对错觉的悲歌"[2]。这一点,就连休斯本人也不否认。这首诗与诗人写作时的处境和心境有关,它首先是"个人"的,诗人将特殊的经验植入了猎物和觊觎它的环境之中,以令人窒息的压迫感,颠覆了家庭生活中温情与甜蜜的表象,从而揭示出社会权力关系的真相。

这首诗的写作日期,是普拉斯发现休斯与阿霞·韦维尔在厨房亲吻的次日,由此不难理解她写作时情感上的愤怒。她内心的刺痛直接反映到诗歌的首句:"It was a place of force—"她感觉置身于一个"力

---

[1] 参见 Hughes, Ted. *Winter Pollen: Occasional Prose*. London:Faber, 1995, p.166。
[2] Wagner-Martin, Linda. *Sylvia Plath: A Biography*. New York:Simon & Schuster, 1987, p.205.

的场所",四面八方而来的无形的力,都在倾轧、撕扯、折磨着她,将她变成它们的"猎物"。这个为外力包围的叙述者,仿佛置身于一个被监禁的环境当中,"风吹起我的头发填塞我的嘴,/撕扯着我的嗓音"。而实际上,她所处的地方是海边的空旷之地,视野开阔。依照休斯的回忆,这首诗所记叙的,是他们一起到英格兰旷野上的一次出行:他们先到了海边,然后在山岩间徒步,并看到了村民们布置在隐秘处的捕兔器。在诗中我们看到,这次出行并没有成为愉快的散心之旅,海风并没有吹走诗人心中的阴霾,海水的奔涌也没有带走不快,"光让我目眩,死者的生命/在其中翻卷",它们代表了外在的蛮力,被"移情"作用投射为施暴者,共同制造恐怖。

　　接下来映入眼帘的,是生长在岩石间的原本具有观赏性的植物:金雀花。这是一种开有黄色花朵的植物,茎干上长满了尖刺。第二节的首句"我领教过(tasted)金雀花之恶","taste"原意指"品尝",是一种主动选择,可以理解为叙述者从第一节所渲染的恐怖气氛中逃离,转而试图从金雀花那里找到些许安慰。而黄色的花朵被比喻为"蜡烛",是"给临终者涂的油膏"(extreme unction)。这里有宗教救赎的意味,叙述者也承认它有"功效",有"了不起的美",仿佛能够起到疗伤的作用,只是它的"黑色尖刺"同样会带来伤害,因而最终亦被确定为"酷刑"。从"恶"到"酷刑",中间穿插了"功效"和"美",第二节完成了一个循环,它不仅是一种认识上的转变,也是矛盾心态的展现。

　　金雀花失败的疗治经验,只能逼迫叙事者继续逃离——广袤的大地竟然无处可藏身,她意识到"唯有一个地方还可以去",那儿"充满香气",具有诱惑力,一条小路"缩进了洞中"。这条路通向的洞穴就是捕兔器之所在。诗歌这样描写其中的陷阱:"圈套几乎抹去了自身","许多零"。这意味着当踏进这个"圈套",自我就被扼杀、抹除、归零,而机关一旦触动,"落下闭合",就会将猎物紧紧夹住,带来疼痛感如"分娩之痛"。这样的描述,不禁让人由这样一条路联想到女性的产道,"唯有一个地方"寓指这是女性的必然命运,由其生理属性决定,女性的身体成为其自身的陷阱。而当"玻璃般的光"变成"明晃晃的墙",将叙述者团团围住,这表明猎物已被拘禁起来,无法动弹,根本没有希望脱身,周遭只有沉默与死寂。

捕猎就此结束,悲剧叙述者认识到:捕兔器只是一个工具,背后一定有一个捕猎人。他带着"企图"(intent),通过"呆滞的忙碌",有意设计了这样一个圈套。诗的最后两节,挑明了捕猎人与猎物的关系,而这样的关系是以一个家庭日常生活的场景来呈现的,犹如"茶杯边的手……/环握着白瓷器"。这是一只抓住猎物的手,"等同于扼住叙述者喉咙的圆环"[1],这是一只渴望从他者的死亡中获得快感的手。捕兔人怪异的兴奋从中得到满足——杀死自己爱的对象。由此,诗一下子跳到了婚姻生活中的两性关系上,与其说这是由此及彼的自由联想,不如说是诗作真实目的的还原或揭示:"而我们,也同样,存在某种关系——"婚姻于是与猎人和猎物之间的关系类似:夫妻双方紧紧连在一起,"之间有紧紧的金属线","钩子太深无法拔出",而象征婚姻的"指环"也变成了捕获猎物的工具,"滑落下来罩住

---

[1] Perloff, Marjorie. "The two Ariels: The (Re)making of the Sylvia Plath Canon", in *Poetic License: Essays on Modernist and Postmodernist Lyric*. Evanston: Northwestern University Press, 1990, p.186.

某个稍纵即逝的东西","这种压迫感也正在谋害我"。诗的最后一节流露出诗人对婚姻关系的看法：双方互相吸引，又彼此牵制，既是施暴者也是受害者，如果某一方试图挣扎或反抗来自对方的力，则不仅无法逃脱，反而会牵扯"金属线"带动扎进彼此身体里的"钩子"，带来更深的伤痛。婚姻由此被描述为一种囚徒困境，每一个人的身体都是对方也是自己的牢笼。

将"捕兔器"理解为婚姻关系的罗网，是关于这首诗的最常见的阐释，开篇时出现的"力的场所"，紧随其后的"金雀花之恶"，"抹去了自身"的圈套，掐住瓷器的手，一直到结尾处的"金属线"、"钩子"，布下了诱惑与戕害并存的重重机关，一步步将女性猎物诱入无处逃遁的坑道之中，带来致命伤害。但我们应该注意到，如果这首诗的中心角色是一只动物，它并不是一开始就深陷于"捕兔器"之中，相反却始终处于一个运动中的状态，不停地试图改变处境，并完成自身的转换。这样一个运动中的形象，就像《爱丽尔》中一直奔跑的马，它的物理位移，同时一定伴随着心理感受上的转变，以及摇摆于否定与肯定、认同与放弃之间的身份重塑。如果说这个中心角色被看作一个女性，这样的一个过程，也可以看作女性寻找自我的心路历程。而这个历程既通过观察外部世界、与其他人的互动来实现，也通过认识自身，包括身体来达成。与之相随的，是叙事时间中叙事空间的不断压缩：从海边的空旷扁缩到陷阱的逼仄。类似的布局，我们在"蜜蜂组诗"中已经看到了。我们不妨以同样的视角来看《捕兔器》——首节描述的旷野，是开放的环境，是整个人类社会的隐喻，它充斥着各种"力"，压迫个体的自由。于是，"我"只能逃离，但逃到哪里去呢？金雀花是最初的主动选择,"尖刺"与"蜡烛",都是男性的象征物。应该注意,相同的意象,也出现在"蜜蜂组诗"里。它或许是另一个象征,是"我"所幻想的男性完美形象,最早是父亲。在《爹地》中,我们已经看到这个"巨像"是如何倒塌的,也看到了对他的爱恨交织、既崇敬又恐惧的矛盾心态。就像"爹地"一样,"金雀花"也是被否弃的对象,"我"要从它的"酷刑"和魔爪中挣脱。有了这些铺垫,婚姻似乎成了"唯一可以去"的地方。只是,如前面所分析的,它依然不是容身之所,相反却是一个捕猎装置,等待着主动献身的猎物。从这个角度看,这首写于"蜜蜂组诗"之前的诗,已经涉及类似的"逃离"主题,只是缺少《过冬》中对摆脱困境途径的思考,我们不妨将其看作"蜜蜂乐章"谱就前随兴的前奏曲。

诗无达诂。对《捕兔器》这样一首具有歧义性的诗,自然有其他的阐释角度。例如,将其解读为女性对自身身体的洞察与探索,全诗就成了隐喻式的生理解剖,诗中充斥的"尖刺"、"酷刑"、"钩子"等意象就有了性的暗示。杰奎琳·罗斯(Jacqueline Rose)在《普拉斯阴魂不散》(*The Haunting of Sylvia Plath*)一书中用了较大篇幅详细分析了《捕兔器》一诗,运用精神分析的方法来探究性别、性与权力的关系。她认为诗中的叙述者并非纯粹的女性声音,其间插入了男性的语调,尤其是在诗歌的第二节。通过引证普拉斯的日记,她判断这一声音来自"幻想"中的一个男性自我,语言越界到另一个性别的疆域,表达对女性的欲望,而这表明了叙述者性别身份的矛盾[1]。这一观点引起

---

[1] Rose, Jacqueline. *The Haunting of Sylvia Plath*. Cambridge: Harvard University Press, 1992, pp.135–143.

了休斯的不满,他认为这容易让人误认为普拉斯具有同性恋倾向,是对诗人的不敬,也会给他们的孩子带来伤害[1]。普拉斯去世多年以后,休斯出版了一本诗集《生日信札》(*Birthday Letters*),深情回忆了与普拉斯在一起的岁月时光,以此纪念曾给他带来浪漫和痛苦的刻骨铭心的女性。诗集中有一首同题诗《捕兔器》,从他的视角重述了当年一起到野外散步并发现动物陷阱的经历。诗中出现的一些意象,与普拉斯的诗歌有重合之处,显然是对妻子诗歌的一种回应。只是,对同一事件的叙述,对同一事物的观察,两首诗有明显区别。在休斯的叙述中,那次出行,出发之前妻子的情绪就非常糟糕,导致沿途所见的风景也一无是处。而休斯笔下的风光却是美好的,"海风铺展开明亮的蓝色",山崖上盛开的"金雀花"对他而言"堪称完美"。他发现捕兔器后,普拉斯一言不发就直奔过去,将它拆除后扔进了树丛中。而当谈及猎人,休斯认为他们是贫穷的村民,捕猎是为了谋生换取生活来源的不得已之举。迥异的描述,反映出两人不同的情绪状态、生活态度与观察事物的角度与立场。而这样的个体上的不同,也是存在于两个性别之间的差异。这样的差异也导致了沟通的不畅与互相理解上的难度。"捕兔器"于是变成了自我放逐与自我囚禁的场所,那儿氧气稀薄,"我找不到你,听不见你,/更不用说理解你"。[2] 有研究者指出,普拉斯的《捕兔器》,受到了

---

[1] Hughes, Ted. "Sylvia's Sexual Identity", in *TLS* (*The Times Literary Supplement*), April 24, 1992.
[2] Hughes, Ted. *Birthday Letters*. New York: Farrar, Straus and Giroux, 1999, pp.144–146.

D. H. 劳伦斯(D. H. Lawrence)《夜间被捕获的兔子》("Rabbit Snared in the Night")一诗的影响[1]。有兴趣的读者,可以将这三首诗做进一步的比较分析。

---

[1] Gill Jo. *The Cambridge Introduction to Sylvia Plath*. Cambridge: Cambridge University Press, 2008, p.69.

追 随

> 林深处,你的形象追随我。①
> ——拉辛

有一只豹子将我行踪紧咬:②
　　终有一天我会因他丧命;
　　他的贪婪已点燃森林,
他潜行觅食比太阳更倨傲。
更轻、更柔,步子的滑行,
　　在我身后亦步亦趋;
　　从毒芹枯丛,乌鸦喧嚷劫数③:
追猎在进行,触发了陷阱。
被荆棘划伤,我在山岩间徒步,
　　憔悴穿过白热的午间。
　　沿着他静脉的红色网线
何种热情飞驰,何种渴望复苏?

永不知足地,他劫掠游走
　　因我们祖先的过失遭谴的大地,
　　高叫:血啊,让血溅起;
肉要填满他嘴上生疼的伤口。

他撕咬的牙齿多么尖锐
　　他皮毛的燎热多么甜蜜；
　　他的吻烧灼,爪是荆棘,
好胃口将以毁灭达致极最。
与这凶残的大猫相伴,
　　仿佛火炬为讨他的欢心点亮,
　　被烧焦被捕食的女人们横躺,
成为他饥饿身体的美餐④。

此时山丘孵化危险,繁殖的阴翳；
　　午夜遮蔽这撩人的果园；
　　黑色的掠夺者,腰腹浑圆
被爱牵动,与我速度同一。
藏于我眼睛那纠缠的灌木
　　灵活的野兽；在梦中伏击
　　明晃晃的爪子要撕碎肉体
饿啊,饿啊,那些紧绷的腿部。
他的激情套住了我,点燃树梢,
　　我带着燃烧的皮肤奔窜；
　　怎样的歇息与冷静能将我挡拦
当那黄色的凝视烧灼、深烙？

我抛出心脏去拖住他的步履,

为给他止渴我把鲜血挥洒不停；
　　他享用，欲望仍把食物搜寻，
强索着一个完整的献祭。
他的嗓音拦截我，让人着迷，
　　那被消解的森林化为灰烬；
　　惊骇于秘密的欲望，我急于奔命
逃离这炫光四射的突袭。
进入我布满恐惧的塔楼中，
　　我关上门堵住阴暗的罪过，
　　我闩上门，每一扇都上锁。
血流加速，我的耳朵里传来了响动：

那豹子的脚步踩上了台阶，
一步一步登上了台阶。

1956.2.26—27

Pursuit

Dans le fond des forêts votre image me suit.
RACINE

There is a panther stalks me down:
   One day I'll have my death of him;
   His greed has set the woods aflame,
He prowls more lordly than the sun.
Most soft, most suavely glides that step,
   Advancing always at my back;
   From gaunt hemlock, rooks croak havoc:
The hunt is on, and sprung the trap.
Flayed by thorns I trek the rocks,
   Haggard through the hot white noon.
   Along red network of his veins
What fires run, what craving wakes?

Insatiate, he ransacks the land
   Condemned by our ancestral fault,
   Crying: blood, let blood be spilt;
Meat must glut his mouth's raw wound.

Keen the rending teeth and sweet

    The singeing fury of his fur;

    His kisses parch, each paw's a briar,

Doom consummates that appetite.

In the wake of this fierce cat,

    Kindled like torches for his joy,

    Charred and ravened women lie,

Become his starving body's bait.

Now hills hatch menace, spawning shade;

    Midnight cloaks the sultry grove;

    The black marauder, hauled by love

On fluent haunches, keeps my speed.

Behind snarled thickets of my eyes

    Lurks the lithe one; in dreams' ambush

    Bright those claws that mar the flesh

And hungry, hungry, those taut thighs.

His ardor snares me, lights the trees,

    And I run flaring in my skin;

    What lull, what cool can lap me in

When burns and brands that yellow gaze?

I hurl my heart to halt his pace,

To quench his thirst I squander blood;

He eats, and still his need seeks food,

Compels a total sacrifice.

His voice waylays me, spells a trance,

    The gutted forest falls to ash;

    Appalled by secret want, I rush

From such assault of radiance.

Entering the tower of my fears,

    I shut my doors on that dark guilt,

    I bolt the door, each door I bolt.

Blood quickens, gonging in my ears:

The panther's tread is on the stairs,

Coming up and up the stairs.

注释

① 原文为法文。语出法国古典主义戏剧大师拉辛的悲剧《淮德拉》。淮德拉是雅典国王忒修斯的妻子,她陷入情欲无法自拔,爱上了继子希波吕托斯,向其求爱但遭到拒绝。

② 首句为"There is a panther stalks me down",直译为"一只豹子悄悄跟着我"。这里翻译为"一只豹子将我行踪紧咬",是考虑到该诗具有比较严谨的形式。诗歌前四节,都由 12 行诗句组成,每节按照 4 句一组句末按照"ABBA"方式押韵,音步也非常整齐。普拉斯早期诗歌在形式上有自觉要求,与后期的自由形成了对照。这首诗在翻译过程中也尝试展现出形式感,体现诗人对诗歌韵律和节奏的追求,因此,一些诗句采用了意译,部分词句做了适当调整,必要的地方将以注释说明。

③ 劫数,原文为"hovac",意为"大破坏,浩劫"。

④ 美餐,原文为"bait",意为"诱饵"。

解读

1956年2月25日，这是普拉斯生命中重要的一天。在她踏入为庆祝《圣巴托夫评论》创刊号出版发行举办的晚会之前，她肯定没有预料到接下来发生的事情将极大地改变她的生活。她并没有为之做刻意的准备，在赴会之前她已经喝了不少酒，有了醉意，但也更加兴奋。她内心里原本有一腔怒火和怨气，因为一个叫丹尼尔·胡斯的家伙在一个评论里说她的诗歌古板且过于雕琢。在给予胡斯简短的回击之后，她与同伴在舞池中庆祝小小的胜利。在舞曲的间歇，一个大块头向她走来。这就是后来成为英国桂冠诗人的特德·休斯，这个在接下来的几年里会给普拉斯带来欢乐和痛苦，会影响她的生命和写作的男人。这是两位诗人伉俪的第一次相逢，仿佛两颗原本离得很远的星球突然相遇，电光火石间产生了巨大的引力，从此两个运行轨道紧紧织缠，一起旋转，一起闪耀，直到在亲昵的碰撞中走向毁灭。这似乎就是他们的命运，就在这舞会上的眼神一遇中被决定了。

普拉斯与休斯的相识，一直为许多人津津乐道，这是即使出现在电视剧里都会被认为离奇的罗曼史，满是戏剧化的元素。普拉斯在次日的日记中详细记载了经过。在她的描述中，那一刻"最坏的事情发生了，那个高大、黝黑、性感，身材魁梧，唯一和我适合的小子走了过来。他此前一直弓着背和女人们周旋，我一进门就打听过他的名字但没有结果。他紧盯着我的眼睛，这就是特德·休斯"。普拉斯旋即想起自己曾经在杂志上读过他的诗,于是背诵起了其中的句子。休斯在嘈杂的音乐中吼道:"你喜欢吗?"接着便邀请她到隔壁的房间去喝白兰地。觥筹交错间两人交换了一些关于胡斯的评论的看法,休斯也介绍了自己的工作。这时休斯突然凑过来亲吻普拉斯,他"袭击"了她的嘴唇,并把普拉斯的发箍和耳坠扯了下来,并毫不客气地宣告要留作纪念。在他得寸进尺地试图亲吻普拉斯的脖子的时候,普拉斯给予了"还击",在他的脸颊上狠狠咬了一口,鲜血立刻淌了下来。当他们走出这个房间时,血依然没有止住。在日记中,普拉斯这样描述休斯给她的第一印象:"如此暴力,我明白为什么女人们愿意为艺术家献身了。这家伙就像他的诗一样,巨硕,充满了庞然大物和活力四射的词语;而他强健的诗,就像钢梁上的一阵疾风。"[1] 有意思的是,在接下来的一段时间与母亲的通信中,普拉斯经常吐露出困惑,困惑于自己应该找一个怎样的伴侣。她对以前的追求者与交往对象都不满意,认为他们缺乏男子汉气概。这应该是休斯的出现,给她带来了新的参照对象的反应。而在认识休斯的第二天,普拉斯开始写《追随》这首诗。3月3日,她向母亲报告了与休斯的相识,称他是"才华横溢的出自剑桥的诗人",是"在这儿遇到的唯一足以与我匹配的强壮男人"[2]。3月9日,她随信将《追随》寄给了母亲,并说这首诗"仍延续了过去的风格,但是篇幅更大,受到了一点布莱克《老虎,老虎》的

---

[1] Plath, Sylvia. *The Unabridged Journals of Sylvia Plath*, 1950—1962, first edition. New York: Anchor Books, 2000, pp.211–212.
[2] Plath, Sylvia. *Letters Home: Correspondence*, 1950—1963, Aurelia Schober Plath ed. New York: Harper Perennial, 1981, p.221.

影响,比起自己其他带有玄学派风格的诗更有力量"[1]。在这段时间中,她一直忐忑而又期待着休斯会来找她,交织着失望与希望的情绪,这显然是中了丘比特之箭的症状。而当伟岸的休斯再次出现在她面前时,她的心理防线迅速被突破,深深坠入爱河之中。一股强大的力把她拖入了情感的漩涡,也把她不可逆转地拖入了命运的漩涡。

  在给母亲的信里,普拉斯也谈到了《追随》的主题,说它是"骇人的死亡之美的象征",其中存在着一种悖论:"一个人的生活越充满激情,就会更多地燃烧并消耗自身;死亡,包含了爱,它比作为其组成部分的爱更博大、更丰富。"她接着介绍说诗中的引语"林深处,你的形象追随我"出自拉辛的《淮德拉》,显然这出"极佳地表现出的激情即命运"的悲剧强烈吸引了她。她还提到了同样给她带来灵感的叶芝的警句:"一切在夜里燃烧的火焰,男人树枝般的心将它喂养。"[2]这样两个句子,基本可以概括《追随》的叙事:它的主要情节,就是一只欲壑难填的豹子的追猎过程。叙述者是它的猎物,她始终在回避它的追捕,但宿命般地难以逃脱它的魔爪,只能不断地抛出自己的肉体、心脏直至自己的全部去满足它的掠夺,直到最终献出生命。显然,豹子是一个隐喻,读者很容易将它和休斯联系在一起。这只凶猛的动物,恰恰和普拉斯对休斯的第一印象严丝合缝:强壮,散发出雄性荷尔蒙的气息。在两者身上,都存在着残暴之美,而恰恰是这残暴,弥漫着致

---

[1] Plath, Sylvia. *Letters Home: Correspondence*, *1950—1963*, Aurelia Schober Plath ed. New York: Harper Perennial, 1981, p.222.

[2] Plath, Sylvia. *Letters Home: Correspondence*, *1950—1963*, Aurelia Schober Plath ed. New York: Harper Perennial, 1981, pp.222-223.

命的迷人之美,犹如激情四射的火焰。而叙述者,深陷于情感风暴之中,欲拒还迎,她变成了一个"受虐者",最终坠入了爱与死亡交织的命运。而选取豹子作为书写对象,极有可能也是受到了休斯作品《美洲虎》("The Jaguar")的影响,猛兽意象从此吸引了她,在其随后的作品中"表现出对形成、支撑世界的伪装的诸多形式,以及我们在维系这些幻想时的共谋关系的兴趣"[1]。

《追随》所描述的追猎,是求爱的隐喻。叙述者是一个女性,她被一只豹子穷追不舍,在这只动物的身体里蓄满了力量、诱惑和神秘。她意识到这种关系中潜藏的巨大危险,试图躲开它,但是,这凶猛的动物同样具有迷人的魅力,撩拨起她身体的欲望,让她欲罢不能。诗共分五节,除开最后一节短短两句,前面四节均由 12 个诗句组成,分别对应追猎过程的四个阶段。每一个阶段,伴随着叙述者对豹子的观察,她的情感也发生着微妙的变化:

首节的起句,单刀直入点明了两者的关系是追猎者与猎物的关系,"有一只豹子将我的行踪紧咬",紧张而惊悚的气氛旋即产生,而叙述者接下来并没有刻意制造悬念,让读者猜测故事的结局,而是直接给出:"终有一天我会因他(him)丧命"。用他(him)而不是它(it)来指代这只豹子,将读者立刻引向一个男性形象,追猎过程成了求爱关系的隐喻。而爱和死亡也在一开篇就联系起来,"如果说她惧怕这结局,她也同时像礼物一样欢迎它——或者说,她享受死亡,如果它是

---

[1] Gill Jo. *The Cambridge Introduction to Sylvia Plath*. Cambridge: Cambridge University Press, 2008, p.34.

从他那里得到的东西"[1]。随后的诗句着重描述豹子的体态以及追猎活动的环境:"更轻、更柔"的步子"在我身后亦步亦趋",这是"罗曼蒂克"里温柔的坚定;而"毒芹"和"乌鸦"的出现,则暗指这种关系中潜藏危险,有不祥的征兆。"我"意识到了潜在的伤害,于是开始躲避,"憔悴穿过白热的午间"。

第二节将目光转向其他的受害者。这只豹子"永不知足"(insatiate),在大地上劫掠。这片大地"因我们祖先的过失遭谴",指向从伊甸园里被逐出的亚当和夏娃。而人类的原罪,遗传给他们的后代,在肉体上驻留,在血液中流淌。豹子所觊觎的,正是这滚烫的欲望,因此,他"高叫:血啊,让血溅起;/肉要填满他嘴上生疼的伤口"。而豹子的欲望,也被猎物的欲望点燃,他的牙齿、皮毛和吻,露出了兽性,食欲和性欲纠缠在了一起,女人们则成为"他饥饿身体的美餐",为"讨他的欢心"甘愿奉献出自己,"被烧焦被捕食",任他大快朵颐。

第三节回到了追猎的现场,豹子跟随"我"离开了森林,来到"午夜遮蔽"的"撩人"(sultry)的"果园",空气里流动着色欲的气息。此时对豹子的进一步描写,主要集中在他运动的身体:"腰腹浑圆","明晃晃的爪子","紧绷的腿部"。这是一个有着健硕肌肉、迷人曲线的异性身体。而当叙述者察觉到他的运动是"被爱牵动",并且"与我速度同一",当她承认"他的激情套住了我"时,这等于供认猎物已经投降,完全臣服于他的魅力。她的欲望已经被他撩拨起来,"皮肤"在"燃烧",她已经无法

---

[1] Rollyson, Carl. *American Isis: The Life and Art of Sylvia Plath*. New York: Picador, 2013, p.103.

抵挡他的"凝视"将自己"烧灼",爱情的火焰升腾,让她无法冷静。

为了"拖住他的步履",在第四节,一路被紧追的叙述者"抛出心脏","鲜血挥洒"。看似通过满足捕猎者的欲望,希望他就此罢手,实则暗示叙述者的芳心暗许,情愫热烈。而豹子哪里会善罢甘休呢?他"强索着一个完整的献祭",欲望无休无止。当"他的嗓音拦截我,让人着迷"时,我所惊骇的"秘密的欲望",已经不再仅仅指向豹子,而是指向自身。而"炫光四射的突袭",是追猎双方心灵互动的结果。但是,她并没有因此迎向豹子,而是躲进"布满恐惧的塔楼",因为她隐隐意识到两者的关系中暗藏着"阴暗的罪过"(dark guilt),她依然怀疑自己身体里被点燃的激情,仅仅只是一种原始的欲望,所以她选择逃走,逃往自我封锁的内心世界。然而,她的躲避是徒劳的,诗的最后一节用简短的两行诗句揭示:豹子一步步登上台阶,靠近了他的猎物。追猎场景,停留在高潮到来前的一个瞬间,似乎并未揭示结局,留下了一个并非悬念的悬念。

联系到《捕兔器》中将婚姻关系描述为捕猎,尚处于求爱阶段的男女关系,在早年的普拉斯看来,同样也是一次捕猎。存在着引诱、伤害、压迫的施虐者与受虐者的关系,无论环境如何变化,似乎一直是诗人思考、看待两性关系的固定模式。而这一模式,几乎也是普拉斯与休斯的共同认识,《追随》则显示出,休斯"如何突然深深触发了普拉斯的想象力"[1]。她从生活的细节和心理的微妙处捕捉种种伤害与

---

[1] Dickie, Margaret. *Sylvia Plath and Ted Hughes*. Urbana: University of Illinois Press, 1979, p.70.

冒犯,她在诗中用动物惟妙惟肖地表现它,而这样的伤害与冒犯,注定将反噬她的生活、反噬她的心理。当伤害与冒犯被描述为一种命运,它自然会演绎为真实人生的剧情,从而回应诗中出现的引语,再现一个悲剧收场的人生。《追随》显示出,诗人创作中,在主题、意象选择等诸方面存在着某种延续性:她的许多前期诗作,都是巅峰时期作品的源头。当我们将不同时期的同主题作品放在一起比较,也能察觉到它们之间的差异。以《追随》为例,普拉斯的前期诗歌,对形式特别注重,无论是诗的整体结构,还是诗行的整饬、韵律的讲究,都体现出刻意的安排,这与她后期诗歌的自由开放形成了对照。另一方面,前期诗歌,更多地从前人的作品中汲取养分,这可能也是丹尼尔·胡斯所批评的,认为她当年的诗歌有雕琢痕迹的原因。因此,普拉斯的诗,并非一开始就呈现出《爱丽尔》巅峰时期的鲜明特征,她的诗艺,有一个不断演变、逐渐跃升的过程。这是阅读普拉斯的诗,把握她创作总体面貌时需要注意的。

巨　像①

我再也无法将你完整地组装起来,
无论修补,胶粘,适当地连接。
骡子叫,猪嘟哝,猥琐的咯咯声
——吐自你的大嘴唇。
比谷仓前的空地更糟糕。

或许你自诩为神的信使,
死亡或其他神祇的代言人。
三十年来我一直努力
清除你喉咙里的淤泥。
可如今我还是糊里糊涂。

携着熬胶锅和来苏②桶攀上小梯子
我慢慢爬,像服丧的蚂蚁
越过你眉宇间丛生的杂草
去修葺巨大的头骨并清洗
你眼睛那光秃秃的白冢。

来自俄瑞斯忒亚③的蓝天
拱立在我们头顶。哦父亲,独自一人

你精辟、深刻④如古罗马广场⑤。
我在黑柏树山丘⑥上打开午餐。
你有凹槽的骨头和刺叶般的发丛

在过去的无序中,被扔向天际。
一次闪电的重击
不足以造成这样的废墟。
多少个夜晚,我蜷伏在你左耳的
丰饶角⑦,背着风,

数着红色和深紫色的星星。
太阳从你舌头的柱子间升起。
我的时间嫁给了阴影。
我不再倾听这龙骨的轧轹
在这泊船处空空的石头上⑧。

1959

The Colossus

I shall never get you put together entirely,

Pieced, glued, and properly jointed.

Mule-bray, pig-grunt and bawdy cackles

Proceed from your great lips.

It's worse than a barnyard.

Perhaps you consider yourself an oracle,

Mouthpiece of the dead, or of some god or other.

Thirty years now I have labored

To dredge the silt from your throat.

I am none the wiser.

Scaling little ladders with glue pots and pails of Lysol

I crawl like an ant in mourning

Over the weedy acres of your brow

To mend the immense skull plates and clear

The bald, white tumuli of your eyes.

A blue sky out of the Oresteia

Arches above us. O father, all by yourself

You are pithy and historical as the Roman Forum.

I open my lunch on a hill of black cypress.

Your fluted bones and acanthine hair are littered

In their old anarchy to the horizon-line.

It would take more than a lightning-stroke

To create such a ruin.

Nights, I squat in the cornucopia

Of your left ear, out of the wind,

Counting the red stars and those of plum-color.

The sun rises under the pillar of your tongue.

My hours are married to shadow.

No longer do I listen for the scrape of a keel

On the blank stones of the landing.

注释

① 这首诗描写的"巨像",指希腊罗得岛的太阳神像,为世界七大奇观之一。据说阿波罗是罗得岛的保护神,此神像高约33米,重12.5吨。雕像是中空的,里面用石头和铁的支柱加固,外包青铜壳。公元前305年,马其顿大举入侵罗得岛。罗得岛人同仇敌忾,击败了入侵者。为纪念这次胜利,岛民们把马其顿军队丢弃的铜制枪械收集起来,统统予以熔化,铸造了该神像。公元前227年至公元前226年(一说公元前224年),罗得岛连续发生毁灭性的大地震,太阳神像从膝盖处断裂,倒塌在地。古罗马著名的自然学家普林尼在《自然史》一书中赞叹道:"即使躺在地上,它也仍是个奇迹。"

② 来苏(Lysol),用于防腐的煤酚皂溶液。

③《俄瑞斯忒亚》,古希腊悲剧家埃斯库罗斯的悲剧三部曲。讲述特洛伊战争中希腊联军的统帅阿伽门农被其妻子克吕泰涅斯特拉和情夫埃奎斯托斯谋害,其子俄瑞斯忒斯为其复仇的故事。

④ 原文为"historical",指具有历史感的。

⑤ 古罗马广场,是古罗马政治、宗教和商业活动的中心。有元老院、寺庙、凯旋门、纪念碑和雕像等众多建筑。后遭到废弃成为废墟,现仍是罗马的重要遗迹。

⑥ 罗马由七座山丘组成,山丘上多黑柏树。

⑦ 丰饶角,古希腊神话中哺育宙斯的羊角,富有鲜花水果。
⑧ 传说雕像两腿分开站在港口上,船只靠港时要从腿中间穿过去,时常碰擦"空空的石头"。

解读

普拉斯生前出版的唯一一部诗集,书名为《巨像及其他》,显示出《巨像》一诗在诗集中具有醒目位置。有评论家认为,《巨像》是普拉斯"具有突破性的诗"[1],也有人认为,它是其作品中"第一首完美的诗"[2],在她的作品中显得非常重要。这首诗所写的对象,是一个巨大的雕像。从诗的口吻来看,是叙述者对雕像的倾诉,流露出对雕像的复杂情感。从语言表面分析,这个巨大的雕像,是古希腊罗得岛的太阳神像,它曾高耸入云,矗立在罗得岛的港口,后因地震坍毁,岛民们曾想过各种办法试图将散落一地的各个部件重组起来,但始终没有成功。由此可以猜测,诗的叙述者,是诗人化身为太阳神的女祭司,她伤心徘徊于巨像的废墟之中,悲痛难抑,她独立面对巨像辉煌的过去,回忆个人与巨像的情感关联,也试图摆脱巨像造成的阴影般的情感史。而古希腊的雕塑艺术,其人像的塑造,除了神灵,其他多是以死去的英雄人物为原型的,这也提醒读者,这首看似写给太阳神像的诗或许另有所指。而评论家们几乎一致的意见是,"巨像",实际暗指普拉斯早逝的父亲。这首诗与她的名作《爹地》以及《养蜂人的女儿》、《厄勒克特拉身临杜鹃花路》、《水深五英寻》等一批诗,共同组成了普拉

---

[1] Axelrod, Steven Gould. *Sylvia Plath: The Wound and the Cure of Words.* Baltimore: Johns Hopkins University Press, 1992, p.63.
[2] Vendler, Helen. *Coming of Age as a Poet: Milton, Keats, Eliot, Plath.* Cambridge: Harvard University Press, 2003, p.117.

斯的"父亲诗系列"。

诗的开篇挑明了叙述者正在进行或者说希望进行的工作,就是重建巨像,将其还原,让他重现伟岸。这既表明了叙述者与巨像之间存在着难以割舍的情感,也表明叙述者对巨像的尊崇。她希望将碎片拼接起来,让他的身躯再次立起来,让她仰视。可是,无论她通过"修补"、"胶粘"还是"连接"都无济于事,"我再也无法将你完整地组装起来"。巨像的"零件"散落一地,这个曾经神圣的场所,如今已变得凌乱、庸俗,只能听见动物的嘈杂叫唤。当叙述者将这些声音和巨像的嘴唇联系起来,巨像的神圣性也轰然倒塌了,曾经的圣地变得"比谷仓前的空地更糟糕"。接下来的第二节说"或许你自诩为神的信使,／死亡或其他神祇的代言人","oracle"和第一节中的"bray"、"grunt"、"cackles"形成异常鲜明的对比。"consider"表明,巨像不仅是叙述者试图重建的,也是他自身建造的,两者之间存在着"共谋"关系。只是这个建造过程,却以失败告终:不仅是形象依旧支离破碎,而且巨像无法说出神的语言或人的语言,只能发出粗鲁的动物叫声,这些都是"你喉咙里的淤泥","三十年来我一直努力"去清除它。这同样宣告了另一个在叙述者的想象和语言里进行的重建同样徒劳无功,让叙述者不仅怀疑巨像究竟是否具有力量,也怀疑自己的能力,"可如今我还是糊里糊涂"。

虽然半信半疑,"我"还是忠于自己的工作,忠于内心深处的声音。第三节深入到细节描述了修复的工序:从巨像的下部开始,慢慢上升到高处。修建者一级级"攀上小梯子",渐渐来到了巨像的头部,清理的对象也从"喉咙"抬升到了巨像的"眉宇"、"头骨"、"眼睛"。

这时出现的意象,无论是"服丧的蚂蚁"、"丛生的杂草",还是"光秃秃的白冢",都在提示读者,诗中所描述的巨像,曾经还是一个活生生的人,但如今已不在世。注意到在"坟冢"一词上,诗人并没有选用"tomb"或者"grave",而是用了比较生僻的"tumuli",这是一个来自拉丁语的词,既与来自古希腊的巨像相吻合,也为下一节的场景布置埋下伏笔。而第四节的起句,可谓神来之笔,"来自俄瑞斯忒亚的蓝天/拱立在我们头顶",让叙述者的视野突然变得开阔起来,诗的空间也可以从巨像的身体部件上向外延伸,从而有效避免局促,而"俄瑞斯忒亚"则在诗中突然插入"史诗的维度"[1],叙述者与巨像,在希腊神话典故中找到了对应关系。于是,她马上将巨像唤作"父亲",不仅将巨像和自己的父亲联系起来,也将彼此之间的关系,与阿伽门农和他的女儿厄勒克特拉联系起来。而这时,站在高处的"女儿",当她俯瞰脚下的巨像废墟,就如站在罗马山丘上望着古罗马广场的废墟,个体的沉痛与历史的沧桑形成了共振,个人经验霎时承载了一种普遍性。

  站在高处的叙述者,当她看到满目疮痍的无序世界,过去的苦涩回忆自然涌上心头:"一次闪电的重击/不足以造成这样的废墟。"当她朝向未来时,她依然承认,自己还是无法抹去巨像的影响,在他的伟岸面前,自己依旧弱小,只能"蜷伏在你左耳的/丰饶角",期望垂怜与疼爱。"背着风",意味着孤单,意味着对艰险的回避;夜里出现的"红

---

[1] Juhasz, Suzanne. *Naked and Fiery Forms: Modern American Poetry by Women: A New Tradition*. New York: Octagon Books, 1976, p.95.

色和深紫色"的星星,依旧指向过去,指向伤口或淤青。而"太阳从你舌头的柱子间升起",暗示神灵已经变换了存在的方式,也变化了言说的方式,此时,叙述者如何面对一个与过往世界完全不同的此在世界？诗的结尾说"我的时间嫁给了阴影",显然她无法接受这种改变,无法接受巨像倒塌并无法修复的事实。她处于巨大的矛盾当中:既亲身体验到了巨像的不完美,认识到了巨像虚弱的一面,也明白巨像的消逝无以挽回,但又不愿意去接受这一切。她依旧生活在过去的阴影当中,并甘愿委身于自己在心中所建造的巨大阴影,沉陷于失去偶像和至亲之人的悲悼之中,就像来到阿伽门农墓前的厄勒克特拉。当她自言自语"我不再倾听这龙骨的轧轹/在这泊船处空空的石头上",表明她对现实有清醒的认识：这些靠岸的船只,绝对不会是远征的父亲阿伽门农从特洛伊凯旋。这也展现出她对未来的态度：将继续守在巨像身边而不乘船离开,哪怕被死亡的阴影笼罩。宁愿放弃个人的自由,她也不愿意去面对此在的世界。也有另一种观点认为,出现在诗结尾处的船只,是男性的"人格化象征",已经被她"排除在计划之外",而"嫁给阴影",则意味着"嫁给关于父亲的回忆,因此也就是死亡自身"[1],这就又和诗人生命后期对待男性的态度相吻合了。

这首诗,可以看作普拉斯对已逝父亲情感的阶段性呈现。不妨将它和名作《爹地》进行比较,可以发现：两者所流露出的情感,有一脉相承之处,但存在力度上的差异；对父亲的态度,更是存在本质性的区

---

[1] Phillips, Robert. "The Dark Tunnel: A Reading of Sylvia Plath", in Edward Butscher ed. *Sylvia Plath: The Woman and the Work*. New York: Dodd, Mead & Co., 1977, p.192.

别。首先,《巨像》中的父亲,是高大的神像,只是他的去世,造成了形象的破碎。这导致在心中重建父亲形象,成了不可能完成的任务,女儿对此怀着深深的遗憾。她的叹惋还来自回忆的缺失。在《巨像》中,这一缺失是时间和死亡造成的,但到了《爹地》里,这一缺失同时也是父亲本人造成的,因为在女儿的童年时期,即使他尚在人世,父爱也时常是缺位的,他留给女儿更多的印象,是刻板、冷漠,对子女几乎不闻不问。这样,《爹地》里女儿对父亲的情感就呈现出爱恨交织的复杂性,父亲的形象则经历了由神像到恶魔、吸血鬼的演变。其次,《巨像》里女儿最终的选择,依然是躲在父亲的阴影里,哪怕和死亡在一起。她的行为和心理,依然表现出对父亲极大的依赖性。叙述者表现出的柔弱,是社会主流意识对女性的共同认知,因此,这个女儿,仍然是一个被父系文化占据中心的社会所塑造的传统女性,她仍然没有摆脱男性,没有形成独立的自我意识。但是,到了《爹地》那里,当女主人公喊出"爹地,我早该杀了你"时,这表明她意识到,父亲所代表的男性,是造成她人生悲剧的根源。所以,两首诗的结尾,为生活选择了不同的道路:《巨像》留恋于父亲的身边,不惜牺牲未来;《爹地》勇敢地"杀死"父亲,抹去他残留在记忆中的恐怖因子,从他的阴影中解放出来。再次,《巨像》里,女儿一往情深地试图拼接起来的神像,到了《爹地》里,却是她首当其冲要拆除的对象。否弃过去的父亲形象,也意味着否弃一个过去的自我。对父亲不同阶段的认识,同时也是自我认识的逐步深入。"父亲系列"的诗串联在一起,可以看到一条显明的线索,贯穿了一个女性不断否定自我、试图超越自我的心理成长史。

据说,在写作《巨像》的那段时期,普拉斯和休斯正迷恋于塔罗牌和占卜板(Ouija Board)的预言游戏(她还为此写过诗),希望从中发现诗的主题和暗示。而克洛索斯(Kolossus),则显示为休斯的佑护神。这为解读普拉斯的《巨像》提供了另外一种可能性。"巨像"成了普拉斯获取灵感的神灵,代表着诗的创造力,是她信仰的缪斯。这样一来,"巨像"的倒塌与散乱,仿佛是诗歌的创造力枯竭的象征[1]。而"巨像"投下的阴影,则是"创造力的幽灵","预示具有想象力的自我,可能应该成为却又被禁止成为那个挫败的深层自我"[2]。诗歌无法获得神谕,只能发出令人生厌的如同动物的叫声,这让诗人无比苦恼。于是,诗人希望通过孜孜不倦的劳动"清除你喉咙里的淤泥",打破神像的沉默,重新获得神的垂青。而躲在"丰饶角"里,委身于"阴影"则表明了诗人对诗歌的忠诚,显示出了诗人收拾"过去的无序",从废墟中重新找到创造力的决心。考虑到普拉斯时常在日记和书信中流露出对写作本身的焦虑,以及对创造力衰竭的担忧,从这一角度分析也有一定的道理。这样,《巨像》里的父亲,就不仅仅是现实生活中的父亲,也包括了一个想象的父亲。《巨像》中女儿所面对的,也不仅仅是她自己的过去的生活,也包括了过去和一直延续到当时的写作,因为诗歌是她生命中极其重要的一部分,正如父亲一样。

---

[1] Dickie, Margaret. *Sylvia Plath and Ted Hughes*. Urbana: University of Illinois Press, 1979, p.90.
[2] Axelrod, Steven Gould. "The Mirror and the Shadow: Plath's Poetics of Self-Doubt", in *Contemporary Literature*, 1985, 26(3), p.295.

美杜莎[①]

在被石头塞住嘴的海岬附近,
眼珠被白棍子拨动,
耳朵装满大海的胡言乱语,
你安置你让人生畏的头颅——上帝的圆球,
悲悯的晶体,

你的爪牙们
正往我龙骨的阴影里填塞他们的野蛮细胞,
像一颗颗心脏挤过去,
正中心的红色圣伤[②],
把潮水驱向最近的启程点,

拖拽他们耶稣的头发。
我曾逃离过吗?我怀疑。
我的思绪迎向你
叮满藤壶的旧脐带,大西洋电缆,
看起来,始终处于奇迹般的维修状态。

无论如何,你总在那儿,
在线的那一头颤抖着呼吸,

波浪的弧线高高跃向

我的测水杆,绚烂而感激,

轻抚着,吮吸着。

我并未呼叫你。

我压根没有呼叫你。

尽管如此,尽管如此

你越洋朝我逼近,

臃肿而猩红,一只胎盘

让挣扎的情侣无法动弹。

眼镜蛇的光

从倒挂金钟③的血球里

挤出呼吸。我几乎无法吸气,

奄奄一息,不名一文,

被曝光过度,像 X 光片。

你以为你是谁?

圣餐饼?肥美的玛丽亚?

我不会咬你的身体,

我寄居其中的瓶子,

恐怖的梵蒂冈。

我对这刺激性的咸味厌恶得要死。
绿绿的像个阉人,你的祝福
对我的罪过报以嘘声。
滚开,滚开,鳗鱼的触须!

我俩之间什么也没有了。
                                    1962.10.16

Medusa

Off that landspit of stony mouth-plugs,

Eyes rolled by white sticks,

Ears cupping the sea's incoherences,

You house your unnerving head—God-ball,

Lens of mercies,

Your stooges

Plying their wild cells in my keel's shadow,

Pushing by like hearts,

Red stigmata at the very center,

Riding the rip tide to the nearest point of departure,

Dragging their Jesus hair.

Did I escape, I wonder?

My mind winds to you

Old barnacled umbilicus, Atlantic cable,

Keeping itself, it seems, in a state of miraculous repair.

In any case, you are always there,

Tremulous breath at the end of my line,

Curve of water upleaping

To my water rod, dazzling and grateful,

Touching and sucking.

I didn't call you.

I didn't call you at all.

Nevertheless, nevertheless

You steamed to me over the sea,

Fat and red, a placenta

Paralysing the kicking lovers.

Cobra light

Squeezing the breath from blood bells

Of the fuchsia. I could draw no breath,

Dead and moneyless,

Overexposed, like an X-ray.

Who do you think you are?

A Communion wafer? Blubbery Mary?

I shall take no bite of your body,

Bottle in which I live,

Ghastly Vatican.

I am sick to death of hot salt.

Green as eunuchs, your wishes

Hiss at my sins.

Off, off, eely tentacle!

There is nothing between us.

注释

① 美杜莎,古希腊神话中的蛇发女妖,戈尔贡三姐妹之一。美杜莎原是一位美丽的少女,因为与海神波塞冬私自约会,被雅典娜施以诅咒将其头发变成毒蛇,成了面目丑陋的怪物,而任何直视其双眼的人都会变成石头。后被英雄帕尔修斯砍下头颅献给雅典娜,雅典娜将美杜莎的头嵌在神盾中央。美杜莎在拉丁语里也是一种水母的名字。

② "圣伤"(stigmata),天主教用该词特指耶稣基督肉体上的伤口。

③ "倒挂金钟"(fuchsia),一种多年生灌木,别名灯笼花、吊钟海棠。花朵下垂,如挂着的钟。

解读

《美杜莎》是一首恐怖之诗,以恶狠狠的语调描述一个在大海中浮现出的怪物般的形象。按照通常的理解,美杜莎是希腊神话里的蛇发女妖,是梦魇和恶魔,潜伏在海水中伏击船只。而从词源学的角度来看,"medusa"也是一种水母的名字,据说命名者也是因为发现了水母的触须和美杜莎的头发之间的形似,便从神话中借用了这一名字。而许多研究者则指出,普拉斯创造性地将以上两种形象交混一体,其真实所指,是她自己的母亲。理由是,普拉斯的母亲的名字"Aurelia",意思也是"水母";而这首诗的手稿中,标题上也有"母亲"的字样。而普拉斯的母亲也承认这首诗是母女之间的一个"私密的玩笑"[1]。熟悉普拉斯书信的读者,可以从诗人与其母亲的通信中看到女儿对其母亲的依恋情感。在父亲早逝后,普拉斯的母亲独自一人将普拉斯姐弟拉扯成人,她尽自己最大的努力为他们提供最好的生活条件和受教育的条件,甚至答应普拉斯提出来的不再结婚的任性要求。可以说,奥蕾莉亚身上,具备了有天主教信仰的传统母亲的美德。她关心女儿,而女儿也非常信任她,时常在书信中向母亲倾诉私密心声。这样的印象,绝不应该是凶残的蛇发女。那么,诗歌中的美杜莎,究竟是否指向诗人的母亲?如果是,其背后的原因是什么呢?我们不妨在细读

---

[1] Rollyson, Carl. *American Isis: The Life and Art of Sylvia Plath.* New York: Picador, 2013, p.244.

的基础上再来分析。

《美杜莎》是一首隐晦之诗，抱怨情绪如火山喷发，叙述者仿佛不受理性的控制，自言自语，喋喋不休，而这也造成了诗句的跳跃感，对场景、对象、事件的交代看上去也模糊不清，就如同一个受到极大伤害的女性，面对一个倾诉者将自己的委屈和盘托出，而听众需要综合她的叙述，并调用想象去还原她的不幸。开篇所描述的，是看到"美杜莎"的地点，这是在"被石头塞住嘴的海岬附近"，"off"表明是在海面上。远看上去，它是球状的水生物。在——描述了它的眼睛、耳朵和脑袋后，"上帝的圆球"的比喻从形状上建立了与宗教的关联，从而打开了另外一个维度。随后，以含贬义的词"stooges"（傀儡、走狗、爪牙）指代水面上的水母，流露出叙述者的厌恶感。"龙骨"表明叙述者是在一条船上，这些水母用"他们的野蛮细胞"来填塞"阴影"，意味着侵犯和占领，正如美杜莎试图将凝视者变成石头。"像一颗颗心脏挤过去，/正中心的红色圣伤"，"拖拽他们耶稣的头发"，延续了宗教维度的视角，和"悲悯的晶体"一起将美杜莎看作了耶稣的化身。而这就意味着，美杜莎对"我"来说，她的侵犯是以同情、拯救的方式来实现的。她像神一样关心"我"，把"我"拖入她的怀抱，这也要求"我"把自己像交给信仰一样交给她，获得她的垂怜与关爱。经过了这样几重转换，美杜莎对叙述者的感情与母爱建立了映射关系。

在叙述者看来，这是以牺牲自我为代价的：迎向美杜莎，就会被石化。想到这一点，她马上充满警惕。于是她开始反思过去，并追问自己："我曾逃离过吗？"而水母的形状和颜色，让她想到了"胎盘"，它的触须，让她想到了"脐带"。她对过去的回忆一下子回到了自己生命的原点——母亲的子宫里。同时这个回忆,又和现实是纠缠在一起的。如此,她的描述时时"闪回",在不同的场景之间切换,具有蒙太奇的特征。如,当美杜莎的触角被形容为脐带,她就成了想象的母亲。而脐带,是母亲和胎儿之间直接的联系,为胎儿的成长供给必需的营养,但如果脐带缠得过紧,也容易导致胎儿窒息。而面前的海水,则转化成子宫里的羊水。在现实之中,写作该诗时普拉斯生活在英国,而母亲则远在美国东海岸,两人之间隔着大洋,可以通过电话联系。这样,脐带又被转喻为穿过大西洋的"电缆"。"你总在那儿","在线的那一头颤抖着呼吸","线"(line)既是脐带,也是电缆。而当"波浪的弧线高高跃向/我的测水杆","线"又被比喻为钓鱼的线,"我"成了猎物。化身美杜莎的母亲提供的食物,则成了诱饵,目的是将"我"诱入其掌控之中。这样的描述让母亲成为一个无处不在的独裁者,她"越洋朝我逼近",干扰了"我"的生活,导致隐私全无,"被曝光过度","让挣扎的情侣无法动弹",感到极度压抑。因此,生活的空间仿佛被她挤压,"我"产生了窒息感:"奄奄一息,不名一文。"母亲关爱的目光偏离了她的本意,"本想支持和保护女儿免于伤害,但在关心对象看来却是暴露在她让人石化的,让人蒙羞的"[1]美杜莎的凝视之中。

  当叙述者意识到了这一关系的危险性时,她希望挣脱束缚,寻求自由,而反抗似乎是唯一的选择。她直面对手,并质问她:"你以为你是谁?/圣餐饼?肥美的玛丽亚?"叙述者再一次将美杜莎和宗教关联

---

[1] Alban, Gillian M. E. *The Medusa Gaze in Contemporary Women's Fiction: Petrifying, Maternal and Redemptive*. Newcastle: Cambridge Scholars Publishing, 2017, p.44.

在一起,认为她是"恐怖的梵蒂冈",而"我"要摆脱她,既要切断"脐带",和她的身体分离,也要拒绝她提供的食物。"我不会咬你的身体",表明了拒绝的坚定态度,正如茱莉亚·克里斯特娃(Julia Kristeva)所说的,厌食症是一种古老的拒斥方式[1]。而当她宣称"你的身体"是"我寄居其中的瓶子",将母亲的子宫比作一个拘禁的空间时,则既让读者联想到萨特所言的"他人即地狱",也联想到普拉斯唯一的一部长篇自传性质的小说《钟形罩》。小说的主题也与这首诗呼应起来,渴望自由的小说女主人公,也就成了这首诗的叙述者,她们一起高声呼喊,对"美杜莎"说不。诗歌的结尾,回荡起了斩钉截铁的反抗:"我对这刺激性的咸味厌恶得要死","滚开,滚开,鳗鱼的触须!"至此,叙述者与美杜莎完成了从肉体到心理的切割过程,她得意洋洋地宣告了"驱魔"的胜利:"我们之间什么也没有了。"

《美杜莎》的写作时间,是在普拉斯写完《爹地》之后的第四天。在《爹地》里,父亲被描述为一个恶魔般的形象,女儿宣告要"杀死他",走出他投下的心理阴影,走出父权制的阴影。到了《美杜莎》这里,母亲同样没有避免被妖魔化,也是女儿渴望摆脱的梦魇。可以看出,这是诗人对如何建立自我,获得自由的进一步思索。而诗歌中的母亲形象,也和《爹地》中的父亲一样是多变的。她不完全是现实生活中的母亲,而是一个被想象建构的母亲,是潜意识中母亲的浮现。在接受心理治疗的时间段里,普拉斯曾仔细读过弗洛伊德的著作,一

---

[1] Kristeva, Julia. *Powers of Horror. An Essay on Abjection*, trans Leon S. Roudiez. New York: Columbia University Press, 1982, p.2.

定对精神分析理论中的"恋父情结"有所了解。她也曾经在和心理医生的对话里坦白对双亲的情感,说潜意识深处藏有对母亲的恨,并对此感到内疚。从这个角度,《美杜莎》里的母亲,是弗洛伊德化的母亲,是诗人将具有"厄勒克特拉情结"的女儿投身到诗中的克吕泰涅斯特拉的形象。而诗最后将美杜莎描述为"绿绿的像个阉人",也与弗洛伊德分析"恋父情结"的根源时认为,女儿对母亲的恨是因为她没有父亲的阳具相吻合。当女儿说"你的祝福/对我的罪过报以嘘声",将克吕泰涅斯特拉的罪过转移到女儿身上时,这也表明了女儿深深的忧虑:如果不斩断和母亲的联系,就会变成和她一样的人,仿佛成为她生命的延续,或者仅仅成为她所期望的人。因此,她希望做的,就是将这个在想象中建立起来的母亲形象从心里根除,这又是一个"驱魔过程"[1],体现在诗中,则是诗的最后美杜莎形象"被削减为一个非人的生物,除了嘘声,这无法理解的动物叫声,再也没有任何交流途径"[2]。在现实中,这个问题也是普拉斯所苦恼的:过去一直生活在母亲无微不至的关怀之下,人生似乎按照母亲早已设计好的轨迹在发展,似乎母亲是希望通过女儿来实现自己。在日记里,普拉斯也谈到对母亲牺牲自我照顾子女的愧疚,对她怀着还债之心。尤其是,对于童年时要求母亲不再结婚的请求,普拉斯一直怀有罪感[3]。母

---

[1] Kroll, Judith. *Chapters in a Mythology: The Poetry of Sylvia Plath*. London and New York: Harper & Row, 1976, p.131.
[2] Raymond, Claire. *The Posthumous Voice in Women's Writing from Mary Shelley to Sylvia Plath*. Burlington: Ashgate, 2006, p.204.
[3] Van Dyne, S. R. *Revising Life: Sylvia Plath's Ariel Poems*. Chapel Hill: University of North Carolina Press, 1979, p.97.

爱,成了甜蜜的负担,仿佛是罪恶感的源头。这些,都导致了她对母亲的复杂感情。同时,她也不希望自己重蹈母亲的生活道路。吊诡的是,很多迹象表明,她似乎是在重复母亲,比如她同样育有一子一女,刚刚与休斯分居也和父亲离世造成母亲独居类似。她极其渴望扭转这一局面,因此,诗歌就成为疏泄焦虑的通道,"There is nothing between us",也正如同《爹地》里最后的宣告"I'm through",不仅告别父权制度,也与被男性中心塑造的传统女性形象划清了界限。

另外的观点则将《美杜莎》和普拉斯的写作才能联系起来。母亲很早就发现了她在语言方面的天赋,鼓励她写作实现抱负。而普拉斯也习惯于在家信里向母亲报告自己在写作方面的进展,与她分享所取得的成绩,并渴望得到母亲的认可和鼓励。可是,一旦遇到瓶颈,创造力枯竭,诗人则会陷入焦虑之中。这一焦虑又和担心得不到母亲的赞赏纠缠在一起,仿佛创造力的枯竭会导致母爱的丧失。写作的目的遭到了扭曲,仿佛写作不是为了自我,而是为了得到母亲的爱。而要走出这种困境,必须消除写作和母亲之间的关联,《美杜莎》里的拒绝,也就成了对一个美杜莎似的母亲的拒绝,从而找到诗歌真正的母亲——缪斯[1]。还有一种观点认为,诗中的母亲,指向的是曾经启发了普拉斯诗歌写作的前辈或同辈诗人,尤其是迪金森(Emily Dickison)、伍尔夫、希金斯·普劳蒂、玛丽安·摩尔、伊丽莎白·毕肖

---

[1] Mossberg, Barbara Antonina Clarke. "Sylvia Plath's Baby Book", in Diane Wood Middlebrook and Marilyn Yalom (ed). *Coming to Light: American Women Poets in the Twentieth Century*. Ann Arbor: University of Michigan Press, 1986, pp.187-188.

普(Elizabeth Bishop)、艾德里安娜·里奇(Adrienne Rich)、安妮·塞克斯顿等。她意识到如果要获得自己的诗歌声音,必须摆脱这些人的影响,从而获得独立性。从这个角度,诗的最后一句也有了不同的理解,"There is nothing between us",不是将自己与"母亲"隔离开来,而是宣称,自己的写作已与她们毫无瓜葛,自己已经成长为和她们一样独立的女诗人[1]。

---

[1] Christodoulides, Nephie. *Out of the Cradle Endlessly Rocking: Motherhood in Sylvia Plath's Work*. New York: Rodopi, 2005, p.229.

郁金香

郁金香过于兴奋,这里是冬天。
看万物如此洁白,如此安静,深陷雪中。
我努力平复下来,一个人静静躺着
当光落在这白墙、这床、这手上。
我什么也不是;与爆炸无关。
我把姓名和白天的衣物交给护士,
把过去交给麻醉师,身体交给外科医生。

在枕头和床单的翻边之间他们撑起我的头颅
仿佛永不闭合的白色眼睑中的眼珠。
麻木的瞳孔,它要把一切纳入。
护士们忙碌穿梭,她们不是麻烦,
她们戴着白帽经过,像鸥鸟飞过内陆,
双手忙活,人人动作一致,
因此很难说到底有多少人。

对她们来说我的身体是块卵石,她们对待它
就像流水漫过卵石,轻轻抚慰它们。
她们用明晃晃的针带给我麻木,带给我睡眠。
我失去了知觉,行李使我厌倦——

我显眼的旅行皮箱像黑药盒,
丈夫和孩子在全家福里微笑;
他们的笑容抓住我的皮肤,微笑的小钩子。

我让一些东西滑脱了,一艘三十年的货船
执拗地紧贴我的名字和住址。
他们用棉签擦净我钟爱的联想。
恐惧、赤裸,在有塑料枕头的绿色手推车上
我望着我的茶具、我的亚麻衣柜、我的书
退出视线之外,水漫过我的头顶。
此刻我是一个修女,前所未有地纯洁。

我不需要任何花束,我只想
躺着,手心向上,空无一物。
多么自由,你无法想到那有多自由——
巨大的平静,让你晕眩,
它别无所求,一个名签,一些小玩意。
这是死者最后接近之物;我想象着他们
咽气时含着它,像一小块圣餐饼。

首先,郁金香过于红艳,它们伤着了我。
即使隔着礼品纸,我都能听到它们透过白色襁褓
发出轻柔的呼吸,像让人不快的婴儿。

它们的红对着我的伤口说话,它也应声。
它们难以捉摸:像要漂走,却又将我压低,
用突如其来的舌头和色彩将我搅乱,
一打铅制的红坠子缠住我的脖子。

以前从没有人注意过我,现在我却被注视。
郁金香转向我,以及我身后的窗子
一天一次,光线慢慢扩宽又慢慢变细,
我看到自己,扁平,可笑,剪纸的阴影
在太阳的眼睛和郁金香的眼睛之间,
我失去了面孔,我曾想抹去自己。
充满生机的郁金香吃我的氧。

在它们到来以前,大气非常平静,
来来去去,呼吸有序,有条不紊。
而后郁金香像巨大的噪音填满了它。
现在空气受阻,在它们周围旋转,像河流
受阻,回旋在沉没、生锈的引擎四周。
它们吸引了我的注意力,此前它惬意地
玩耍、休憩,无须承担什么。

墙壁,看似也想让自己变暖。
郁金香应该如危险的动物关在栅栏后面;

它们绽放,像某种非洲大猫的嘴,
我察觉到自己的心:它张开又合上
一碗红色花朵,纯粹出于对我的爱。
我尝到的水是暖的,咸的,如同海水,
来自那像健康一样遥远的国度。

1961.3.18

Tulips

The tulips are too excitable, it is winter here.
Look how white everything is, how quiet, how snowed-in.
I am learning peacefulness, lying by myself quietly
As the light lies on these white walls, this bed, these hands.
I am nobody; I have nothing to do with explosions.
I have given my name and my day-clothes up to the nurses
And my history to the anesthetist and my body to surgeons.

They have propped my head between the pillow and the sheet-cuff
Like an eye between two white lids that will not shut.
Stupid pupil, it has to take everything in.
The nurses pass and pass, they are no trouble,
They pass the way gulls pass inland in their white caps,
Doing things with their hands, one just the same as another,
So it is impossible to tell how many there are.

My body is a pebble to them, they tend it as water
Tends to the pebbles it must run over, smoothing them gently.
They bring me numbness in their bright needles, they bring me sleep.

Now I have lost myself I am sick of baggage—
My patent leather overnight case like a black pillbox,
My husband and child smiling out of the family photo;
Their smiles catch onto my skin, little smiling hooks.

I have let things slip, a thirty-year-old cargo boat
Stubbornly hanging on to my name and address.
They have swabbed me clear of my loving associations.
Scared and bare on the green plastic-pillowed trolley
I watched my teaset, my bureaus of linen, my books
Sink out of sight, and the water went over my head.
I am a nun now, I have never been so pure.

I didn't want any flowers, I only wanted
To lie with my hands turned up and be utterly empty.
How free it is, you have no idea how free—
The peacefulness is so big it dazes you,
And it asks nothing, a name tag, a few trinkets.
It is what the dead close on, finally; I imagine them
Shutting their mouths on it, like a Communion tablet.

The tulips are too red in the first place, they hurt me.
Even through the gift paper I could hear them breathe

Lightly, through their white swaddlings, like an awful baby.

Their redness talks to my wound, it corresponds.

They are subtle: they seem to float, though they weigh me down,

Upsetting me with their sudden tongues and their color,

A dozen red lead sinkers round my neck.

Nobody watched me before, now I am watched.

The tulips turn to me, and the window behind me

Where once a day the light slowly widens and slowly thins,

And I see myself, flat, ridiculous, a cut-paper shadow

Between the eye of the sun and the eyes of the tulips,

And I have no face, I have wanted to efface myself.

The vivid tulips eat my oxygen.

Before they came the air was calm enough,

Coming and going, breath by breath, without any fuss.

Then the tulips filled it up like a loud noise.

Now the air snags and eddies round them the way a river

Snags and eddies round a sunken rust-red engine.

They concentrate my attention, that was happy

Playing and resting without committing itself.

The walls, also, seem to be warming themselves.

The tulips should be behind bars like dangerous animals;

They are opening like the mouth of some great African cat,

And I am aware of my heart: it opens and closes

Its bowl of red blooms out of sheer love of me.

The water I taste is warm and salt, like the sea,

And comes from a country far away as health.

解读

"医院诗"是普拉斯诗歌中占有相当比重的一类题材,主要记述诗人自身的求医经历,或者以医院、疗养院为背景,将笔触伸向特定环境中的所观所感。普拉斯将自己身体和心理疾病的治疗与恢复过程,记录在诗歌当中,而关于病史的描述,有些是涉及个人隐私的,这样不加回避的态度和写作策略,也是通常认为的"自白诗"的外在特征。对"疾病"的津津乐道,在其他诗人那里非常少见,而在洛威尔、普拉斯、塞克斯顿等自白派诗人那里,却成了一种突出的写作题材。这与诗人们的写作观念有关,也与个人经历有关。具体到普拉斯,从青少年时期开始接受的心理治疗、电惊厥疗法在心里留下的恐怖烙痕,以及作为女性所经历的分娩、流产等,都成为挥之不去的独特经验,而她曾在波士顿一所医院实习的经历,也使她较之普通病人,对医院有更深入的接触,也有特别的感情,以至于她宣称"医疗职业总是能够激发我的兴趣,医院、医生和护士处于我工作的中心位置"[1]。有意思的是,医院诗,更容易受到女诗人的关注,原因是多方面的,既和女性经验相关,更重要的是,"医生与病人的关系是女性神话中非常重要的关系","清晰展示了男性对女性身体的控制权"[2]。此外,医院,

---

[1] Plath, Sylvia. *Letters Home: Correspondence, 1950—1963*, Aurelia Schober Plath ed. New York：Harper Perennial, 1981, p.480.

[2] Bassnett, Susan. *Sylvia Plath: An Introduction to the Poetry*, second editon. Basingstoke and New York：Palgrave Macmillan, 2005, p.121.

本也是人出生和死亡比较集中的地方。谈论医院,不免谈生论死,"医院诗"也与普拉斯另一个高度集中的诗歌题材"死亡诗"彼此关联。在这一类型的诗中,《郁金香》是尤为突出的一首。

这首写于1961年3月的自由体诗共9节,每节7行,结构上显然经过精心设计。它记叙了叙述者在医院中的一次手术经历,依时间顺序描述了治疗和恢复的完整过程。从写作时间来看,应该与诗人在此前接受的一次阑尾手术有关。标题所指的"郁金香",应该是探望者带给病人的礼物,祝愿她早日恢复健康。只是,读完这首诗就会发现,这位病人对待郁金香的态度,与普通患者有明显不同,而这也反映出叙述者看待生命和死亡的态度,也与普通人有极大差异。这使得诗带给读者的阅读体验,产生了陌生化的效果。

诗的首句即点明了贯穿全诗的两个核心意象:郁金香与冬天。这是两个彼此对立的对象:郁金香代表色彩、活力、生命;冬天代表单调、凋零、死寂。将郁金香描述为"过于兴奋"(too excitable),表明它与环境之间的不相协调,它似乎不属于这里,不属于"洁白"、"安静"、"深陷雪中"的眼前世界。随后,诗的笔触转向一场手术:"我"躺在手术床上,等候接受治疗。围绕在身边的手术室的环境,有着和冬天契合的一片白色,取消了其他的色彩,仿佛周遭都是空的,而"我"也仿佛"什么也不是",交出了姓名和衣物,"把过去交给麻醉师,身体交给外科医生"则意味着把自己委身于白色,任其掏空。接下来的第二节是手术前的准备,主要人物是白衣护士,她们忙前忙后,打算对病人实施麻醉。第三节则是麻醉过程,叙述者着重于描述护士们动作的轻柔,她使用了一个明喻:身体是卵石,而护士的动作是水流。在麻醉之后,"我失去了知觉",她宣称"行李使我厌倦",如果把人生看作一个旅程,那么不仅"旅行箱"是行李,"姓名"、"身体"也成了行李,"在全家福里微笑"的丈夫和孩子也是行李。踏上这个旅程,意味着放弃身体和身份,放弃以前的自我,也就是放弃生命,"最终的代价——也是奖赏——就是死亡"[1]。这样,整个手术就变成了指向死亡的隐喻,它的实施是对此生的治疗,获得新生的办法是放弃一些东西,就像割掉阑尾一般。于是,第四节中的手术,就像是死神在操刀进行,"棉签擦净我钟爱的联想","水漫过我的头顶"。而手术结束之后,过去生命的一切仿佛被抹除了,她由此获得了宁静与拯救,变成了一个纯洁的修女。

诗的第五节,突然插入的一句"I didn't want any flowers, I only wanted/To lie with my hands turned up and be utterly empty"有时态上的变化。它使用过去时陈述"我不需要任何花束",表明前面描述的手术已经结束,病人进入了休养恢复阶段,允许被其他人探视;同时也为"主角"郁金香的出场做好了铺垫。随后叙述者描述的个人状态,可以看作介于手术完成与恢复期之间的短暂时间,是一个转折点。此时的状态,叙述者认为它是"无法想象"的自由状态,一种"巨大的平静"、"别无所求"。这是此前四节诗铺垫出的一个极端状态,是手术的理想结果:过去的"我"被切除了,现在的"我"没有任何附着物,完全空无。而这种状态,也被叙述者直接和死亡关联起来:"这是死者

---

[1] Dobbs, Jeannine. "'Viciousness in the Kitchen': Sylvia Plath's Domestic Poetry", in *Modern Language Studies*, 1977, 7(2), p.21.

最后接近之物。"而从诗的语调来看,叙述者向往这一状态,她不惧怕死亡,甚至渴望拥抱它,她不愿意从这种状态回到过去熟悉的环境之中,因此排斥生命。

从第六节开始,郁金香成了诗中的核心意象。这个由探视者带来的礼物,却是她排斥的对象。她开始阐述排斥的原因:"首先,郁金香过于红艳,它们伤着了我。"这里的"我",是进入了如死亡一般的平静的"我",而郁金香则意图将"我"拖回到现实世界当中。当叙述者把包着花的礼品纸比喻为"白色襁褓",郁金香就变成了一个婴儿。而在她眼中,这个婴儿令人不快(awful),可能让她想起了前不久流产的胎儿,对她而言这是一个痛苦的回忆。而婴儿的出现,同时也宣告它让"我"不快地重新与一个他者建立起了关联,这本是我在此前的手术中有意割弃的。于是,郁金香与"我"身体上的"伤口"对话,沉默的世界被打破。一个恍恍惚惚的世界又重新开始浮现,"我"与外部世界的关系在它重新变清晰的过程中再一次成形,外在的关联又一次变成了一张网。而郁金香仿佛是这些关系的代理人,它变成了"一打铅制的红坠子缠住我的脖子"。第七节中"我"成了被郁金香注视的对象。当"我"处于它和阳光之间,光线照亮"我"并投下阴影,而"我"也在客体的注视中重新发现了自我。在叙述者看来,郁金香是一个缨犯者,它"吃我的氧"。第八节于是开始追述空气之前的状态,它运行有序,直到被郁金香破坏。它此前"惬意地/玩耍、休憩,无须承担什么",这是叙述者所向往的,随着去除与他者的关联,也放弃了所有的家庭或社会责任。但郁金香的出现却带来改变,让空气再一次动荡起来,而"我"也因为重新获取了身份,即将重蹈覆辙,卷入生活的漩涡。

诗随之推进到尾声,在最后一节,"我察觉到自己的心",就像花朵一样充满生机,生命力"激动起来",可是,这并不是叙述者所盼望的,她不愿意回到这个喧扰的世界,因此,她希望郁金香被"关在栅栏后面","如危险的动物"。当最后的诗句说"我尝到的水是暖的,咸的",意味着她滚下了两行热泪,而泪水迅速让她联想到了"海水"。这一意象,在普拉斯的诗歌中同样常是生命力的象征。随着"健康"从"遥远的国度"如水漫来,一次医院经历也画上了句号。

《郁金香》一诗的艺术性,首先在于意象的反讽效果。红色的郁金香所象征的生命力,在一般的理解中是给病人带来心理慰藉的事物;它的对立面,在诗歌中对应为白色的冬天,是疾病和死亡的象征,带来折磨,给人带来恐惧感。因此,如果在两者之间做出选择,常人自然会倾向郁金香而逃避冬天。可是,普拉斯的诗却做出了相反的选择。对她而言,郁金香"过于兴奋","伤着了我",有"巨大的噪音",是"危险的动物";而冬天则平静,给我带来"抚慰",使我变得"纯洁"。这意味着,在她看来,生命是一种折磨,动荡不安,生活令人苦恼,编织着一张无法挣脱的网;而死亡则是一种自由,它带来的空无感卸去生命的承重,令人神往,并流连忘返。这样的看待生死的态度,与普拉斯在《爱丽尔》《拉撒路夫人》等诗中展现出的生死观倒是一脉相承的,而对死亡的空无感近乎痴迷的渲染,并以此来否定生命的意义,也容易让人产生普拉斯是虚无主义的追随者的印象[1]。

---

[1] Molesworth, Charles. *The Fierce Embrace: A Study of Contemporary American Poetry*. Columbia: University of Missouri Press, 1979, p.64.

其次，这首诗紧紧围绕中心意象展开，但同样呈现出其他意象的丰富与密集。只是，其他意象都是为中心意象的出场服务的，为其烘托气氛，营造氛围。在诗中，郁金香除了在开篇露了一面之后，在好几个连续的诗节中并不现身，让人产生诗已经"偏题"的疑惑。这"犹抱琵琶半遮面"的主角，勾起了读者的好奇心，其实也与叙述者对待它的态度相吻合：她其实不情愿面对它，正如不愿意从死亡的边界回到健康的生命之中。这样的心态反映到写作策略中，则是不断填充其他的意象，延缓郁金香的现身。这也造成了这首诗给人造成繁冗之感。蒂姆·肯德尔就将这首诗看作普拉斯过渡时期的作品，并比较之后的"爱丽尔"时期的巅峰之作与之前的早期作品，认为最显著的区别在于"语调的变化"，而"新的语调，部分是通过强调对隐喻和明喻的压缩来实现的"[1]。

再次，如果以诗的第五节为分界，可以看到前四节和后四节，除了在描写的对象上有显明的区别以外，还呈现出一种"接近与偏离中心诗节而呈现出的独特对称性"[2]：第一节对应最后一节，第二节对应倒数第二节……这样，如前所述，第五节是一个转折点，是死亡的临界点，那么前四节是慢慢靠近它的过程，后四节则是慢慢折返的过程。不妨对此进行稍稍细致的分析。在第一节中，郁金香"过于兴奋"，而且会"爆炸"，这对应于最后一节对它的危险性的判断，认为应该将它

---

[1] Kendell, Tim. "From the Bottom of the Pool: Sylvia Plath's Last Poems", in *Sylvia Plath: Broom's Modern Critical Views*, updated edition. Harold Broom ed. New York: Infobase Publishing, 2007, p.156.

[2] Dickie, Margaret. *Sylvia Plath and Ted Hughes*. Urbana: University of Illinois Press, 1979, p.129.

"关在栅栏后面";而"我"交出"姓名"和"衣物",对应于"察觉到自己的心",前者是交出,后者是收回;第二节和倒数第二节所描述的,都是一幅繁忙的景象,前面是白衣护士,后面是旋转的空气,只是两者的目的是截然相反的:护士意图实施麻醉,空气则"吸引了我的注意力",让人恢复清醒。第三节描述的是护士们如何对待我,而倒数第三节则是郁金香如何看待我,重点都放在"我"与对象的直接关系上,前者以触觉表现,后者则诉诸视觉。同样,第四节所描述的进入麻醉中的感受也和第六节相扣,对不同的对象都采用了流水的比喻,不过前者是漫过来将"我"淹没,后者是"像要漂走"。而"用棉签擦净我钟爱的联想",也因为回忆起"让人不快的婴儿"重新建立起来。这样的呼应,是诗人精心设计的,诗歌因此也形成了一个环形结构:在开篇处就映入读者眼帘,但并未展开具体摹写的郁金香,它在诗歌中的亮相也就不那么突兀了,因为它是作为一个标志出现的,它和后面即将出现的冬天和医院的景观一起,构成了一个由红到白再到红,也是由生到死、再回到生,在束缚和自由之间切换的过程。

冬天的树

潮湿黎明的墨水消散呈蓝色。
在雾的吸墨纸上树木
看起来像植物图谱——
记忆生长,一环叠一环,
成串的婚礼。

既不知流产也不知泄愤①,
比女人更纯粹,
它们毫不费力地结籽!
品尝着风,那是没有脚的,
浸入历史中齐腰深——

插满翅膀,超然世外。
在此,它们是一群丽达②。
哦,叶子与甜美之母
这些圣殇像③又是谁?
斑鸠的阴影在歌唱,但无以解忧。

1962.11.26

Winter Trees

The wet dawn inks are doing their blue dissolve.

On their blotter of fog the trees

Seem a botanical drawing—

Memories growing, ring on ring,

A series of weddings.

Knowing neither abortions nor bitchery,

Truer than women,

They seed so effortlessly!

Tasting the winds, that are footless,

Waist-deep in history—

Full of wings, otherworldliness.

In this, they are Ledas.

O mother of leaves and sweetness

Who are these pietàs?

The shadows of ringdoves chanting, but easing nothing.

注释

① 原文为"bitchery",是指"具有攻击性的言辞或行为,多指女性"。
② 丽达为希腊神话中斯巴达的皇后,被宙斯化作天鹅诱奸。她是引起特洛伊战争的美女海伦,以及远征特洛伊的希腊联军统帅阿伽门农的妻子克吕泰涅斯特拉的母亲。
③ 圣殇像是西方雕塑与绘画中的经典题材,表现圣母把死去的耶稣抱在怀里的场景。

解读

  《冬天的树》是一首写景诗,篇幅短小,只有三节共 15 行。和许多诗人比起来,普拉斯并非写景的高手,她的优秀作品大多是叙述性而非描述性的。但也应该注意到,写景状物的诗,在她的诗歌中依然占有相当大的比例,无论是在前期还是后期。景与物,一般都被诗人运用于起兴,"先言他物以引起所咏之辞",重在借景抒情,浇心中块垒。也就是说,景与物的客观形象,经由诗人内心的吸收、内化和处理,成为诗歌语言中的"意象",其实质却是诗人的"心象"。这三者之间有一个转化的过程。《冬天的树》,也有这样的过程。

  诗的起句描绘的是一个冬日黎明的景象:"潮湿黎明的墨水消散呈蓝色。"仅此一句,简洁交代了观察的视角及对象所处的环境:这是一幅远景。随后"冬天的树"出现在这一天色渐亮的场景之中:"在雾的吸墨纸上树木/看起来像植物图谱"。与第一句的关联,是通过"雾"和"吸墨纸"建立起来的:黎明的朦胧如同晨雾一般,而墨水的消散则联想到吸墨纸。而远处的树木,它们的形象也因此越来越清晰。看上去,前面三句似乎是对观察对象的客观描述,迅速勾勒出树木在自然环境中的样子。可读者从中得出了什么关于树木的印象吗?既没有大小、高低等物理属性,也无从知道树的种类,就连其他文学作品对树木细部如叶子、枝干等的形态描述也没有。"墨水"、"吸墨纸"、"图谱"的比喻,将景观直接转化为画面。因此,叙述者所眼见的,随着语言的描述,转化为一种"艺术创作"。与其说作者在描摹树木在冬日黎明中的自然景象，不如说是在介绍一幅速写画的内容。而这幅画面，其实存在于叙述者的内心之中，是她的"心象"。也就是说，从一开始，诗中的"冬天的树"就不是纯粹客观的存在，而是主观移情作用后的意象。而接下来，"记忆生长，一环叠着一环/成串的婚礼"则进一步证明了前面的判断。这样的两句，应该指向树的年轮。可是，在这样的一种距离，观察者不可能清晰看到树的年轮，因此，这只能是她的想象。"记忆"跟叙述者自身相关，"ring"的双关意义，则让她自然由"戒指"联想到"婚礼"。但它不是美好的婚礼回忆，"成串"意味着婚礼过多，隐射婚姻中的不忠。从写作时间上来看，这可能暗示休斯的变心。看来，"冬天的树"带给诗人的，是不快的情绪。

显然，诗人由树联想到了作为女性的个人命运，到了第二节，她直接将树与女性进行了比较："既不知流产（abortions）也不知泄愤（bitchery），/比女人更纯粹，/它们毫不费力地结籽！"她将植物的繁殖和女性的生育进行比较，认为女性承受着更多的痛苦。"bitchery"指女性的极端的情绪或行为，是对伤害的反击。和"abortions"一起，这两个词，代表了女性在身体和心理上所遭受的折磨。这显然是叙述者以自我为镜像，融入了切身的生活经验和心理感受。强调树的繁育是"毫不费力"（effortlessly）的，也反衬出女性的生育是艰难的体验（effort）。可以明显感受到，叙述者对树的描述，带上了艳羡和嫉妒的腔调。她继续向往地描述树木的繁殖过程："品尝着风，那是没有脚的，/浸入历史中齐腰深——""风"是树的传媒，它"没有脚"，可能暗示宽松自由的外部环境；而"齐腰深"，或许意味着它处于"历史"的中间段,既可以回溯之前,也可以展望之后,它的视野是开阔的。诗歌因此具有了纵深感,"历史被置于空间的中心,形象和轮廓从模糊与昏暗中浮现"[1]。从"品尝"(tasting)可见,对树的外部时空,叙述者是肯定而渴望的,从而间接揭示,叙述者对女性所面临的环境、制度非常不满,对置于时间中的女性命运也很悲观。

这些无拘无束的树,属于区别于人类社会的自然,仿佛跳脱于这个世界之外,自由得仿佛"插满翅膀"。"翅膀",是对冬天的树的形态的比喻,而从这里,叙述者可能联想到了天鹅,继而联想到了希腊神话中的丽达。写作这首诗时的普拉斯,租住在伦敦的公寓里,而这所公寓,曾经住过著名诗人叶芝。普拉斯认为这是天意的安排,并盼望能带给她诗的灵感和好运气。她一定对叶芝的名作《丽达与天鹅》非常熟悉,这首诗中的丽达,可能也是叶芝诗歌中的丽达。她被看作人类历史一个新的循环的标志,是人类的祖母,而她的两个孩子,以美貌著称却成为特洛伊战争导火索的海伦,以及杀死丈夫的克吕泰涅斯特拉,却是造成人类悲剧的根源,她们代表了欲望与仇恨,在人类历史中埋下了悲剧的种子。诗人将"冬天的树"比喻为丽达,是说它们"超然世外",超越于人类历史之外,没有沾染痛苦,因此,它们是"叶子与甜美之母"。此时,树仿佛托着叙述者,让她在想象中超越了历史。然而,另一个比喻旋即出现,而这也是叶芝的历史循环论中的关键形象:圣母。"圣殇像"把思绪带回了痛楚的现实,耶稣的死,也让她思索自

---

[1] Smith, Stan. *Inviolable Voice: History and Twentieth-Century Poetry*. Dublin: Gill and Macmillan, 1982, p.201.

己的解救之道。"斑鸠的阴影在歌唱",仿佛死亡的召唤,"无以解忧"(easing nothing),则暗示出她内心的悲观态度:个体的死,依然无法改变女性群体的现状和前景。

"冬天的树"是"叶子与甜美之母",还意味着,这些树木将在春天迎来新生。"冬天"在普拉斯的诗中,常被用作死亡的隐喻,而这些树木,在这个寒冷季节光秃秃的,仿佛经过了死亡的洗礼,"翅膀"则是新生命的象征。而这也构成叙述者羡慕树的两个原因:一是树木与人的世界无关,它的"无知觉恰恰是她渴望的,从而与人类的诸多问题保持距离"[1],二是它的生命仿佛是可以循环、再生的。这也显示出她对死亡的矛盾态度,既怀有期望,同时也不无担忧。

"一切景语皆情语",诗人写景状物,都是为表达内心的情感服务的。因此,景与情,两者之间不可分离,景引起情感的波动,而情投诸景之上。这是一个主客体相互作用、交换信息的过程,是两者逐渐合二为一的过程。人们通常用"移情"来指称客观外在世界激发艺术家的创作灵感,从而使主体将感情投注到客体之上。而当客观世界的表象映照在有情感的心灵的镜子中,"意"与"象"就融合在一起,成为诗歌的意象。《冬天的树》,一开篇就是情景交融的,客观描述的笔墨非常少,更多是作者借写景而自抒胸臆。值得注意的是,在普拉斯的诗歌中,她所选择描述的自然,大多萧瑟荒凉,或者阴森诡异,与叙述者格格不入互相排斥,《冬天的树》和《郁金香》就是两个显明的例子。

---

[1] Gill Jo. *The Cambridge Introduction to Sylvia Plath.* Cambridge: Cambridge University Press, 2008, p.67.

在美国的文学传统中,爱默生的超验主义观念影响深远,它既强调人和人的精神的重要性,也认为自然是有生命的,并主张回到自然,接受它的影响并以此塑造人的精神。从普拉斯的诗中,既可以看到这一传统的影响,但也可以看到她态度上的矛盾。一方面,自然与人密切关联,万物仿佛具有人的身体。而另一方面,她又时常将自然与人对立起来,自然外在于人,也就成了被征服的对象,人甚至不惜以自我毁灭的方式来实现之。这也是普拉斯写景状物诗的一个特征:"将自然的敌意和非人性与自我相融合"[1],体现出将"非我"统一到"我"之中的愿望。

从自然与创作者的互动来看,值得注意的是,"移情"的方式在普拉斯诗歌创作的不同阶段是存在区别的。前期诗歌中景的对象多元,色彩丰富,相应的情绪也有比较多的类型,大多是"由物及我",由客观世界激发创作冲动构思作品。而后期的构思方式几乎全是"我情注物",她将主观的个人情感倾泻在外部世界整体及每一处局部,世界在她眼中是同一个色调,而作品则为一种极端激越的情绪所主导,直至陷入了白热化的迷狂。此时的外部世界,成为诗人内心的外化世界,主体与客体的激烈冲突,也是诗人自我内心激烈冲突的显现。对自然的征服,也成了自我治疗的手段。正如她的传记作者安妮·史蒂文森所说:"她最后一批冬天的诗,那些诗充满着使人寒心的极抽象深奥的内容,不可避免地陷入世界冷漠之中,透露出忧郁的气息。在

---

[1] Kendall, Tim. *Sylvia Plath: A Critical Study.* London;New York:Faber and Faber,2001, p.33.

并非无懈可击的诗人身上,如此这般的诗作可能标志着一个意气消沉的阶段,向更自由的、更成熟的人发展。"[1]因此,景物诗构思方式的转变,也反映出诗人关注点的变化:从沉溺于外部世界,汇聚到关注自我的内心世界。

---

[1] [英]安妮·史蒂文森:《苦涩的名声——西尔维亚·普拉斯的一生》,王增澄译,北京:昆仑出版社2004年版,第337页。

渡　水

黑湖,黑船,两个黑色的纸剪的人。
在此汲水的黑树将去何方?
它们的阴翳想必能覆盖加拿大。

一缕微光从水面上的花丛间渗出。
它们的叶子并不希望我们匆然前行:
它们平展而浑圆,满怀阴郁的劝诱。

冰冷的世界从桨橹间摇荡出来。
黑之精神内在于我们,内在于鱼群。
一截树桩举起苍白的手臂,辞别;

在百合花丛中星辰绽放。
与面无表情的塞壬擦肩而过你没有失明?
这就是惊惧灵魂之沉默。

1962.4.4

Crossing the Water

Black lake, black boat, two black, cut-paper people.

Where do the black trees go that drink here?

Their shadows must cover Canada.

A little light is filtering from the water flowers.

Their leaves do not wish us to hurry:

They are round and flat and full of dark advice.

Cold worlds shake from the oar.

The spirit of blackness is in us, it is in the fishes.

A snag is lifting a valedictory, pale hand;

Stars open among the lilies.

Are you not blinded by such expressionless sirens?

This is the silence of astounded souls.

解读

1971年,休斯整理了普拉斯的一部诗集《渡水》交付出版,共收入诗歌34首。相对于另外两部诗集《巨像》和《冬天的树》,《渡水》选取的诗歌写作时间跨度较长,既有1956年的,也有1962年的,其中与《巨像》中重复选入的有9首。但其他诗篇,基本创作于《爱丽尔》集中的诗篇创作之前。休斯认为这些诗为普拉斯"爱丽尔"时期的惊人爆发奠定了基础,因此,可以将这部诗集看作过渡时期创作的汇集:从"巨像"的建构到"爱丽尔"的疾飞,中间恰好是"渡水"。选择"渡水"作为诗集的标题,休斯看来是有深意的。的确,"巨像"时期的诗,与"爱丽尔"时期的诗,在内容、形式、风格上都存在明显的差异。其中的变化,绝不是一蹴而就的,中间有一个演变的过程,体现出诗人诗学观念和创作旨趣的变化。而"渡水",本就意味着从一边到另一边,从此岸到彼岸。因此,这个集子中的大多数诗,呈现出与早期诗歌不一样的特点,也成为"爱丽尔"的序曲。休斯特别指出了其中的几首:《渡水》("Crossing the Water")、《在水仙花丛中》("Among the Narcissi")、《野雉》("The Pheasant"),认为它们更多"朝向内心"(inwardly),显示出"冷静、轻快、迷人"的语调,为她的"后续阶段做好了准备"[1]。而《渡水》一诗,集中体现出这一阶段普拉斯诗歌的

---

[1] Stevenson, Anne. *Bitter Fame: A Life of Sylvia Plath*. London: Penguin Books, 1989, p.236.

特色。

《渡水》所描述的,是一次坐船过湖的经历。《渡水》的手稿显示,这首诗的原题是"夜晚的洛克湖"(Rock Lake at Night)。与两年前的一首诗《云乡的两个露营者》("Two Campers in Cloud Country")一样,应该是以普拉斯和休斯一起去位于美国和加拿大之间的洛克湖度假的见闻为素材的[1]。但这首诗并非叙述口吻,而是以浓墨重彩去描绘旅行中所见的景观,看上去更像是一首重在写景的诗。而诗人将标题调整为"渡水",隐去了实际的地名,或许是为了告诉读者,"水"具有象征意味。因此,许多批评家将"水"理解为"冥河"(Styx)或者"忘川"(Lethe),是生者进入死亡地界的必经之路,这就和普拉斯后期诗歌中处处萦绕的死亡主题呼应起来,"渡水"之途,就成了放弃生命迎向死亡的过程。

诗的首句即如泼墨("黑湖,黑船,两个黑色的纸剪的人。"),简短交代出旅行的地点、交通工具以及人物。黑色笼罩了一切,吞噬了一切,给旅行蒙上了晦暗和神秘的氛围。旅行者的身份并未揭穿,"两个",可能意味着除了"我",还有一个同行者,也可以理解为对读者的邀请,或者理解为暗指一个人对立的二元性。"纸剪",暗示人生命的脆弱与短暂。而水的颜色仿佛是传染性的,船和人都被染成黑色。紧接的问句"在此汲水的黑树将去何方?",岸边的树,因为"汲水"而变黑,问句显示出旅行者的犹豫,对去往彼岸心存疑虑。目的地其实是

---

[1] Walde, Christina. "Dark Waters: Reading Sylvia Plath", in *Plath Profiles: An Interdisciplinary Journal for Sylvia Plath Studies*, 2012(5), p.20.

明确的,那就是第三句指出的"加拿大"。不过,那里的风景并没有什么不同——无边黑暗,足以遮蔽一个幅员辽阔的国家。诗的首节,营造出压抑沉闷的气氛,黑色是主基调,对于叙述者,仿佛有一面滤光镜隔在她和世界之间,她所看到的事物,与她的情绪是相关的,事物所披上的色彩,也是诗人移情的结果。

第二节现出的光,或许是黑暗世界的一丝安慰。"a little"表明这光其实非常微弱,不易察觉。而"渗出"(flittering)意味着光的到来,穿过了很大的阻力,它的强度不足以驱散黑暗,只能让旅行者看到水面上花的形状。这些花,是水面上唯一的生命体,而这光,由花自身发出,仅仅将自身照亮,与黑暗世界形成对照。"它们的叶子并不希望我们匆然前行",延续了对旅行的疑问,但随之而来的句子描述叶子"平展而浑圆",满怀"阴郁的劝诱"(dark advice)。花会给出什么建议呢?折返吗?"dark"提示我们,这些花似乎是黑暗的同谋,它们召唤叙述者进入黑暗之中,它们的光则告诉她,在这个世界中,生命并没有被吞没,进入其中,将是一次重生:不需要外在的光,自身即光源。

于是,旅行者的顾虑看上去消除了,"桨橹"的划动,暗示两人奋力向前,一个"冰冷的世界"从水面上"摇荡出来"。于是,随着进入这个世界,"我"与它开始了互动:"我"被吸入黑暗,黑暗也进入"我";"我"内在于黑暗之中,黑暗也内在于"我"之中。此时,"黑"(blackness)不仅仅是旅行环境的外观,不仅仅是物质实体,同时也是一种抽象观念,是一种"精神"(spirit)。"黑之精神内在于我们,内在于鱼群",达成了内外世界的统一,也暗示叙述者对即将去往的未来世界的情感认同。"鱼群"(fishes),是富有生命力的象征,意味着进入黑暗世界并未抹去精神(spirit);"我们"(us),意味着个体的取消,个体被统一到更高的层次上。这一句,可以看作高潮的出现,叙述者已经不再留恋即将离开的地方,即将投入未来的世界。而此前的世界则如树桩,"举起苍白的手臂,辞别"。她辞别的"苍白手臂",是"肉身"的提喻,去向黑暗世界就是赴死之途。

诗的末节再次呈现出有亮光的画面:"在百合花丛中星辰绽放",星星倒映在水中,和黑暗中的花束互相交织。黑暗之水,成了一面镜子,星辰之光和花朵之光仿佛互相照亮。这里,花朵是短暂的生命力,而星星则寓指永恒之物。它们在黑暗世界的融会,象征着肉体生命的结束伴随着更加纯粹的精神生命的开始。这也是普拉斯后期诗歌中的一个重要主题:死亡使人实现了完美。而全诗的收尾处又提出了一个问题:"与面无表情的塞壬擦肩而过你没有失明?"此处用"塞壬"(siren)来比喻水面上的花朵。在希腊神话里,塞壬本是河神的女儿,是居于山林水泽的仙女(nymph),她们有着美妙的嗓音,用自己的歌声引诱过往水面的水手入水,使之遭致灭顶之灾。这里,"塞壬"象征死亡的诱惑,"面无表情"暗示死亡的冷酷。塞壬集美丽与残忍于一身,她的两面性,同样出现在花朵那里:"生命之花"变脸为"死亡之花"。"这就是惊惧灵魂之沉默",这时的光线具有了强度,足以使人失明,也导致了灵魂的惊惧,而"沉默",对应于"塞壬的歌声",它没有声音,意味着诱惑来自另一世界,或者说它只能被灵魂听见,旅行者被沉默召唤,完全进入了最后的黑暗。

《渡水》是一首意象密集的诗,湖、船、树、花朵、桨橹、星星等渐次显现,但都被"黑色"笼罩。俄罗斯艺术家康定斯基曾描述过黑色的艺术表现力：

  黑色的基调是毫无希望的沉寂。在音乐中，它被表现为深沉的结束性的停顿。在这之后继续的旋律，仿佛是另一个世界的诞生。因为这一乐章已经结束了。黑色像是余烬，仿佛是尸体火化后的骨灰。因此，黑色犹如死亡的寂静，表面上黑色是色彩中最缺乏调子的颜色。它可作为中性的背景来清晰地衬托出别的颜色的细微变化。[1]

在《渡水》里，黑色正是一种毁灭性的色彩，就像一个黑洞，吸走了其他色彩的表现力。它的毁灭性，是诗人赋予的，她将现实感受转化为黑色经验，继而又将其投射到她的感官所接触到的外部世界之上。在这首诗中，黑色的确表现出了"深沉性的结束"。而诗中的光，则给予沉寂一丝希望，指向"另一个世界的诞生"。如果把这首诗描述的旅行看作走向死亡，"渡水"自然容易联想为渡过冥河，这时过河的两人，除了叙述者，另一个则是冥河的摆渡人喀戎（Charon）。船行"忘川"之上，她要"辞别"的，也不仅仅是一具肉身，还包括所有关于此生的记忆，以及在此生之中获得的身份，以及塑造"这一个我"的一切。
  普拉斯让人印象深刻的优秀之作，具有一个共同的特点：描述转变过程中的动态。其一，她将事物转变前的状态和转变后的状态（或者是想象之中的状态）进行比较，使之形成强烈的反差，为情感上的

---

[1]［俄］康定斯基：《康定斯基文论与作品》，查立译，北京：中国社会科学出版社2003年版，第37页。

倾向性做出铺垫;其二,从一个阶段到另一个阶段的跨越,是在某种强力的驱使下完成的,这种驱力可能来自神秘的外部,也可能源于自我的潜意识深处,或者这两股力量交织在一起,形成不可逆转、席卷而来的合力。反映到语言实践上,则体现为巨大的冲击力和爆发力。其三,这一跨越的最终实现,是在一瞬间完成的,比较之下,转变之前阶段的颇费笔墨的描述更显得是一种折磨难以忍受,而转变之后的状态则伴随着狂喜,令人神往。而《渡水》,"Crossing"本身也展示出这样的主题:由此在到彼岸,选择与放弃。在她创作的高峰时期,这一主题一直回旋在如《爱丽尔》、《拉撒路夫人》、《蜂蜇》、《到那边去》等诗篇之中。从写作技艺来看,《渡水》及同时期的一些作品,也展现出实现跨越的努力:她逐步摆脱了前期诗歌中对形式主义的遵循,开始找到更自信和自由的属于自己的语言风格,关注点由外部收回,集中到激烈的内心世界。之后,不是外部世界一点点汇入她的内心世界,而是她内心的汹涌巨浪排山倒海地涌向外部世界。有评论家也注意到在"巨像"时期和"爱丽尔"时期之间,普拉斯的诗歌创作存在一个"过渡阶段",并从韵律、用词等方面研究了不同的创作模式,而《渡水》则被当作"过渡阶段"的代表性作品进行分析,并指出它更接近前期风格,是"刻意写出的而非自然说出的",但它也同时展现出向后期风格的演变[1]。换句话说,在这个阶段,她的诗艺也经历了一次"渡水",接近了百合花丛中绽放的星辰。

---

[1] Hall, Caroline King Barnard. "Transitional Poetry", in *Sylvia Plath: Broom's Modern Critical Views*, updated edition. Harold Broom ed. New York: Infobase Publishing, 2007, p.101.

高烧 103 度①

纯洁？这意味着什么？
地狱之舌
疲软②,疲软如

疲软而肥胖的塞勃罗斯③的三重舌
它在门前喘着粗气,甚至
舔不干净

寒颤的筋腱,罪恶,罪恶。
烛心呼呼作响。
掐灭的蜡烛气味

难以消散!
爱啊,爱,低烟在我身边
像伊萨多拉④的围巾一样滚过,我担心

一条围巾会缠住车轮,绞在里面。
一股股如此阴沉的黄烟
造出自身的环境。它们不会升起,

但会绕着地球滚
使老迈者、逆来顺受者窒息
还让虚弱的

温室小床中的婴儿窒息，
让悬挂在空中花园里的
幽灵般的兰花窒息。

恶魔般的豹子！
辐射把它变白
在一个时辰中结果了它。

给通奸者的身体涂上油
就像广岛的灰烬,侵蚀。
罪恶。罪恶。

亲爱的,整个晚上
我都在发着光,灭,明,灭,明。
床单越来越重,像色鬼的吻。

三天。三夜。
柠檬汁、鸡汤
水令我作呕。

对你和任何人,我都太纯洁。
你的身体
伤害我仿佛世人伤害上帝。我是灯笼——

我的头是月亮
日本纸做的。我用黄金锻打的肌肤
极其精致,极其昂贵。

我的高热可别吓坏你!还有我的光。
我独处时就是一朵硕大的茶花
闪光,来来去去,红晕叠着红晕。

我想我正在上升,
我想我快飞起来了——
滚烫金属的珠子飞溅,而我,爱,我

是纯净乙炔的
处女
由玫瑰照料,

由亲吻,由小天使,
由粉红色东西所指的一切照料。
不是你,也不是他

不是他,不是他

(我的自我在溶解,老娼妓的衬裙)——

到极乐世界去。

1962.10.20

Fever 103°

Pure? What does it mean?

The tongues of hell

Are dull, dull as the triple

Tongues of dull, fat Cerberus

Who wheezes at the gate. Incapable

Of licking clean

The aguey tendon, the sin, the sin.

The tinder cries.

The indelible smell

Of a snuffed candle!

Love, love, the low smokes roll

From me like Isadora's scarves, I'm in a fright

One scarf will catch and anchor in the wheel.

Such yellow sullen smokes

Make their own element. They will not rise,

But trundle round the globe

Choking the aged and the meek,

The weak

Hothouse baby in its crib,

The ghastly orchid

Hanging its hanging garden in the air,

Devilish leopard!

Radiation turned it white

And killed it in an hour.

Greasing the bodies of adulterers

Like Hiroshima ash and eating in.

The sin. The sin.

Darling, all night

I have been flickering, off, on, off, on.

The sheets grow heavy as a lecher's kiss.

Three days. Three nights.

Lemon water, chicken

Water, water make me retch.

I am too pure for you or anyone.

Your body

Hurts me as the world hurts God. I am a lantern—

My head a moon

Of Japanese paper, my gold beaten skin

Infinitely delicate and infinitely expensive.

Does not my heat astound you! And my light.

All by myself I am a huge camellia

Glowing and coming and going, flush on flush.

I think I am going up,

I think I may rise—

The beads of hot metal fly, and I, love, I

Am a pure acetylene

Virgin

Attended by roses,

By kisses, by cherubim,

By whatever these pink things mean.

Not you, nor him

Not him, nor him

(My selves dissolving, old whore petticoats)—

To Paradise.

注释

① 华氏103度,相当于摄氏39.5度。但诗人并未指明是华氏度还是摄氏度。诗人在此可能既指华氏度也指摄氏度,因为摄氏103度左右是有杂质的水蒸发的温度,水以气华的方式与杂质分离从而实现"提纯"。

② 原文为"dull",既意指"肥厚",也可指"疲软"、"迟钝"等。此处似包含上述多重含义。在译出时难以找到唯一的词涵盖上述多义,只能根据与上下文语境的关联性选用"疲软"一词。

③ 塞勃罗斯(Cerberus),希腊神话中守卫冥府的三个头的猛犬。

④ 伊萨多拉·邓肯,美国女舞蹈家。邓肯之死与围巾有关。她在一次聚会后走在车辆过往的路上,脖子上围巾不小心脱落下来,这时正好有车子从她身边经过,车轮绞住围巾缠住她的脖子,并导致死亡。

解读

普拉斯在诗歌中痴迷于对死亡的想象,在不同的诗中她不停变化死亡的场景,或者变换身份去体验它。《渡水》是渡过冥河的过程,而到了《高烧103度》,来到了冥府的门口,要去经受地狱之火的煎熬。她是通过一次生病经历来想象地狱之火的:感冒发烧,浑身发烫,神智恍惚,在这样的身体和精神状况下写出的诗,几乎扔掉了理性的缰绳,全都是意识流的呓语。在接受 BBC 采访时,诗人自己谈到了这首诗的主题:它是"关于两种类型的火,只有折磨的地狱之火,以及净化的天堂之火。在诗中,第一种火转化为第二种火"[1]。不妨顺着这样的思路,看看它们是如何转化的:

诗以问句开篇,只有一个词:"Pure?"然后紧接着询问这个词的含义。仿佛是两人的对话中突然挑起一个新的话题,之后将沿着讨论对"纯洁"一词的认识展开。之后是一个连环借喻,将病人灼烫的身体比作火焰,再比作"地狱之舌"。叙述者仿佛来到冥府门口,看到了守门的猛犬"塞勃罗斯"。地狱之舌,立刻和怪兽的舌头联系起来,连用三个"疲软"(dull)来形容它的舌头,既和它的三头形象对应,也强化了它的特征,并表明:它的"疲软"不足以实现净化,无法让进入地狱的人"纯洁"起来。她继续描述看门犬:"肥胖"、"喘着粗气","舔不

---

[1] Rosenthal, M. L. "Sylvia Plath and Confessional Poetry", in *The Art of Sylvia Plath*, Charles Newman ed. Bloomington:Indiana University Press, 1970, p.62.

干净//寒颤的筋腱"。"寒颤"(aguey),是患疟疾时冷时热的症状,描述了病情的反复无常,似乎提示病人体内存在病毒导致了高热。而当叙述者将之与"罪恶"联系起来,祛除病毒的治疗过程,就与地狱烈火洗去罪恶相关联,只是在叙述者看来,这火焰恐怕难以达到效果。

这首诗接下来分析地狱之火不彻底的原因。"抹不去"的"爱"始终如"低烟"存在,魅影一般跟随在自己身侧,这让她联想到了杀死舞蹈家伊萨多拉·邓肯的围巾。原音"o"的不断重复,让"爱"和"围巾"具有了运动的形象,也具有了迅速碾压过来的重量。它会给人们带来伤害,"使老迈者、逆来顺受者窒息","还让虚弱的//温室小床中的婴儿窒息",也"让悬挂在空中花园里的/幽灵般的兰花窒息"。如此密集的意象接连出现,旨在揭示出"爱"是有害的,是它导致了罪,导致了不纯。而当叙述者惊呼它是"恶魔般的豹子"时,则将读者带到了但丁在《神曲》中游历地狱的遭遇:他碰到的豹子是情欲的象征。因此,前面反复述其危害的"爱",是肉体的欲望。而"给通奸者的身体涂上油",则是但丁在地狱第二层所见的情景重现,地狱之火并没有将恶人净化,而是将之烧成灰烬,就像投向广岛的原子弹一样:烈火是对"罪恶"的惩罚,就像在浓烟中消失的索多玛。"豹子"和"广岛",分别指向了"叙述者内心生活和外部世界的终极恐怖"[1]:婚姻中的背叛与身处世界的动荡不安。

诗的第十节,叙述者唤起了一个说话对象"亲爱的",并向他(她)

---

[1] Bassnett, Sussan. *Sylvia Plath: An Introduction to the Poetry*, second editon. Basingstoke and New York: Palgrave Macmillan, 2005, p.123.

描述自己的病情:"整个晚上/我都在发着光,灭,明,灭,明。"这既是说,高烧具有间歇性,时冷时热,也是说"我"从自己身上发现了病毒(罪恶),自己正在调动抗体去对付它。随着高热而来的汗水濡湿了床单,它"越来越重",这纤维制品仿佛也变成了身体的一部分,充满欲望,"像色鬼的吻"。在病来如山倒的三天三夜里,叙述者没有食欲,只能喝"柠檬汁、鸡汤",可是它们却"令我作呕"。这同样是因为这些汁水是不纯的,这样的认识导致叙述者排斥食物,患上了"厌食症"。而她真正厌恶的,是自己同样不纯的身体,她需要拒绝任何外物(他者)、剔去一切杂质来净化自身。而"你的身体/伤害我仿佛世人伤害上帝",显然是要坚决抵制的。到了这里,叙述者仿佛有了重大的发现,她找到了净化自身的途径:抛弃一切外物,抛弃由"我"的身体与"你"的身体通过爱欲建立起来的社会联系,从而获得一个独立自我。在她看来,这就是一种"净化"。而当许多读者将这首诗看作一首自白诗的时候,"亲爱的"就指向了休斯,"罪恶"也变成了对他出轨的诅咒。而"我"此时的选择则是斩断情丝,并抛弃一切由以前的自我确立的身份,从而实现自我超越。

这显然又是一个"驱魔"过程,一旦意识到不纯的根源,这一过程就以极快的速度完成。接下来叙述者将面对的,是但丁走出地狱和炼狱后的漫游阶段:向天堂去,这段路是一直往上的。也正是在这里,"两种类型的火"实现了转化。后面的诗中燃烧的火焰,将是天堂之火,它通过"毁灭一个自我的扮演者,毁灭了痛苦和罪恶的表演"[1]。

---

[1] Kroll, Judith. *Chapters in a Mythology: The Poetry of Sylvia Plath*. New York：Harper Colophon Books, 1976, p.188.

而净化后的"我",自身也成为了光源:"我是灯笼"。而诗歌的语调也变得自信、喜悦和兴奋起来。此时她描述自己的身体,头是"日本纸"做的月亮,肌肤是金箔,她借用"一朵硕大的茶花"来形容自己,在东方它是春天、长寿和美的象征。而此时身体的高温就像花朵的红晕,与第七节出现的"兰花"惨白形成鲜明对比。体温升高甚至不可怕了,每一点上升都仿佛是提纯,叙述者陶醉在飞起来的感觉里。她用水来比喻自己:"滚烫金属的珠子飞溅",实现了从固体到液体的转化,而"纯净乙炔的／处女",完成了从液体到气体的升华。这里,常用作切割金属的"乙炔",也暗示着肉体的实在性将被高温消融,"处女"则标志着净化的完成,并以此对诗开头的疑问句给予肯定而得意的回答。而她的照料者,则是"玫瑰"、"亲吻"、"小天使"。她特意强调"不是你,也不是他",甚至多次重复,也意味着要将男性从自己的世界根除。当她"自我在溶解",扔掉了肉身这条"老娼妓的衬裙",也彻底治愈了由爱欲引起的伤痛,摆脱了一切束缚,从而去往天堂(Paradise),"在那里,她和姐妹篇《拉撒路夫人》、《爱丽尔》的角色会合了,这些女主人公过去的生命已经没有任何用处了"[1]。

关于《高烧103度》的主题,想必不用多做阐释。和写于同时期的《爱丽尔》、《拉撒路夫人》等诗篇一样,它同样关于死亡,关于重生,以及如何经由死亡实现超越获得重生,途径几乎都是相同的。对死亡的沉迷,反映了普拉斯对自我的认识,对身体的认识,对性别的认识。

---

[1] Wagner-Martin, Linda. "Plath's Triumphant Women Poems", in *Sylvia Plath: Broom's Modern Critical Views*, updated edition. Harold Broom ed. New York: Infobase Publishing, 2007, p.204.

在形式上,这首诗和《拉撒路夫人》也有许多类似之处:如都是采用三行诗节,自由诗体,依靠词语内部的声音来加强韵律感;都采用诙谐的语调来谈论沉重的话题,诗中弥漫着狂热的气氛和夸张的兴奋感。死亡看上去似乎一点也不可怕,反而成了梦寐以求的结局。这是经历了人生波澜的诗人冷眼看世界、冷眼看人的结果,也是她审视自己灵魂深处后的最终决定。从这个角度来看,这首诗的两个对话者,也可以看作自我的两面。是分裂的"我"走到了死亡的边缘,精神的"我"意识到要实现纯洁,必须放弃那个肉体的"我"。那个肉体的"我"曾是"精神"的"我"的另一半,是"亲爱的",可是她却是罪恶的,只有让它在地狱里化为灰烬,才能点亮精神之光。这样来看,《高烧103度》是一首自省之诗,是心灵风暴之诗。

而从叙述者这一方面来说,诗中说话的女人,其语气和《拉撒路夫人》中的主角何其相似,都像是一出戏剧中的人物独白。读这样一首诗,可以认为剧中人是在为作者发声,但也不必认为叙述者就是作者的现实翻版,也不必去诗人的生活细节处翻箱倒箧,试图找到诗中的蛛丝马迹。我们完全可以设想,诗歌中的倾诉者或者独白者,是诗人根据自身或者从文学或文化传统里拎取的一个形象,综合创造出的新的人物。比如,不妨猜测诗歌中的女人,就是曾跳到台前向观众表演的拉撒路夫人,现在她发着高烧,在狂热中开始了另一场表演。而在诗句中,也可以发现夏娃的影子:"空中花园",可以理解为伊甸园的暗喻;恶魔般的(devilish)豹子,完全对应于撒旦的诱惑;而反复低诉的"罪恶,罪恶",就像夏娃对人类原罪的忏悔。因此,这首诗,完全可以想象为《失乐园》主题的现代回响,是置身人类现实生活之中的新夏娃寻找"Paradise"的心路历程。如果从诗的场景来看,进入冥府的叙述者看到恶犬、豹子以及纵欲者,读者又仿佛看到叙述者是在地狱第二层的但丁。因此,《高烧103度》中的人物和场景塑造,是想象和虚构共同完成的。关于这首诗,最近有人研究认为,它的人物和场景,都与四张塔罗牌有关,联系到普拉斯对塔罗牌的热爱,研究者猜测这首诗的写作,是普拉斯求助于塔罗牌,从中获得恍若神启般的灵感[1]。这倒是个有趣的观点。之所以做出这样的推测,可能也与诗本身的神秘性有关:这样一首上天入地的诗,看上去就像是幻觉的产物。

---

[1] Gordon-Bramer, Julia. " 'Fever 103°': The Fall of Man; the Rise of Woman; the Folly of Youth", in *An International Journal of Studies on Sylvia Plath*, 2011, 4, pp.88 - 105.

慕尼黑女模特

完美是可怕的,它不能生育。
寒冷如雪的呼吸,它塞满了子宫

那里紫杉树如水螅①随风飘荡,
生命之树,生命之树

释放着它们的月亮,一个月接一个月,毫无目的。
血的洪水就是爱的洪水,

当然的献祭。
它意味着:没有偶像,除了我,

我和你。
所以,带着硫磺色的娇态,带着微笑

今夜这些女模特斜靠着
在慕尼黑,巴黎和罗马之间的停尸房,

赤裸,秃头,穿皮草,
银棍子上橘色的棒棒糖,

无法容忍,没有思想。
雪洒下片片黑暗,

四周无人。在旅馆里
将有手来开门并摆好

鞋子,等着碳的擦光剂
肥脚趾明天会钻进去。

哦,这些窗子有家的氛围,
婴儿服饰花边,绿叶糖果,

在无尽的傲气②中沉睡的粗壮的德国佬。
而挂钩上的黑色电话机

闪着光,
闪着光,消化着

无声。雪没有声音。

1963.1.28

The Munich Mannequins

Perfection is terrible, it cannot have children.

Cold as snow breath, it tamps the womb

Where the yew trees blow like hydras,

The tree of life and the tree of life

Unloosing their moons, month after month, to no purpose.

The blood flood is the flood of love,

The absolute sacrifice.

It means: no more idols but me,

Me and you.

So, in their sulfur loveliness, in their smiles

These mannequins lean tonight

In Munich, morgue between Paris and Rome,

Naked and bald in their furs,

Orange lollies on silver sticks,

Intolerable, without minds.

The snow drops its pieces of darkness,

Nobody's about. In the hotels

Hands will be opening doors and setting

Down shoes for a polish of carbon

Into which broad toes will go tomorrow.

O the domesticity of these windows,

The baby lace, the green-leaved confectionery,

The thick Germans slumbering in their bottomless Stolz.

And the black phones on hooks

Glittering

Glittering and digesting

Voicelessness. The snow has no voice.

注释

① 原文为"hydras",指水螅,一种水生腔肠动物,生长速度快而老化速度慢。在古希腊神话中"Hydras"是九头蛇。传说它拥有九颗头,其中一颗头要是被斩断,立刻又会生出两颗头来。它被英雄赫拉克勒斯所杀。

② 原文为"Stolz",是德语词,意为"傲气"。

解读

《慕尼黑女模特》一诗写于 1963 年 1 月底,离普拉斯选择自杀不到十天。诗人当时独自带着两个孩子住在伦敦的寓所里,正在经历英国历史上特别严寒的一个冬天。而能源供应不足,经常出现停电停水的麻烦,也给她的生活带来了极大的不便,这对经历婚姻变故的诗人无疑是雪上加霜。《慕尼黑女模特》描述的也是一个寒冷冬天的场景,但地点却移到了德国城市慕尼黑。她可能想到了去往该城市游览时不愉快的心境,于是提笔写下这样一首诗。但从描述来看,她又把当时设身处地所在的伦敦的天气状况以及个人的心境融入了诗中,她依然是在借"女模特"这一对象抒写她个人的境遇和心情。

从诗中看,她所写的女模特,应该是指街头商店所用,一般展示在橱窗中的人体模特道具,主要由石膏、玻璃钢纤维、硬发泡材料和软发泡材料制作而成。人体模特造型多为女性,为了更好地衬托服装之美,人体模特道具通常按照流行时尚所制定的美的标准,选择道具的肤色、身材等,也就是说,模特所要展示的,正是社会流行观念对"美"的认识。但诗也不仅仅指向这些没有生命的模具,她选择"慕尼黑",或许是因为在 20 世纪 60 年代德国女模特风靡一时,她们代表了当时的时尚所认可的美的标准。普拉斯本人在史密斯学院实习时期,也有到纽约时尚杂志《小姐》实习的经历,其中就包括担任模特的实际体验,但这一经历给她留下了很不愉快的感受。因此,她在这首诗中所塑造的模特形象,极有可能是无生命与有生命的模特的合体。诗歌的具体对象看似语焉不详，但也可能是诗人有意"抹除了人工的和自然的生命之间的界限"[1]。而她借这一形象所要谈论的问题，也是这一时期始终困扰她的一个问题，那就是，什么样的女性才是"完美"的。

像她生命中的最后一首诗《边缘》一样，她在诗的一开篇就抛出了如何看待"完美"的问题。在《边缘》里，她描述的是一尊希腊的雕像，她通过死亡达致完美。而在《慕尼黑女模特》中，她承认这些模特是完美的，但是"完美是可怕的"，这显然有别于《边缘》里谈到的完美。有两种可能性：一是诗人认可和追求《边缘》中的完美，但不欣赏和渴望女模特的完美；二是在写作《慕尼黑女模特》时，她对"完美"的定义尚处于模糊阶段，没有形成清晰的认识。这首诗中她用"terrible"来描述"完美"，至少显示出她的态度：她们的美，代价过于高昂。接下来，她开始分析之所以"可怕"的原因：成全这种美，保持完美身形，就要牺牲女性做母亲的权利，"不能生育"，这既是指模特道具的人工性，也指真人模特的职业要求。而在诗人生活的时代，成为一个母亲，被看作女人成其为女人的重要组成部分。在这一问题上，诗人有着同样的认识。为了所谓的完美放弃自己的性别身份，这样的完美是否有必要？这给她带来了困扰。

她接着用同样的态度选择了另一个词来描述女模特："cold"。用"寒冷"形容这种完美，意指它缺乏人的情感，是冷冰冰的。它如"雪

---

[1] Wootten, William. *The Alvarez Generation: Thom Gunn, Geoffrey Hill, Ted Hughes, Sylvia Plath and Peter Porter*. Liverpool: Liverpool University Press, 2015, p.109.

的呼吸","塞满(tamps)了子宫",又和女性的生育功能联系起来。"tamp"是一种连续动作,表示"完美"是来自外部的力量,它意图改变女性的生理结构和自然属性。在这里,普拉斯又一次"充满热情地寻找身体和文本之间的连接"[1]:女性的生殖系统,本来是生命之源,是最有活力和充满温暖的部位,她将之描述为"生命之树",在那里"紫杉树如水螅随风飘荡"。"紫杉树"和"水螅"都是生命力的象征——在凯尔特神话中紫杉是生命、死亡和重生的象征,在冬天的环境中更可以解读为对春天复苏的向往,也是普拉斯非常钟爱的一个意象;而水螅生长快而老化慢,也被看作不朽的象征,它在希腊神话中所指的怪兽九头蛇,同样具有重生的能力。这两个意象,紫杉也可以看作是对女性子宫、卵巢等生殖系统的隐喻,"hydras"则指向女性的排卵功能。这样就引出后面的诗句,生命之树"释放着它们的月亮,一个月接一个月,毫无目的",同样暗示女性的生理周期。"to no purpose",意指排卵与生育无关。"月亮"既指代卵子,也暗示女性的月经与月亮周期的神秘联系,并自然过渡到下面的句子:"血的洪水就是爱的洪水,//当然的献祭。"同样强调女模特追求在现实世界中的完美,就必须做出牺牲,放弃做母亲的权利。

  随后的诗句中出现了一个叙述者"我",她和女模特进行了简短的沟通:"没有偶像,除了我,//我和你"。一方面,她的出现将读者的关注点从女模特的身体拉回来,让女模特置身于具体的场景之中,而

---

[1] Axelrod, Steven Gould. *Sylvia Plath: The Wound and the Cure of Words*. Baltimore: Johns Hopkins University Press, 1992, pp.9–10.

此前的诗句,也就转换成了叙述者的内心活动;另一方面,叙述者将自己和女模特并置,突出自身和女模特之间存在某种相似之处,那么,谈论女模特,何尝不是在谈论自己?从她身上发现的完美,自然引起叙述者的深思,这样的完美对"我"而言是否可取?而这一问题,仅仅通过身体的观察尚未完成,或者说,在身体里她并没有找到"完美",相反,她发现"身体并不代表灵魂闪光的符号,而是让人难堪的提示,提醒她自我的失败"[1],她只好继续在另外的层面来进行探讨。此时,观察女模特的视角发生了些许变化,她凝视的"镜头"向后退去,于是可以看见女模特的整个外貌特征,以及她身处的外部环境。在她的描述中,女模特具有"硫磺色的娇态"(sulfur loveliness),表明她们的美不是天然的,"带着微笑",这是职业性的笑容,并非发自内心,仅是为了取悦观看者。她接着点明女模特的地点是在慕尼黑,并用"巴黎和罗马之间的停尸房"来形容这个城市。这既是指橱窗里的女模特是没有生命的,也勾起读者对第二次世界大战的记忆:在这个区域伤亡惨重,从而将这首诗置于更宏阔的历史维度,也增强了对"完美"之反思的力度。到了这里,诗人对女模特的态度开始显得坚定,随后对她外貌特征的直接描写,显得挑剔而有锋芒:"赤裸,秃头,穿皮草,/银棍子上橘色的棒棒糖,//无法容忍,没有思想。""without minds"更是直接揭示这些女模特的非人特征,她们只是看上去昂贵的商品,供客人观赏、把玩、消费,外表的美无法掩盖内心的空虚,其实质却是 T.

---

[1] Lant, Kathleen Margaret ."The Big Strip Tease: Female Bodies and Male Power in the Poetry of Sylvia Plath", in *Contemporary Literature*, 1993, 34(4), p.625.

S. 艾略特所言的"空心人",而慕尼黑就是一座"荒原"。

这样的认识,让叙述者选择离开女模特,放弃她的"完美"。她沿着慕尼黑的街道行进,"雪洒下片片黑暗,//四周无人"。而在旅馆里,出现了没有主人的手,它"来开门并摆好//鞋子,等着碳的擦光剂/肥脚趾明天会钻进去"。这是一个无形的操控力量,看似为"客人"服务,实则严格规定了他未来的行为,而"鞋子"与"脚趾"的关系,与普拉斯在《爹地》里的描述如出一辙。这样就把叙述者置于某种社会关系之中,并随即描绘出一副家庭生活的场景:"这些窗子有家的氛围,/婴儿服饰花边,绿叶糖果",看似洋溢着温馨的氛围。但她马上笔锋一转,在卧榻上,还有"在无尽的傲气中沉睡的粗壮的德国佬"。值得注意的是她选用了几个词来定义此时出现的德国人形象:"Stolz"本就是一个德语词汇,意为"傲气";"thick"给人压抑、透不过气之感。而在普拉斯的其他诗中,德国人的形象经常被描绘为纳粹,是施虐者。这里出现在家庭环境中的德国人,也和《爹地》里的暴君父亲叠现在一起,是男性的代言人。而诗中最后出现的电话意象,"挂钩上的黑色电话机//闪着光,/闪着光,消化着//无声。雪没有声音",同样给人似曾相识的感觉,这显示出"尽管她的写作风格在变化和重塑,激起她想象的驱动力仍然具有一致性"[1]。它也出现在《爹地》里,并有着几乎相同的描述。因此,诗的结尾部分,可以看作《爹地》里出现的主题的回响:将女性的悲剧命运归因于男性中心主义社

---

[1] Kendall, Tim. *Sylvia Plath: A Critical Study.* London; New York: Faber and Faber, 2001, p.201.

会的戕害,女性是牺牲品,并且没有希望改变这样的处境,正如"雪没有声音"。

此时再回过头来看诗人塑造的女模特形象,她无疑是男性社会利用手中的意识形态工具,利用技术,利用社会舆论处心积虑塑造出的完美女性模型。他们将女性塑造成一个没有思想的玩偶,并以此为模型对现实生活中的女性提出"完美"的期望,其实质是为了规范女性的思想和行为,将自己的标准强加给她们。因此,对女模特的认识过程,也可以说是诗人对女性自我的认识过程:首先认识自己的身体,其次从个体的心灵层面进行自省,最后将自我置于家庭和社会的种种关系中去考察。而她得出的结论是,女性要实现"完美",不能按照男性的规训去完成,那种"完美"只能如橱窗里的模特,徒具一个空的躯壳,或者只有完全依附于男性的社会身份。而女性最终的完美,必须摆脱男性,依靠自身的力量。但她同时也意识到,在目前这个几乎被男性掌控一切的社会之中,几乎没有缝隙可以让其实现突破。拥有自我的独立的女性"完美",依然在现实中遥不可及。这样的认识,也导致诗人进而认为"完美"只有通过死亡来实现,并在之后跨越了人生的边缘。

烦人的缪斯①

母亲,母亲,哪个没教养的阿姨
或者是哪个难看的丑八怪表姐
你如此不明智地不邀请她来
参加我的洗礼,以致她
派来了这些女人作为替代
她们的脑袋像缝补球②
不停地点头,点头,点头
在我婴儿床的床尾,床头和左侧?

母亲,谁定制了勇敢的熊
米谢·布来克肖③的这些故事,
母亲,谁讲的女巫们总是,总是,
被烘焙到姜饼里④,我都怀疑
你是否看到了她们,是否你
说了点什么让我摆脱这三个女人
她们整夜围着我的床点着头,
没有嘴,没有眼睛,只有缝起来的光头。

飓风来时,当父亲书房的
十二扇窗子向内收腹

犹如快碎的气泡,你用
小甜饼和阿华田⑤喂我和弟弟
让我俩加入合唱:
"雷神⑥怒冲冲:轰!轰!轰!
雷神怒冲冲:我们也不怕!"
可那些女人砸碎了窗子。

当别的女生踮着脚尖跳舞,
像萤火虫一样闪着亮光
唱出流萤之歌,我
衣裙闪闪,却迈不开步子
脚上灌了铅,呆立一旁
在我那阴沉着脸的教母的
阴影中,而你呼来唤去:
阴影拉长,灯光熄灭。

母亲,你送我去上钢琴课
夸赞我的阿拉贝斯克舞曲和颤音
尽管所有老师都发现我的弹奏
古怪而木讷,无论我练
什么音阶,练多少小时,我的耳朵
毫无乐感,是的,怎么教也不会。
我在其他地方学啊,学啊,学啊,

从不是你请来的缪斯那儿,亲爱的母亲。

母亲,有一天我醒来看见你
在最蓝的天空中朝我飘来
你乘着绿色的气球,被
成千上万的鲜花和知更鸟簇拥得那么明艳
那是在任何地方从来,从来没有见过的。
当你一声令下:"快过来!"小星球
如肥皂泡一样飞走了。
而我只能去面对我的旅伴。

日以继夜地,在床头、床边、床尾,
她们穿着石头罩袍守着,
脸孔就像我出生那天一样毫无表情,
她们的阴影在不发光也
不沉落的夕阳中拖得老长。
母亲,母亲,这就是你
赐给我的世界。但我不会皱眉
泄漏同伴的任何消息。

1957

The Disquieting Muses

Mother, mother, what illbred aunt
Or what disfigured and unsightly
Cousin did you so unwisely keep
Unasked to my christening, that she
Sent these ladies in her stead
With heads like darning-eggs to nod
And nod and nod at foot and head
And at the left side of my crib?

Mother, who made to order stories
Of Mixie Blackshort the heroic bear,
Mother, whose witches always, always,
Got baked into gingerbread, I wonder
Whether you saw them, whether you said
Words to rid me of those three ladies
Nodding by night around my bed,
Mouthless, eyeless, with stitched bald head.

In the hurricane, when father's twelve
Study windows bellied in

Like bubbles about to break, you fed

My brother and me cookies and Ovaltine

And helped the two of us to choir:

"Thor is angry: boom boom boom!

Thor is angry: we don't care!"

But those ladies broke the panes.

When on tiptoe the schoolgirls danced,

Blinking flashlights like fireflies

And singing the glowworm song, I could

Not lift a foot in the twinkle-dress

But, heavy-footed, stood aside

In the shadow cast by my dismal-headed

Godmothers, and you cried and cried:

And the shadow stretched, the lights went out.

Mother, you sent me to piano lessons

And praised my arabesques and trills

Although each teacher found my touch

Oddly wooden in spite of scales

And the hours of practicing, my ear

Tone-deaf and yes, unteachable.

I learned, I learned, I learned elsewhere.

From muses unhired by you, dear mother.

I woke one day to see you, mother,
Floating above me in bluest air
On a green balloon bright with a million
Flowers and bluebirds that never were
Never, never, found anywhere.
But the little planet bobbed away
Like a soap-bubble as you called: Come here!
And I faced my traveling companions.

Day now, night now, at head, side, feet,
They stand their vigil in gowns of stone,
Faces blank as the day I was born,
Their shadows long in the setting sun
That never brightens or goes down.
And this is the kingdom you bore me to,
Mother, mother. But no frown of mine
Will betray the company I keep.

注释

① 标题"烦人的缪斯"来自希腊裔意大利画家乔治·德·基里科的同名画作,这首诗的创作灵感即来自这幅作品。"缪斯"是古希腊神话中主司艺术与科学的九位文艺女神的总称。

② 缝补球(darning-eggs),衬着缝补衣服用的工具,形状如蛋,一般为木制品。

③ 米谢·布来克肖,可能是母亲所编的熊的故事的主人公名字。诗人童年时,她和弟弟都爱听泰迪熊的故事。

④ 这句诗指向格林童话里《韩赛尔和葛蕾特》(*Hansel and Gretel*,也译作《糖果屋》)的故事。故事讲述的是韩赛尔和葛蕾特兄妹被继母扔在大森林中,迷路后来到女巫的糖果屋。他们被女巫抓住并险些被吃掉,但凭借机智与勇气,将女巫扔进了锅里并逃脱魔掌。

⑤ 阿华田,一种麦芽做的营养品。

⑥ 雷神托尔,北欧神话里挥舞着大铁锤、掌控风暴和闪电的天神。

解读

《烦人的缪斯》是普拉斯比较早期的诗作,其灵感来自画家乔治·德·基里科的同名画作。值得注意的是,普拉斯的诗中有十多首是以当代造型艺术为源泉进行创造的,除此之外,其他诗作中很多也可以看出受当代艺术的影响。据诗人自己在家书中所说,经过了较长时间的对创造力衰退的苦恼之后,一次偶然的机会,纽约一家艺术杂志约请她以当代绘画艺术作品为对象写一些诗歌,并提供了比较优厚的报酬。她投入大量的时间研究了亨利·卢梭、高更、保罗·克利、基里科的作品,并写出了相应的诗作,这一时期的作品如《神谕的衰颓》("On the decline of Oracles")、《耍蛇人》、《树里的处女》等都是如此创作出来的。她高兴地宣称自己发现了新的材料,找到了新的诗歌声音,而艺术作品就是她灵感最深处的资源,是一个曾被封闭,一旦打开就会源源不断地喷涌的温泉[1]。

---

[1] Plath, Sylvia. *Letters Home: Correspondence, 1950—1963*, Aurelia Schober Plath ed. New York: Harper Perennial, 1981, p.336.

基里科的这幅画作于 1916 年,画面以意大利的古城费拉拉为背景,前景中有两个石膏像,一个站立在基座上,一个坐在蓝色的盒子上。奇怪的是两尊雕像的头部都没有眼睛、耳朵等感官,呈球形。红色的头比较大,黑色的头缩得非常小,看上去就像一个门把手。她们所在的位置是在广场上,阳光把她们的影子投向左边。在她们周围,散放着一些儿童玩具般的小器件。这两个雕像,应该就是标题所指的缪斯,至于具体是九位缪斯中的哪两位,并没有明确的说明,后人也有不同的猜测。在右侧建筑物的阴影中,还有另外一尊头部没有面容的雕塑,那是掌管文艺的主神阿波罗。整幅画作色彩明丽,但三个雕塑又给人带来焦灼之感:头部变形的艺术之神,似乎暗示艺术感受力和表现力的萎缩。这幅画作于第一次世界大战期间,画家以人体模型、器具、几何体的组合来构造画面,以超现实主义的手法描绘了谜一般的孤寂世界。基里科曾谈到过这幅画"描绘了一个有各种新奇事物、各色玩具的博物馆,当我们如孩子一样闯入其中去看里面时,却失望地发现居然是空的"[1]。

普拉斯的同名诗歌,看上去并不是简单地用文字的形式来阐释这幅画作,而是从画中汲取了她创作所需要的要素,与她个人的回忆和经验结合起来,从而构思了一首打上她个人烙印的诗。细读这首诗可以发现,这首诗的灵感,与其说是来自这幅画,不如说是来自于这幅画作的标题[2]。当然,这幅画里色彩的强烈反差,激进的橘色与压

---

[1] De Chirico, Giorgio. "Parisian Manuscripts" (1911—1915). Reprint in Soby, *Giorgio de Chirico*, p.246.
[2] Zivley, Sherry Lutz. "Sylvia Plath's Transformations of Modernist Paintings", in *College Literature*, 2002, 29(3), p.44.

抑的黑色,和她诗里所体现出的矛盾心理也是吻合的。另外,画作中的儿童玩具,也和诗中所采用的写作策略——"以儿歌和哥特童话故事的形式挖掘儿童的心智"[1]相一致。这些,都可以看作不同艺术门类之间相互启发、借鉴的例子。至于说诗对画作的改编,最明显的一点是,诗里并没有出现阿波罗,普拉斯把三座雕像都当作了缪斯女神,她们都被诗人作为了武器,对准了看似热情、实则冷漠的母亲。这首诗,也成为《美杜莎》的前奏。

　　这首诗一开篇就是一个女儿对母亲的责难口吻,怪罪她在自己的洗礼仪式上,忘记邀请某个阿姨或者表姐。这个被遗忘的客人被形容为"没教养"(illbred)和"丑八怪"(disfigured and unsightly),仿佛是女巫般的形象:她们报复心极强,因此会给这个孩子带来厄运。这样的情节安排,借自格林童话中《睡美人》的故事:一个未被邀请参加公主洗礼的女巫,不请自来献上了恶毒的咒语。而在诗里,这个女人并未在洗礼上现身,她派来了三个女人"作为替代",这三个女人可不是童话里的三个美丽仙子,而是从基里科的画里走出来的三个缪斯像:"她们的脑袋像缝补球,/不停地点头,点头,点头"。这三个女人一直围绕在婴儿床的周围,阴魂不散。而"三个女人"的一起出现,也可以联想到古希腊神话中的命运三女神:拉克西丝、阿特洛波斯和克洛托,她们纺织人的命运之线,然后又将其剪断。从这里,还可以联想到莎士比亚悲剧《麦克白》中能够预言命运的三个女巫。这意味着,这

---

[1] Britzolakis, Christina. "Conversation amongst the Ruins: Plath and de Chiroco", in *Eye Rhymes: Sylvia Plath's Art of the Visual*, Kathleen Connors and Sally Bayley ed. Oxford: Oxford University Press, 2007, p.177.

个孩子的命运将和这些女巫般的女人纠缠在一起。

第二节回忆了童年时期母亲给自己和弟弟讲故事的场景,但整个描述是以问句的形式出现的,反映出女儿对母亲的不信任。在这样的质疑的语气中,"勇敢的熊"的故事仿佛是"定制"的,不够真实。她同样借用格林童话中《糖果屋》的故事,怀疑女巫是否可以被战胜。她质问母亲:"我都怀疑／你是否看到了她们,是否你／说了点什么让我摆脱这三个女人。"这是在说,这三个"没有嘴,没有眼睛,只有缝起来的光头"的女人只对女儿是可见的,母亲根本看不见。而这三个女人,对诗人来说,是导致她产生抑郁的根源。如果把这和诗人自己的经历联系起来,她们所代表的同样是导致她轻生的根源。而母亲对此视而不见,女儿表明不满的情绪:母亲只是按照自己的个人想法在营造看似温馨的家庭氛围,但对女儿的内心世界,对她精神上所受的折磨置若罔闻。

第三节将布景移到了父亲的书房里,"飓风来时",勾起了诗人童年在海边居住时的回忆。据她的日记和书信显示,那时她看到的灾难性的场面也给她留下了深痛的创伤。她描述飓风刮着窗子:"十二扇窗子向内收腹／犹如快碎的气泡。"母亲却在房间里给孩子喂过食物,教姐弟俩唱于事无补的儿歌。而女儿则将飓风的破坏力和隐形的三个女人联系在了一起,她们"砸碎了窗子",对这孩子穷追不舍。

第四节和第五节涉及和艺术相关的问题:舞蹈和音乐,这分别是由两位缪斯女神特普斯歌利(Terpsichore)、优忒毗(Euterpe)所掌控的艺术领域。可是,女儿却在这两种艺术门类上缺乏天分:当别的女孩子翩然起舞之时，她却"迈不开步子/脚上灌了铅，呆立一旁"；在琴房学习弹奏时，"我的弹奏/古怪而木讷，无论我练/什么音阶，练多少个小时，我的耳朵/毫无乐感"，"怎么教也不会"。之所以这样，在女儿看来，是因为这两位缪斯并没有出现在自己的洗礼仪式上，因此自己并不具备这些天赋。取而代之的是另外的三个女人，"阴沉着脸的教母"，而我始终笼罩在她们的阴影之中，从她们那里学习，因为她们也是缪斯。只是这些缪斯非常另类，她们也教授艺术，对诗人来说，则是语言，而表现的对象则是阴影中的黑暗，是情绪中的低落与压抑。对此，母亲丝毫没有察觉，依然望女成凤，"呼来唤去"，"夸赞我的阿拉贝斯克舞曲和颤音"。与其说女儿将自己的不满指向了三个女人，不如说指向了母亲，责怪她对女儿缺乏了解。

第六节讲述了一个梦境，女儿在梦中看到了母亲，那才是她理想中的母亲形象："在最蓝的天空中朝我飘来/你乘着绿色的气球，被/成千上万的鲜花和知更鸟簇拥得那么明艳。"此处选取的色彩完全不同于前面的任何一个场景，也和基里科的画作中的颜色毫不沾边，突出这些在现实中是不存在的，而飘浮的气球和蓝色天空，同样表明这一场景的虚幻性质。果然，当母亲"一声令下"，"小星球"就"如肥皂泡一样飞走了"。女儿迅速被拖回现实世界当中，要面对那个处处关心她又时时掣肘她的母亲，也不得不继续面对"我的旅伴"——三个烦人的缪斯。

诗的最后一节，重新聚焦于这三个女人，而基里科画作中的元素此时也加入进来，参与到对这三个不苟言笑、冷漠无比的女人的塑造。她们从"我"出生就一直跟随着"我"寸步不离："穿着石头罩袍守着","脸孔就像我出生那天一样毫无表情"。她们预言并决定了女儿乖谬的命运:作为缪斯,给予了她才华,但也局限了她才华的施展之处,将这才华和精神痛苦、心灵折磨捆绑在一起。而当女儿说:"母亲,母亲,这就是你/赐给我的世界"时,最终的矛头就指向了母亲,认为是她带来了这些"烦人的缪斯",造成了女儿成长中的悲剧,尽管她自己毫不知情。诗的尾句"但我不会皱眉/泄露同伴的任何消息",则表明了女儿的自我认识:洞晓了自己的天赋所在,也决定接受这样的命运安排。这是一个伤心的决定,而诗人未来的命运似乎也在这样一首诗中被她自己预言,这是普拉斯的读者读到此处不免扼腕长叹的。

不妨回到普拉斯的这首诗与基里科的画的关系上。我们看到,一幅静止的画面被诗人改编成了个人的成长故事。诗人从画作中挑选的,只是一部分她需要的元素。或者说,这幅画,是某一个局部或某一个点,激起了诗人的写作灵感。她往往就从这一点出发,调动个人的生活经验、情感体验去构思全新的诗,也因此偏离了画家原本的创作意图。扩展到这一系列与当代绘画艺术相关的诗作,可以发现诗人的创作大致可以分为三种方式:一是对画作的忠实描述,用语言直接复制画作中的各个元素及其相互关系;二是围绕画作中的对象,构思情节、关系和主题,将画面上静止的一瞬扩展到连续的时间之中,从而使之获得历史感;三是她的构思完全偏离了原作,或许引入画面上根本不存在的人物,或者将个人的经验带入其中[1]。而《烦人的缪斯》无

---

[1] Zivley, Sherry Lutz. "Sylvia Plath's Transformations of Modernist Paintings", in *College Literature*, 2002, 29(3), p.36.

疑属于第三种。这一类构思的主题,也多集中在对女性性别身份和社会身份的思考,对自己与父母亲的关系进行反思等。的确,对《烦人的缪斯》的解读,女性主义批评家不仅将它看作"家庭诗",还从中发现了更重要的意义,因为它"针对企图扼杀、吞没女性主体的保守女性人物,构想了一种精神上的伟大斗争"[1]。而来自女性内部的革命声音,反映出女性争取自由的努力,已经具有了自省意识。

---

[1] Axelrod, Steven Gould. "The Poetry of Sylvia Plath", in Jo Gill ed. *The Cambridge Companion to Sylvia Plath*. Cambridge: Cambridge University Press, 2006, p.78.

三十首西尔维娅·普拉斯诗歌注读

疯丫头的情歌①

"我闭上眼,整个世界坠落而死;
当我睁开眼一切又重新诞生。
(我想我在脑海里编出了你的样子。)

"蓝色和红色的星星旋舞而出,
专横的漆黑疾驰而入:
我闭上眼,整个世界坠落而死。

"我梦见你的蛊惑带我到床上
痴痴地唱歌,傻傻地吻我。
(我想我在脑海里编出了你的样子。)

"上帝从天上跌下,地狱之火退去:
六翼天使②和撒旦③的代理人离开:
我闭上眼,整个世界坠落而死;

"我幻想过你会如你所说的回到身边,
可是我长大了,我忘了你的名字。
(我想我在脑海里编出了你的样子。)

"我应该爱上一只雷鸟④,作为替身;
至少它们会随着春天归来。
我闭上眼,整个世界坠落而死。
(我想我在脑海里编出了你的样子。)"

1951

注释

① 这首诗写于 1951 年,是普拉斯青少年时期的作品,并未见于她自己和休斯后来所编选的任何一部诗集。当时普拉斯还在史密斯学院学习,这首诗发表于《小姐》杂志。这是一首"维拉内拉体"(villanelle)诗:全诗由 19 行组成,5 节三行诗和 1 节四行诗,有押韵要求,并且诗行有重复。这首诗曾被多次谱曲演唱。

② 六翼天使,又称为炽天使。在《旧约·以赛亚书》中提到的天使。犹太教认为此类天使拥有人类的外表,而天主教神学则把六翼天使归为天国中最高的等级。

③ 撒旦,《圣经》中的魔鬼。曾是上帝座前的天使,因骄傲自大妄图与上帝同等,率领三分之一的天使背叛上帝,后被赶出天国。

④ 雷鸟(thunderbird),北美印第安神话中的神鸟,是全能神灵化身,在空中具有搅动雷电之威力。

废墟间的对话[①]

你阔步穿过我华屋的柱廊
带着盛怒,扰乱果实的花环
与神话中的鲁特琴和孔雀,撕破这
遏制飓风的礼节之网。
此时,墙壁华丽的秩序倾圮,乌鸦呱噪
在骇人的废墟上。在你暴风雨般的眼
那凄暗的光中,魔法飞行
像吓坏的女巫在破晓前逃离城堡。

断裂的柱子衬托石山的景象[②];
当你衣冠齐整英雄般伫立,我坐着
身穿古希腊袍子,盘着发髻,
植根于你愤怒的眼神,戏目变为悲剧:
我们凋敝的庄园已毁坏至此,
什么言词的客套可以修补这浩劫?

1956

注释

① 这首诗写于 1956 年。在特德·休斯编选的《普拉斯诗选》中,这首诗是第一首。据休斯介绍,这首诗是根据乔治·德·基里科的画作《面谈》(*Interview*)创作的。一张复制有该画作的明信片,当时贴在普拉斯的房间门上。

② 此句是对画面景观的白描:近景中有断裂的柱子,远景是石山。接下来的诗句则转向画面中间一男一女两个交谈者。

水深五英寻①

老头子②,难得见你浮出水面。
当大海冲刷寒冷,泛起泡沫
你随着潮水而来:

白发,白须,隔得远远的,
一个拖网,升起,落下,犹如波浪
形成波峰与波谷。好几英里远啊

伸展出你披散的发束
放射状的线团,皱巴巴地
打结、勾连在一起,挺过了

难以想象的古老的
创世神话③。你在近处浮起
好似北方倾覆的

冰山,需要避开
难以探清。所有的费解之处
始于一个危险:

你多灾多难。我
了解不多但知道你的形体
受了某种奇怪的伤害

看上去时日无多：于是水汽
散去，在黎明的海面上拓出空明。
关于你葬礼的

风言风语让我
半信半疑：你的复现
证明了谣言的浅薄，

因为你粗糙的脸上
经年的沟渠里淌着时间的流水：
岁月仿佛雨水

击打着海洋永不屈服的
海峡。如此充满智慧的幽默与
囚禁④是漩涡

足以卷走大地的
根基与天空的横梁。
腰身以下：你拨开

迷宫式的一团
在膝骨、胫骨和头骨间
深扎下根。不可思议

从没有头脑清醒的人⑤
看到过你肩膀下的部分。
你蔑视质疑；

你蔑视其他神。
我焦渴地徘徊在你的王国边境
没有好结果的放逐。

我还记得你的贝壳床。
父亲,这浓浊的空气充满杀气。
我宁愿呼吸水。

1958

注释

① 标题出自莎士比亚戏剧《暴风雨》中精灵爱丽尔的一段唱词："Full fathom five thy father lies；／ Of his bones are coral made；／ Those are pearls that were his eyes；／ Nothing of him that doth fade，／ But doth suffer a sea-change ／ Into something rich and strange."在剧中，那不勒斯王的王子费迪南（Ferdinand），正深情怀念他遭遇海难的父亲阿隆佐（Alonso）。

② 原文为"Old man"，是对父亲的亲切的口语化称呼。

③ 似指海神波塞冬的神话。诗人将大海中的父亲形象和海神联系起来，凸显出她心目中父亲的伟岸和充满力量的印象。

④ 原文为"Durance"，指卷入漩涡中的被囚禁的状态。

⑤ 此处原文为"kept his head"，意为"在紧急情况下保持镇定"。结合上下文，此处可有多种理解：如理解为"让脑袋高于水面"，正因为头高于水面，所以无法看见父亲水面下的身体；继而可引申理解为，没有淹入水中，没有死去，则无法和父亲在一起。

战斗场景

取自奇幻滑稽剧《水手》①

多么迷人——
这个小奥德赛②
一身粉红与淡紫
在平缓分出层次的
绿松石瓷片的表面
那象征着大海
方格状的波浪,欢快地
托起了水手,
欢快地,欢快地,
戴着粉色的羽饰与盔甲。

易碎的灯笼
纸做的贡多拉③
承载着鱼塘里的辛巴达④
他手握色彩柔和的矛
刺向三只
从海底升起的
青面獠牙的

粉紫色的怪兽。
要当心,要当心
鲸,鲨鱼,乌贼。

每只翻卷海兽的
鳍和鳞片
没有托起淤泥与杂草。
它们为格斗擦得光亮,
闪亮如复活节的蛋壳,
玫瑰与紫晶。
亚哈⑤,兑现你的夸口:
把传奇般的头颅带回家。
刺一下,刺一下,
刺一下:于是它们就到手了。

传说就是这样的。
而孩子们这样低声歌唱
他们澡盆子里
危险而持续的战斗,
可是呀,理智的成年人明白
海龙不过是沙发,獠牙
是纸板,而塞壬的歌声

是睡梦中一时的狂热。
笑声,白胡子老人的
笑声,将我们唤醒。

        1958

注释

① 该诗是根据画家保罗·克利 1923 年的同名画作创作的。保罗·克利是瑞士出生的德国艺术家,他将立体主义、超现实主义和德国表现主义的技巧融入绘画作品之中,创造了独特的现代风格。《水手》("The Seafarer")是一首 8 世纪古英国的叙事诗,通过一个水手的独白回顾了海上的痛苦遭遇。

② 奥德赛,是古希腊荷马史诗之一,讲述希腊英雄奥德修斯在特洛伊战争后历经千辛万苦回到家乡的故事。这里的"奥德赛",应该是指英雄奥德修斯。

③ 贡多拉,独具特色、历史悠久的威尼斯尖舟。

④ 辛巴达,古代阿拉伯民间故事集《一千零一夜》(又名《天方夜谭》)中的航海家。

⑤ 亚哈(Ahab),19 世纪美国小说家赫尔曼·梅尔维尔的小说《白鲸》中的主人公。小说讲述亚哈辗转大海寻找一只白鲸和其搏斗的故事。

隐　喻①

我是个九音节的谜语，
一头象，一座笨重房子，
两条藤上晃荡着的瓜。
哦红果，象牙，上等原木！
这面包在发酵中增大。
鼓胀钱袋中新铸的币。
我是工具，戏台，大肚牛。
我吃下一袋子青苹果，
登上那不下客的列车。

1959.3.20

注释

① 全诗由九行构成，每个诗行九个音节，诗句中的意象构成一个隐喻群，所指都是一个九个字母的单词：pregnancy，是对女性的怀孕经验的曲折暗构。该诗的翻译试图兼顾这种形式感，每行均由九个字组成，考虑到诗歌整体上如同一个谜语，作为谜面的诗句没有出现和谜底"怀孕"相关字眼。

厄勒克特拉①身临杜鹃花路②

你死去的当日我走进这片泥地,
走进这暗无天日的冬眠地
黄黑条纹的蜜蜂在暴风雪中露宿
像僧侣的石头,而地面坚硬。
二十年来这样过冬也还不错——
恍若你根本不存在,恍若我是
上帝的孩子从娘胎来到这世界:
她的宽床上留下了神的印渍。
我没有什么负罪感
当我在母亲的心脏下蠕缩时。

在天真的衣裙里小得像个布娃娃
我躺下幻想你的史诗,一幕又一幕。
这个舞台上没人死去或变衰弱。
一切发生在持久的白色中。
那一天我醒来,醒来时却在墓地山。
我找到你的名字,我找到你的骸骨
一切集结在一块狭窄的墓地中,
你斑驳的墓碑斜靠着铁栅栏。

在这慈善病房,在这贫民院,死者
摩肩接踵地挤在一起。没有花
破土而出。这就是杜鹃花路。
野地里的牛蒡朝南方开放。
六英尺黄沙掩埋着你。
紧挨你的墓碑,在他们摆放的
装满塑料常青藤的篮筐里,人造一串红
纹丝不动,它也不会腐烂,
尽管雨水溶解了血红的染料:
仿制花瓣滴下来,滴得一地胭红。

另一种红色让我心烦意乱:
那一天你无法扬起的帆吸走了姐姐的鼻息
无浪的海红得发紫像你最后归家时
母亲展开的邪门的桌布。③
我借来了一出古老悲剧的故事框架。
事实是,十月末某日,听见我降生的啼哭
一只蝎子螫伤了它的头,一桩倒霉事④;
母亲梦到你脸朝下浸在海中。

这冷酷的演员神色自若,停下来喘气。
我心怀爱戴意欲接受,而你却死了。
是坏疽⑤把你啃得只剩下骨头

母亲说;你像普通人一样死去。
我怎样才能随着年岁增长走进那种心境?
我是声名狼藉的自杀者的幽灵,
我自己的蓝色剃刀在咽喉里锈蚀。
哦父亲,请原谅那个在你门口叩门
乞求原谅的人吧——你的母猎狗,女儿,朋友。
恰是我的爱把我们双双引向死亡。

　　　　　　　　　　　　　　　1959

注释

① 厄勒克特拉,希腊神话中远征特洛伊的希腊联军统帅阿伽门农的女儿。特洛伊战争后,阿伽门农回到故土,却被妻子克吕泰涅斯特拉及其奸夫埃奎斯托斯所杀。阿伽门农的女儿厄勒克特拉向弟弟俄瑞斯忒斯揭示了真相,并说服弟弟为父亲报仇。精神分析学家弗洛伊德借用这个人物,用术语"厄勒克特拉情结"来指代"恋父情结"。

② 杜鹃花路(Azalea Path),是普拉斯的父亲奥托·普拉斯的墓地所在。而"Azalea Path"也和普拉斯母亲的名字"Aurelia Plath"有些相似。有研究者认为普拉斯暗示,在她看来,父亲之死和母亲有关。

③ 原文中此处三行诗为斜体,讲述阿伽门农的故事。第一句指远征特洛伊时由于没有风,阿伽门农将自己的大女儿伊菲革涅亚作为献祭;后两句讲述回来后,阿伽门农为克吕泰涅斯特拉所害。

④ 此处是将自己的出生和父亲的死联系起来。

⑤ 奥托·普拉斯患有糖尿病,脚上因生疽不得不锯掉。但他却一直怀疑自己有肺癌并拒绝看病,因此耽误了糖尿病的治疗。

养蜂人的女儿①

花园布满张大的嘴。紫色,斑斑红色,黑色
雄伟的花冠膨胀,翻出它们的丝。
它们的麝香侵袭,一圈又一圈,
一汪芳香浓郁得让人透不过气。
身穿工作服像一个僧侣,养蜂的大师
你在这形如众多乳房的蜂箱间游走,

我的心被你踩在脚下,好似石头。

喇叭形的喉咙朝着鸟喙张开。
金雨树②洒落一地细粉。
在这有橘色和红色条纹的小小闺房里
雄蕊上的粉囊频频颔首,威严犹如国王
面对先祖的王朝。空气芳香。
这里是母亲无以抗衡的女王统治——

尝过便一命呜呼的水果:黑果肉,黑果皮。

在手指般逼仄的洞穴里,隐居的蜜蜂
在草丛间独自持家。屈膝蹲下来

我的眼对着洞口,遇上一只
浑圆的绿眼睛,泪珠一般忧伤。
父亲,新郎,在糖玫瑰的花冠下
在这只复活节的彩蛋中

蜂后嫁给了你岁月中的严冬。

　　　　　　　　　　　1959

注释

① 普拉斯的父亲奥托·普拉斯是一位昆虫学家,对蜜蜂很有研究,有丰富的养蜂经验。

② 金雨树,即栾树,又名摇钱树、灯笼树。夏季黄花满树,入秋叶色变黄,果实紫红,形似灯笼。此处亦暗指古希腊神话中宙斯化作一阵金雨引诱达娜厄的典故。

一 生

摸摸它:它不会像眼珠般收缩,
这卵形的区域,清澈如一滴泪。
这是去年,昨日——
棕榈枝与百合醒目得像
不透风的巨幅丝织挂毯中的植物。

用你的指甲轻轻敲一敲玻璃:
它会像最轻微的气旋里中国编钟般回响
尽管那儿无人抬头或应答。
居民们轻如木头塞子,
每个人都在没日没夜地忙碌。

在它们脚下,大海之波排成一列鞠躬,
从不脾气暴戾地闯入:
搁置在半空中,
收住缰绳,像检阅场的马一般扬蹄。
在上方,云朵坐定,抽穗,华美

如维多利亚时代的坐垫。这有
情圣面孔的家族将取悦收藏家:

它们真切地回响,如上好的瓷器。

其他地方的风景更粗粝一些。
光无休止地泻下,令人目眩。

一个女人拖着她的阴影,围着
空空的医用托盘绕成一圈。
它像极了月亮,或空白的纸
仿佛在私密的闪击战中创巨痛深。
她平静地生活

无牵无挂,像瓶中的胎儿,
老旧的房子,大海,被压扁为照片
她拥有一张,维度太多无法进入。
悲伤与愤懑,已被驱散,
此刻独留下她孤身一人。

未来是只灰色海鸥
用猫的嗓音絮叨着:离开,离开。
岁月与恐惧,像护士,照料她,
而一个溺水的男人,抱怨极度的寒冷,
从大海中爬了出来。

1960.11.18

国会山原野[①]

在这光秃秃的山上新年磨刀霍霍。
没有脸孔,苍白如瓷器
圆形天穹自顾不暇。
你不在了,这丝毫不起眼;
无人知晓我少了什么东西。

海鸥穿梭于河流的泥床
回到草地顶端。在内陆,它们争辩,
落下又飞起,像吹起来的纸
或是残疾人的手。虚弱的
太阳设法从我的眼睛回避与注满的

连成一片的池塘里击打出
镀锡的光;城市如糖一般溶化。
小姑娘们,穿着蓝制服,
三五成群,时而停下,参差不齐,像鳄鱼
张嘴要吞掉我。我是石头,是树枝,

一个丢失了粉色塑料发夹的孩子;
她们之中没有任何人留意。

她们沙哑刺耳的闲扯渐行渐远。
一阵一阵的寂静,逐一显身。
风像条绷带,堵住我的呼吸。

朝南,肯特镇上方,灰白的浓烟
裹住了屋顶和树。
那或许是一片雪野或云堤。
我暗自想,想你根本毫无意义。
既然你小玩偶似的拳头已经松开。

就算在中午,坟冢仍守着它的黑影:
你知道我并非始终如一,
一片树叶、一只鸟的魂魄。
我绕着扭结的树疯跑。我太开心。
这些忠贞的黑枝柏树

闷闷不乐,植根于成堆的遗失中。
你的哭喊如虫蚋之音逝去。
在你漫无目的的旅行中我们失散了,
而荒草闪着光,小溪的细流
蜿蜒而下,耗尽自身。我的心与之相随,

脚印形成水洼,摸索着卵石与草茎。

白昼倾空了它的影像
像杯子或房间。月钩泛白,
细如皮肤上缝着一道疤痕。
此刻,在育婴室的墙上,

蓝色的夜间植物,你姐姐生日照片里
那暗淡的小蓝山,开始闪烁。
橘红的绒球花,埃及的纸莎草
也亮起来。相框玻璃后面
每一株蓝色灌木支起兔耳朵

吐出靛蓝色的光晕,
一种玻璃纸做的气球。
积习与老麻烦让我重拾人妻之职。
在透风的暗光中,海鸥僵立,冷冷戒备:
我走进这亮灯的房子。

1961.2.11

注释

① 写作此诗之前不久,普拉斯经历了一次流产。这首诗歌写的就是失去一个孩子的母亲的心理感受。

动物园管理员的妻子①

我可以彻夜不睡,如果需要的话——
冰凉如鳗鱼,没有眼皮。
黑暗将我包围如一湖死水,
蓝黑色,令人惊叹的李子。
没有气泡从我的心里冒出,我没有肺
样子难看,我的肚子是只丝袜
我姐妹的头与尾在那里腐烂。
看吧,它们正在溶化像强酸中的硬币——

蛛网般的下颌,脊椎骨曾有一刻露出
仿佛设计图纸上的白线条。
我如果走动,感觉粉色和紫色的塑料
内脏袋会像孩子的拨浪鼓啪啪直响,
过去的积怨你推我搡,太多松动的牙齿。
然而你究竟对此了解多少
我的肥猪肉,我多髓的甜心,面对着墙壁?
这个世界上有些东西是难以消化的。

你向我求爱时,背景是狼头的果蝠
倒悬在焦黑的钩子上,在

小型哺乳动物之家潮湿闷浊的空气中。
犰狳在它的沙箱里打盹
赤裸,脏如猪猡,白鼠
无限繁殖犹如针尖上的天使
出于十足的无聊。裹在濡湿的床单里
我想起血糊糊的小鸡和被肢解的兔子。

你查看了配餐表,带我去
逗弄会员花园中的蟒蛇。
我佯装自己是智慧树②。
我走进你的圣经,登上你的方舟③
与戴假发、蜡耳朵的神圣狒狒一道
还有长着熊毛的食鸟蜘蛛
在玻璃盒子里四处攀爬,像八根手指的手。
我始终无法将它从我心里抹去

我们的求爱点亮易燃的笼子——
你的双角犀张开大嘴
脏得像鞋底,大如医院的脏水池
等我喂食方糖:它的沼泽呼吸
沿着我的手臂喷到肘部。
蜗牛吹送飞吻,如黑苹果。

此时我整夜鞭赶猿猴鹰隼熊罴绵羊
越过铁栅栏。可我仍然无法入睡。

1961.2.14

注释

① 普拉斯的丈夫特德·休斯曾经从事过多种工作,包括园艺师、动物园管理员等。

② 典出《旧约·创世记》。夏娃吃了智慧树的果实,被逐出伊甸园。

③ 典出《旧约·创世记》。上帝耶和华见到人类生活的大地充满邪恶,计划用洪水消灭恶人。诺亚是个义人,耶和华神指示诺亚建造一艘方舟,并带着他的家人登上方舟躲避洪水。同时神也指示诺亚将各种飞禽走兽带上,不洁净动物雌雄各一对,洁净动物雌雄各七对。

敷着石膏

我永远无法摆脱这境况！现在有两个我：
一个纯白的新人,一个黄色的旧人,
而白色的显然高出一筹。
她无须进食,她是真正的圣人。
起初我恨她,她没有人格——
她和我一起躺在床上像具死尸
我吓坏了,因为她按照我的模样塑形

只是更白,摔不碎,丝毫不抱怨。
这一周我都睡不好,她如此冷漠。
我数落她所有的不是,可她充耳不闻。
我无法理解她愚蠢的行为！
我打她也不还手,像个真正的反战主义者。
于是我终于明白她希望我爱她:
她开始变暖,我也发现了她的优点。

没有我,她根本就不存在,当然她很感激。
我给了她灵魂,我像玫瑰从她体内怒放
从并不太值钱的瓷瓶里怒放,
是我吸引了每个人的注意力,

而不是她的白与美,像我最初猜想的那样。
我给她小恩小惠,她照单全收——
你几乎立刻就能断言她有奴性。

我不介意她照顾我,她乐此不疲。
黎明时她一早将我唤醒,她迷人的白色的躯干
反射着阳光,我怎能不注意到
她的整洁,她的镇静,她的耐心:
她像最好的护士那样迁就我的虚弱,
固定好我的骨头让其能复原如初。
不久,我们的关系日趋紧张。

她不再亲密地紧贴我,渐渐疏远。
我觉得她在不由自主地批评我,
仿佛我的习惯不知何故对她多有得罪。
她把气流放进来,越来越心不在焉。
我皮肤发痒,柔软的屑片剥落
这就是因为她对我照顾不周。
于是我找到症结所在:她自认为是不朽的。

她试图弃我而去,以为高人一等,
而我只会让她身陷黑暗,对此她愤愤不平——
把时间浪费在侍候一个活死人!

于是她暗中祈祷我一命呜呼。
这样她就可以覆盖我的嘴和眼睛,覆盖我的全部,
然后穿戴起我被装扮的脸,像木乃伊
戴上法老的脸,即使那是用泥巴和水做的。

我的境况不允许将她甩掉。
我被她挟持了太久,实在是有气无力——
我甚至已经快忘了怎么走,怎么坐,
所以我小心翼翼地不去惹恼她
或提前夸口说我将如何报仇。
和她在一起,就像和自己的棺材在一起:
然而我仍然有求于她,尽管后悔不迭。

有时我也想过或许我们能相安无事——
如此亲密,说到底,这可以看作某种姻缘。
现在我看出来了,我俩之间有她没我。
她可以是圣人,而我或许丑陋,毛茸茸,
但她很快就会发现这根本就不碍事。
我在积蓄力量,总有一天我摆脱她也能应付,
那时她将因空虚而腐烂,并开始念叨我。

1961.3.18

凌晨两点的手术师

白光是非天然的,清洁如天堂。
细菌无法在其中存活。
它们正离开,身穿透明衣服,扭过脸
背对解剖刀和橡胶手套。
高温烫过的床单是片雪野,冷酷而安静。
它下面的躯体落到了我手里。
和往常一样看不到脸。隆起的锌白
有七个拇指大小的孔。灵魂是另一种光。
我没有见过;它没有飞升。
今夜它变弱了,如船的航灯。

这就是我要面对的花园——块茎与果实
渗出果酱般的物质,
满垫子的根茎。我的助手把它们向后扯住。
臭气和色块向我袭来。
这是肺部的树状图。
这些兰花令人惊艳。它们有小圆点,盘起来像蛇。
心脏是绽放的红辣椒①,情况不妙。
我如此渺小
和这些器官比起来!

我在一片紫红色的荒野上叩石垦壤②。

流血就是日落。我一见倾心。
我的手肘在其中游刃有余,血红,吱吱有声。
它仍在汩汩上涌,尚未耗尽。
多么不可思议!一口温泉
我应该将它封堵起来,让它填满
这苍白的大理石下交错的蓝色管道。
我多么欣赏古罗马人——
引水渠,卡拉卡拉浴场③,鹰钩鼻!
这躯体就是一件古罗马遗物。
它已经闭上嘴,含着安眠的石丸。

护理员正推走的是尊雕像。
我已大功告成。
我只留下一只胳膊或一条腿,
一副牙齿,或者在瓶子里
叮当响可以带回家的结石
还有切片组织——病变的意大利腊肠。
今夜这些部件将被储藏在冰柜里。
明天它们将会在醋酸中
游泳,像圣人的舍利。
明天病人将拥有洁净的粉色假肢。

在病房的床顶上,淡蓝的微光
宣告一个新生命。病床是蓝色的。
今夜,对这个人来说,蓝是美丽的色彩。
吗啡天使让他还能坚持挺住。
他漂浮,离天花板一英寸,
嗅着黎明的气息。
我在纱布石棺里的沉睡者之间逡巡。
红色夜灯是扁平的月亮。它们因流血而晦暗。
我是太阳,穿着白大褂,
灰白的脸,因药物而灰暗,像花儿一样追随我。

1961.9.29

注释

① 原文为"red-bell-bloom","red bell"意为"红色的钟",因辣椒形状如钟,"red bell"常指红辣椒。

② 原文为"worm and hack",意思为"蠕动,劈开",指在原野上的劳动,比喻医生在病人身体上辛勤工作。此处为意译。

③ 卡拉卡拉浴场,是古罗马的公共浴场,建于公元212年至216年卡拉卡拉统治罗马帝国期间。其遗址如今为旅游胜地。

月亮与紫杉树①

这是心灵之光,冷漠而飘忽不定②。
心灵之树是黑的。光是蓝的。
草在我脚边卸下悲伤,仿佛我是上帝,
它们刺着我的脚踝,低语着卑微。
氤氲的,空灵的③薄雾占据了这里
与我的房子隔着一排墓碑。
我完全不知道还有何处可去。

月亮不是门。它有理由是一张脸,
像关节一样白,令人心烦。
它身后拖着大海如阴暗的罪行;它安静
随着完全绝望的呵欠。我住在这儿。
有两次在星期天,钟声使天空大吃一惊——
八条巨大的舌头断言了复活④。
最后,它们冷静地大声说出了名字。

紫杉树高耸,它有哥特式的外形。
目光跟随着它抬起,发现了月亮。
月亮是我的母亲。她不像玛利亚那样恬美。
她蓝色的衣物释放出小蝙蝠和夜枭。

我多么愿意相信温柔——
肖像的脸部,因烛光而优雅,
特别对我,垂下它柔和的眼眸。

我一路下跌。云朵绽放
在星星的脸庞之上,幽蓝而神秘。
在教堂里,圣徒们全将变成蓝色,
他们纤细的脚,漂浮在冰凉的长条凳上,
他们的手和脸因神圣而僵硬。
月亮看不见这些。她荒凉,不毛之地。
而紫杉树的讯息是黑暗——黑暗与肃穆。

1961.10.22

注释

① 这首诗是普拉斯在特德·休斯的建议下的一首习作,当时他们住在德文郡乡间。房屋西侧是一片教堂墓地,从家里可以看见月亮从紫杉树边下沉。休斯建议她以此环境为对象创作一首诗歌。而这首诗是充满隐喻性的诗歌,一般认为月亮指向她的母亲,而紫杉树指向父亲。她在这首诗歌里描述的是自己与双亲的关系,以及对他们的感情。

② 原文为"plantary",指像行星一样的,强调它的运动,没有固定的位置。此处译为"飘忽不定"。

③ 原文为"spiritous",强调没有物质实存,此处译为"空灵的"。

④ 原文为"Resurrection",首字母大写,应指基督复活,因此后面的诗句中出现玛利亚(Mary)。

镜 子

我,银质,精确。我毫无偏见。
我看到什么就立马吞掉什么
如其所是,不为好恶蒙蔽。
我并不残忍,只是爱说实话——
一个小神灵的眼睛,有四个角。
绝大多数时间我打量着对面的墙壁。
它是粉色的,有斑点。长时间盯着它
以为它是我心脏的一部分。但它在闪烁。
脸孔和黑暗一次次把我们隔开。

如今我是一口湖。一个女人俯身于我,
在我的地盘寻找她的真实。
然后她转向那些说谎者,蜡烛或月亮。
我看见她的后背,忠实地将它反映。
她报之以眼泪和手臂的挥动。
我对她很重要。她来回走动。
每个早晨是她的脸取代了黑暗。
在我这儿她淹死一个少女,在我这儿一个老妇
日复一日向她浮现,像糟透了的鱼。

1961.10.23

小赋格曲①

紫杉树的黑手指晃动：
冷云从上方飘过。
于是这聋哑人
给盲者比划，却是徒劳。

我喜欢黑色的陈述。
此刻，云朵平淡无奇！
通体白如眼睛！
那在船上我的桌边

盲钢琴师的眼睛。
他摸索着食物。
他的手指有黄鼬的鼻子。
我无法移开视线。

他可以听见贝多芬②：
黑紫杉，白云朵，
令人惊悚的杂乱。
手指陷阱——琴键的喧嚣。

空而蠢如盘碟,
于是这盲者微笑。
我嫉妒大人物,
大赋格曲的紫杉树篱。

失聪是另一码事。
如此昏暗的漏斗,我的父亲!
我看见你发音
黑而浓密,仿佛我的童年时,

命令组成了紫杉树篱,
哥特式③,专横,纯粹的德国式。
死去的人在其中呼喊。
我没什么可内疚的。

那么,紫杉就是我的基督。
它仿佛没有遭罪?
而你,世界大战④时
却在加利福尼亚的熟食店

剁着那些腊肠!
他们改变我梦的颜色,
红色,斑驳,像刀抹的脖子。

一片死寂!

另一种秩序的巨大沉默。
当时我七岁,懵懂无知。
这世界突然变了。
你只有一条腿,一个普鲁士大脑。

此刻相似的云
正铺开它虚无的被单。
你什么也没有说?
我的记忆真是差劲。

我只记得深蓝的眼,
满手提包的橘子。
嗯,就是一个男子汉!
死神打开它,像棵黑树,阴险地。

我从那段时间中苟活下来,
安排着我的早晨。
这是我的手指,我的孩子。
云朵是件婚礼服,有那种苍白。

1962.4.2

注释

① 这首诗也是一首描写父女关系的诗。写作这首诗的那段时期,普拉斯对贝多芬的音乐有浓厚的兴趣。

② 贝多芬,维也纳古典乐派代表人物之一,欧洲古典主义时期作曲家,世界音乐史上最伟大的作曲家之一。26岁时听觉开始减弱,46岁时完全失聪。

③ 哥特式(Gothic),谓其野蛮。

④ 原文为"Great War",指第一次世界大战。

榆 树

致鲁思·法茵莱特①

我了解底部,她说。我用巨大的直根了解:
那正是你所恐惧的。
但我不怕:我曾到过那里。

那是你从我体内听到的海吗,
它的不满?
或虚无的声音,你的疯狂?

爱是一个阴影。
你撒谎,然后大叫
听,它的蹄声:跑开了,像一匹马。

整夜我都在疯狂疾驰,因而
直到你的头变成石块,你的枕头变成小草坪,
仍在回响,回响。

让我为你捎来毒药的声响?
正下着雨,巨大的静呵。

这是它的果实,锡白,如砷毒。

我曾领教过夕阳的暴行②。
一直烧灼到根
我的钨丝燃着,忍受着,一束金属丝③。

如今我被撕成了碎片,棍棒一样飞。
如此暴戾的风
绝不会容忍旁观:我要尖叫。

而月亮,也是薄情的:她残酷地
拖拽我,一片荒芜。
她的光也会灼伤我。或许是我攫住了她。

我放她走。我放她走
虚弱,扁平,仿佛刚做了切除手术
你的噩梦占有我,赋予我。

一声哭喊缠住我。
每天夜晚它扑闪而出
四下张望,带着它的钓钩,寻找可以爱的东西。

我惊惧于那黑暗的东西

它睡在我的身体里；
整天感受着它柔软的,羽毛般的翻转,它的恶意。

云朵飘动着又散开。
这是爱的面孔？苍白而无可挽回的？
就是它搅乱了我的心？

我不能承受知道更多。
这是什么？这张
卡在树枝中如此致命的脸？——

那蛇一般阴险的酸亲吻着。
它使意志石化。这是隔绝的,缓慢的过失
它会杀人。杀人。杀人。

1962.4.19

注释

① 鲁思·法茵莱特（Ruth Fainlight），美国女诗人，出生于美国，15岁后主要生活在英国。她是普拉斯在英国时的好友。

② "巨大的静"（big hush）、"砷毒"（arsenic）、"暴行"（atrocity）等词让人联想到核灾难。

③ 与普拉斯精神治疗时接受的"电惊厥疗法"的体验相关。

事 件

元素这般凝固!——
月光,那白垩峭壁
我们躺在它的裂缝里

背靠着背。我听到一声枭叫
从它冷冷的靛蓝传来。
不堪忍受的元音进入我的心。

白色小床上的婴儿辗转叹息,
此时张着嘴,乞求着。
他的小脸镌刻在痛苦的红木上。

然后星群浮现——牢固,坚硬。
一次触碰:它燃烧,烦乱。
我无法看清你的眼睛。

在苹果花冰冻夜晚的地方
我绕着圈子走动,
过去错误的沟痕,又深又苦。

爱不会飘然来临。

黑色豁口自我揭露。

在对面的嘴唇上

白色的小生灵飘动,一只白色小蛆虫。

我的肢干,同样,已弃我而去。

是谁把我们肢解?

黑暗在溶化。我们像残疾人那样触摸。

1962.5.21

生日礼物

这是什么,在纱罩后面,它是丑是美?
它闪着微光,有乳房吗,有锋刃①吗?

我坚信它无以伦比,坚信它就是我想要的。
当我安静地做饭,我能感觉到它在看,在想

"这就是我将呈给的那个人,
这就是那个被选中者,有黑眼窝和一道伤痕?"②

"量面粉,去掉多余的,
恪守规则,规则,规则。

"就是这样一个人去迎接天使报喜③?
我的天啊,真是个笑话!"

但它闪烁,不停歇,而我想它也需要我。
我不会介意它是一件骨制品,或珍珠纽扣。

今年,我对礼物反正没有太多要求。
毕竟我还活着,尽管只是意外。

彼时我乐于自我了断,无论以何种方式。
此刻那些纱罩,如挂帘般微光闪闪,

一月之窗那半透明的缎子
白如婴儿的被褥,闪耀着死亡呼吸。哦,象牙!

它一定是动物的长牙,幽灵圆柱。
你难道看不出我一点不介意它是什么。

你还不把它给我吗?
别难为情——我不介意它太小。

别那么小气,我也准备接受大的。
让我们坐到它旁边,各居一侧,欣赏闪烁的光,

表面的釉,它镜子般的多样性。
让我们在它那儿吃最后的晚餐④,像医用托盘。

我明白你为什么不把它给我了,
你害怕

这世界将在尖叫声中跃起,你的头也随之跃起,
有浮雕的,黄铜的,古代的盾牌,

让你的重子重孙们叹为观止。
别怕,它并不如你所想的那样。

我会带上它安静地走到一边。
你甚至不会听到我打开它,没有撕纸的声音,

没有扔落的丝带,最后也没有惊叹。
我想你也不会如此嘉许我的谨慎。

但愿你能了解这纱罩如何谋杀我的日子。
对你而言,它们只是透明的东西,清澈的空气。

但我的天啊,云朵像棉花。
成群结队。它们是一氧化碳。

我陶醉地,陶醉地呼吸着,
将我的静脉填满无形之物,数以百万计的

从我生命中勾去岁月的可能的尘埃。
你为这场合穿上银装⑤。哦,加法器——

你有没有可能让事情过去,一笔勾销?
你一定要在每一片上盖上紫色戳印,

一定要扼杀你能干掉的一切?
今天我只要这一件东西,而只有你能够给我。

它伫立在我窗边,恢弘如天空。
它从我的床单中呼吸,冰冷的死亡中心

在那里泼洒的生命冻结,凝成历史。
别让它通过邮件传来,手指递给手指。

别让它通过口头传来,当它整个被投递过来
我恐怕就六十岁了,麻木得不会用它。

只需降低这纱罩,纱罩,纱罩。
如果它是死亡

我将赞美它深沉的重力,它永恒的眼睛。
我将明白你用心良苦。

那么就会有一种尊严,将会有生日。
而刀子将不会切割,只是进入

纯粹而利落如婴儿的啼哭,
而宇宙万物从我身边一滑而过。

1962.9.30

注释

① 联系上下文,edge(锋刃)可能是男性生殖器的隐喻。

② 第二节到第四节是模拟礼物的口吻说话。

③ "天使报喜"(annunciation),《圣经》典故,指天使向圣母玛利亚告知她将受圣灵感孕而生下耶稣。此处暗指接受礼物者是被选中的人。

④ 用《圣经》"最后的晚餐"犹大背叛耶稣的典故。

⑤ 银装(silver-suited),暗示盔甲,防御性装备。

蜂箱送抵①

我订购了这个,干净的木头箱子
四四方方像把椅子,重得无法举起。
我看它是侏儒的棺柩
或是方形的婴儿的
若里面不是如此喧嚣。

这箱子锁住了,它很危险。
我必须通宵和它待在一起
我无法回避它。
没有窗户,我看不见里面是何模样。
只有一个小栅格,没有出路。

我的眼睛靠近那栅格。
里面很暗,很暗,
让人觉得这里聚集着一群非洲黑奴②,
渺小,畏缩着等待被贩卖,
黑色交叠,怒气冲冲向上攀爬。

我怎样才能放他们出来?
就是这嘈杂声最使我胆寒,

莫名其妙的音节。

像罗马的暴徒，

体型小，一个跟着一个，可是天哪，蜂拥而来！

我侧耳听狂怒的拉丁语。

可我不是恺撒③。

我仅仅订购了一箱疯子。

他们可以被退送回去。

他们可能会死，我不用喂养他们，我是主人。

我在想他们有多饿。

我在想他们是否会忘了我

如果我把锁打开，退后，变成一棵树。

那边有金链花，它金色的柱廊，

还有樱桃的衬裙。

他们马上就会忽略

穿戴月亮套衫④和葬礼面纱的我。

我不是蜂蜜之源

他们有什么理由攻击我？

明天我将成为亲切的上帝，给他们自由。

这个箱子只是临时性的。

1962.10.4

注释

① "蜜蜂组诗"的第二首。

② 原文为"African hands",意为"非洲人的手"。结合上下文语境,这里将箱子比喻为运奴船,蜜蜂是关在船舱里的"非洲黑奴"。

③ 恺撒,罗马共和国末期杰出的军事统帅、独裁者。罗马帝国的奠基者。

④ 原词为"moon suits",可指宇航员穿的防护服,意指裹得严严实实。也有人把它解读为特尔斐神庙的女祭司皮提亚(Pythia)所穿的罩袍,从词源上来看,"Pythia"在古希腊指尸体散发出的气味。在普拉斯的诗里,月亮意象常与死亡联系在一起,这里似有双关之意。

蜂　群①

有人在我们镇上射击——
低沉的砰砰声,在礼拜天的街道上。
嫉妒能打开血口,
它会制造黑玫瑰。
他们在射谁?

刀锋为你而出
在滑铁卢②,滑铁卢,拿破仑③,
你的矮背上隆起的厄尔巴岛④,
而雪,摆好它明亮的刀剑,
一堆接着一堆,嚷着:嘘!

嘘!这些是你下的棋子,
静止的象牙人。
泥浆随着喉咙蠕动,
法国靴底的垫脚石。
镀金的粉色俄罗斯穹顶熔化,浮起

在贪欲的熔炉里。云朵,云朵。
于是蜂群汇集,遁入

七十英尺的高空,在一株黑松树中。
一定得把它射下来。砰!砰!
它笨到把子弹当成雷声。

它以为那是上帝的声音
纵容狗的鼻子,爪子,呲牙咧嘴
黄色的腰臀,狗群里的一只狗
对着象牙骨头咧着嘴笑
与那一群一样,那一群,像每一个。

蜜蜂已飞到九霄云外,七十英尺高!
俄罗斯、波兰和德意志!
和缓的丘陵,同样古老的紫红色
原野缩为一枚
旋入河流的便士,河流跨过去了。

蜜蜂争吵,在它们的黑球中
一只会飞的刺猬,带着所有的针。
那有着灰色双手的人站在它们
梦的蜂巢下,蜂房车站
火车,忠实于钢轨的弧度,

离站、进站,没有尽头的国度。

砰!砰!它们掉落

分离,跌入长青藤丛中。

到此为止了,战车勇士,骑兵队,豪华之师!

一块红色的碎布,拿破仑!

胜利者最后的徽章⑤。

蜂群被敲入一顶高高竖起的草帽里。

厄尔巴,厄尔巴,海面上的水泡!

元帅、上将、将军们白色的半身像

慢慢爬进了壁龛。

这多么有指导意义!

这沉默的,绑着的身体

走在铺着法兰西母亲⑥垫衬的跳板上⑦

进入一座新的陵墓,

象牙白的宫殿,分杈的松树。

那有着灰色双手的人笑了——

生意人的微笑,世故十足。

那根本不是手,

而是石棉容器。

砰!砰!"他们想杀我。"⑧

大如图钉的蜂蚕!

看上去蜜蜂很有荣誉感,

黑色的不屈不挠的精神。

拿破仑大悦,这一切他非常满意。

哦,欧罗巴! 哦,一吨的蜜!

            1962.10.7

注释

① "蜜蜂组诗"的第四首。诗歌记叙养蜂人收集蜜蜂回箱的经过。蜜蜂成群时,会飞向高处。听到响声,蜜蜂会下降。养蜂人用这种办法引导蜜蜂回箱。这首诗里,普拉斯主要探讨的是个人与历史的关系。

② 滑铁卢是拿破仑战败的地方。滑铁卢战役是拿破仑一世的最后一战,拿破仑战败后被放逐,从此退出历史舞台。

③ 拿破仑·波拿巴,即拿破仑一世,出生于科西嘉岛,19世纪法国军事家、政治家,法兰西第一帝国的缔造者。

④ 厄尔巴岛,1815年拿破仑潜回法国,推翻刚复辟的波旁王朝之前的流放地。

⑤ 拿破仑酷爱蜜蜂,他的徽章上有蜜蜂的象征。

⑥ 法兰西母亲(Mother France),一家装潢公司的名称。

⑦ 走跳板(walk the plank),是旧时处死海盗的一种方法。将海盗全身绑住并蒙住双眼,强迫其在突出于船舷外的跳板上走,随后落水但无法游泳而死。

⑧ 原句是"They would have killed me."是养蜂人的借口,为自己鸣枪开脱。

申请人[①]

首先，你是不是我们的同类？
你是否有
玻璃眼珠、假牙或拐杖，
支架或吊钩，
橡胶的胸部或胯部，

一些缝口，显出身体的缺失？没有。没有？那
我们怎么能给予你东西？
别哭啊。
把你的手张开。
它是空的？空的。给你一只手

给你握住，它很乐意
为你端茶送水，辗平你的头痛
它愿意做你吩咐的一切。
你会娶它吗？
它保证还会

在你临终时用拇指抚合你的眼睑，
融化所有的忧伤。

从盐粒中我们制出了新的汤料。
我注意到你是全裸的。
这身装束怎么样——

黑色,笔挺,至少不坏。
你会娶它吗?
它防水,防震,还可以
防火,和穿过屋顶的炸弹。
你要相信我,那些玩意会把你吞掉。

你的大脑,恕我直言,空荡荡的。
我有它的出入证。
过来,可人儿,从密室里出来。
好了,你拿定主意了吗?
她现在还是一张尚未书写的白纸

二十五年后她将变成白银,
五十年后,就是金子。
有生命的玩偶,无论你从哪个角度看。
它会缝纫,会烹调
还会陪你说话,说啊,说啊。

它很管用,根本就不会出错儿。

你受了伤,它就是药膏。
你睁开眼,它就是映像。
小伙子,它就是你最后的依靠。
你愿意娶它吗,娶它,娶它。

1962.10.11

注释

① 诗的叙述者是一个虚构的销售经理,他验证申请人的身份并介绍产品。从全诗来看,申请人应该是男性,而叙述者的产品是女性。普拉斯用讽刺和调侃的口吻,将男女双方的婚姻关系描述为一种交易,而两者都是"人工"的,被社会所塑造的角色。

割　伤

致苏珊·奥尼尔·罗①

一阵痉挛②——
不是洋葱,而是拇指。
顶端完全被削去
只留下皮肤的

某种铰链,
帽子般的片状物,
死灰色。
接着是红的长毛绒。

小小的新移民,
印第安人削去你的头皮③。
你火鸡肉垂般的
挂毯从心脏里

径直翻卷而出。
我踩了上去,
紧握着一瓶

粉红的饮料。

这真是,一场庆典。
从豁口里
百万雄师奔出,
英国红衫军④,每个都是。

他们站在那一边?
哦,我的
小矮人⑤,我病了。
我吞下药丸要扼止

那薄薄的
纸样的感觉。
破坏分子,
神风敢死队员⑥——

那血污粘在你的
三K党⑦纱布上
俄罗斯婆婆头巾⑧上
变暗,变淡,而当

你的心脏

黏糊糊的一团
面对它沉默的
小碾磨机

你一跃而起——
头部受伤的老兵，
邋遢的姑娘，
削去一截的拇指。

　　　　　　　　　　　　1962.10.24

注释

① 苏珊·奥尼尔·罗(Susan O'Neill Roe)是帮助普拉斯照顾孩子的保姆,也是她的好友。

② 原句为"What a thrill"。"thrill"是指突然受到外界刺激所引起的心理反应,或紧张或惊恐或兴奋,从全诗来看,应是一种复杂的心理感受。

③ 指美国的"西进运动"。其始于18世纪末,是美国东部居民向西部地区迁移和进行开发的群众性运动,与印第安人爆发了激烈的冲突。印第安人从杀死的敌人头上剥下一块皮作为战利品。

④ 红衫军,指美国独立战争时期的英国军队。

⑤ 有研究者认为"小矮人"是称呼休斯。

⑥ 神风敢死队(Kamikaze man),二战中日本的空军敢死队,驾驶装载炸弹的飞机撞击攻击目标,与之同归于尽。

⑦ 三K党,指美国历史上和现在奉行白人至上主义运动和基督教恐怖主义的民间排外团体,也是美国种族主义的代表性组织。

⑧ 原词为"Babushka",出自俄语,意为"老太婆"。这里指俄罗斯老年妇女戴的一种头巾,常被折叠为三角形,在下巴处打结。

十月的罂粟花

就是晨霭,也无法设计出这样的裙裾。

那个救护车中的女子也不能,她

火红的心脏跳出外套怒放,如此令人震惊——

一件礼物,爱的礼物。

甚至天空完全没有

提出过请求

苍白地,而后变得灼热

它的一氧化碳,被呆滞的

静止在帽沿下的双眼点燃。

呵,上帝!我该如何?

那些迟迟张开的嘴大声呼喊

在霜的丛林,在矢车菊的破晓。

1962.10.27

尼克与烛台①

我是矿工。燃起蓝灯。
蜡状的钟乳石
滴着水,越来越厚,泪水

从泥土子宫的
沉闷中渗出。
黑蝙蝠的气息

裹住我,褴褛的披巾,
冷酷的杀手。
它们像梅子一样被焊在我身上。

古老的石灰岩洞,
古老的回应者。
甚至蝾螈都是白色的,

这些圣洁的牧师。
而这些鱼儿,这些鱼儿——
天哪!②它们是一块块薄冰,

是刀的恶习,
食人鱼的
宗教,首次领了

圣餐,在我活生生的脚趾中③。
蜡烛
吞下又吐出它小小的高度,

那令人振奋的黄。
呵,亲爱的,你如何到了这儿?
呵,胚胎般的

记忆,甚至在睡眠中,
你交叠的姿势④。
血液在你身体中

纯净绽放,红宝石。
你所察觉的
疼痛并不是你的。

我的爱,我的爱,
我用玫瑰挂满了我们的洞穴
还有柔软的毛毯——

那是维多利亚时代末期的。
让满天星辰
跌落到它们黑暗的住址,

让那跛足的
汞原子
滴进恐怖的深井,

你是唯一的固体
空间可以靠着你,令人羡慕。
你就是那马厩中的婴儿⑤。

1962.10.29

注释

① 这首诗描绘的场景,是一个母亲在烛光下照料她的婴儿。尼克是普拉斯的儿子尼古拉斯的昵称。
② 原句为"Christ!",感叹句,也为后面与宗教联系起来做了铺垫。
③ 上面的诗句都是对母亲子宫中婴儿的描述。"食人鱼"、"圣餐"都是暗示胎儿从母亲处获得营养。
④ 原句为"Your crossed position.",描述胎儿在母亲腹中的姿态,也暗指耶稣被钉在十字架上。
⑤ "马厩中的婴儿"亦指耶稣。

到那边去

那儿有多远?
到那儿还有多远?
轮子内部
巨大的猩猩移动,让我胆寒——
克虏伯①的
恐怖大脑,乌黑的枪口
转个不停,声响
射出乌有!像加农炮。
我要穿过俄罗斯,总之是战争。
我拖着身子
静悄悄地走过堆着稻草的一节节车厢。
现在是行贿的时候了。
车轮爱吃什么,这些
固定在弧线上的车轮,好似众神灵,
意志的银色皮带——
不为所动。那股傲慢!
神灵所知道的唯有目的地。
我是投递口的一封信——
我飞向一个名字,两只眼睛。
那儿是否有火?是否有面包?

这儿全是泥地。

一座火车停靠站,护士们

忍受水龙头的水,它的面纱,修道院的面纱,

照顾着伤员,

身上还在流血的男人,

腿,胳膊,在哀嚎阵阵的

帐篷外堆积——

一医院的玩偶。

这些男人,这些被活塞泵抽吸的

男人还剩下什么?这血

流进了下一英里,

下一个时刻——

断箭的王朝!

那儿有多远?

我的脚上沾满了泥巴,

殷红,又稠又滑。这是亚当的肋部②,

我出生的那片土地。我在受苦。

我做不到将自己毁灭,而火车在冒气。

边吐气边吸气,它的牙齿

准备碾轧,像一个恶魔的牙齿。

还有一分钟到它的尽头,

一分钟,一颗露珠。

那儿有多远?
我要去的地方
实在太小了,怎么还有这么多障碍——
这女人的身体,
烧焦的裙子和尸罩
虔敬的教徒和戴花环的孩子为她哀悼。
突然一声炸响——
雷鸣和枪炮。
战火在我们之间燃起。
难道没有安静的地方
在半空中翻转来翻转去,
没有触及也无法触及。
火车拖着它自己,它在呼啸——
一个野兽
不达目的不罢休,
这片血污,
闪光尽头的脸孔。
我要把伤员如蝉蛹般掩埋起来,
我一边计数一边掩埋死者。
让他们的灵魂在露珠中蠕动,
在我的轨道上化为烟。
车厢晃动起来,变成摇篮。
而我,从旧绷带的皮囊

从烦闷、旧脸孔里走出来

从忘川③的黑暗车厢里走向你,
纯洁如婴儿。

1962.11.6

注释

① 克虏伯,德国军火制造商。

② 据《旧约·创世记》,上帝取出亚当的一根肋骨造夏娃。

③ 忘川,古希腊神话中冥府的河流。

夜 舞①

微笑跌落在草丛中。
无可挽回呵!

你的夜舞会怎样
迷失?在数学中?

如此纯粹的跳跃和旋转——
毫无疑问,它们将不停地

在世界上旅行,我怎能再
坐下去,当美都已离座?一件礼物

来自你轻微的呼吸,淋湿的草地
你熟睡的气息,百合花呵,百合。

他们的肉体与此并不相关。
冷冷地把自我折叠起来,马蹄莲

还有老虎,装扮着自己——
斑纹,还有一大片热烈的花瓣。

彗星

那么大的空间供它穿行，

如此无情、健忘。
你的举止——剥落——

温暖且有人性。它们那粉红色的光
流淌，洒落

穿过了天空黑色的失忆症。
为什么我被给予

那些灯盏，那些行星？
落下来，仿佛祝福，仿佛雪花

它有六个角，洁白无暇
落到我的眼睫、嘴唇和头发上

抚摸着，消融着
不知其踪。

1962.11.6

注释

① 这首诗应是普拉斯看到儿子尼古拉斯在夜间的舞蹈所写。

死亡公司①

两个,那儿当然有两个。
现在看上去无比自然——
其中的一个从不仰视,眼皮耷拉
球一般突出,像布莱克②的。
他展示了

商标一样的胎记——
沸水烫的疤,
秃鹫③
赤裸的铜绿。
我是红肉。他的喙

斜向一侧轻啄:我还不属于他。
他说我照相真难看。
他说那些
医院冰库中的婴儿
多甜美,一个简单的

颈边的修饰
然后是爱奥尼亚式④丧服的

带凹槽的饰纹。

然后是两只小脚。

他既不微笑,也不吸烟。

而另一个却这么干。

他的长发相当醒目。

这个杂种

对着一道闪光自慰

他需要被爱。

而我一动不动。

霜变出一朵花,

露珠变出一颗星,

死亡的钟声,

死亡的钟声。

有人已经完了。

1962.11.14

注释

① 普拉斯谈到这首诗的主题时说,它是关于死亡的双重本质或精神分裂的本质,她将这两个方面想象为两个人。
② 似指英国诗人、画家威廉·布莱克。
③ 原文为"condor",指秃鹫,也可指印有秃鹫图案的硬币。
④ 爱奥尼亚式,是希腊古典建筑的三种柱式之一(另外两种是多立克柱式和科林斯柱式)。特点是纤细秀美,又被称为女性柱,柱身有多对凹槽,柱头有一对向下的涡卷装饰。

雾中羊①

群山迈步走入茫茫白色。
人群或星群
垂怜我,我辜负了他们。

列车离去留下喘息一线。
哦,缓慢的
马,有铁锈的颜色,

马蹄声,伤心的钟声——
整个黎明②
黎明越来越暗,

一朵花遭到遗弃。
我的骨头纹丝不动。远方的
原野融化了我的心。

它们胁迫我,
让我从中穿行抵达天堂
没有星光和父亲,一池黑水。

1962.12.2,1963.1.28

注释

① 这是一首有歧义性的诗,一个标志是标题中的"羊",似乎在整首诗中都未提及。普拉斯自己在谈及这首诗时说,这首诗和《爱丽尔》一样,也是描写一次骑马的经历。不同于《爱丽尔》,这首诗里描述的马行进的速度很慢,而且最终在山脚静止下来。她还描述了当时的环境:一个大雾天,而雾中有羊隐现。特德·休斯将这首诗和《爱丽尔》放在一起进行了对比阐释,认为两者分别表现了作者对死亡的不同心境。他还认为这首诗化用了古希腊神话伊卡洛斯的故事,并从奥登的诗《美术馆》获得启发。

② "黎明"原词为"morning",与"mourning"同音。

词　语

斧子
在它一砍后树木鸣响,
回声荡漾!
回声像马群
从中心奔向四周。

树液
像泪水涌出,仿佛
水努力
让破镜重圆
在跌落,翻滚的

石头上,
白色的骷髅,
被杂草蔓生的绿吞噬。
多年以后
我将与它们重逢在路上——

词语干涩,没有骑手,
不倦的蹄音。

而此刻

从水潭的底部,永恒的星

宰治着人生。

1963.2.1

挫 伤

血色涌向一点,暗紫。
身体其他部位全褪了色,
珍珠的颜色。

在石头的凹处,
大海贪婪地吮吸,
整个大海的轴心是一个空洞。

苍蝇般大小,
这末日的记号
沿着墙壁向下爬。

心房紧闭,
大海回流,
镜子全被罩住。

1963.2.4

西尔维娅·普拉斯诗歌研究五十年

自1963年西尔维娅·普拉斯逝世,至今已经超过了五十个年头。生前,她的文学创作并没有引起多少批评家的关注,主要原因是她仅仅出版过一部诗集和一部小说:《巨像及其他》主要收录的是早期的作品,《钟形罩》还是以"维多利亚·卢卡斯"(Victoria Lucas)的笔名发表的;此外零零星星发表于文学杂志以及通过录音广播的诗,有一定反响但是谈不上轰动。她离世后,其作品作为遗产由休斯管理。休斯先于20世纪70年代初出版了她的两部诗集《渡水》和《冬天的树》,接着出版了普拉斯与家人的通信集《家书》(Letters Home: Correspondence: 1950—1963)以及小说散文集《约翰尼·派尼克和梦经及其他》(Jonny Panic and the Bible of Dreams and Other Prose Writings);到了80年代,休斯整理出版了《普拉斯诗选》,收录了她1956年后的全部作品,近乎完整地呈现出普拉斯诗歌的整体面貌。除此之外,同一时期,《普拉斯日记》(The Journals of Sylvia Plath)也终于问世。随着她的作品逐步公开,不仅那些"爱丽尔"高峰时期的诗引起了批评家的关注和激赏,她的诗歌总体上也呈现出清晰的面目和发展脉络。而书信、日记和小说,则为读者观察她的生活、心理,进而和她的诗进行互文阅读提供了丰富、翔实和可靠的材料。普拉斯与休斯的婚恋与婚变,普拉斯谜一样的死亡方式同样吸引着人们的注意力,她"精彩而乱糟糟的一生",就像一出传奇剧,不断汇聚关注的目光。五十余年来,对普拉斯的研究特别是对她的诗歌的研究,一直在持续升温。有人曾统计说,在关于美国女诗人的研究中,与普拉斯相关的著述其总量可以排到第二位,几乎占到了美国诗歌史上最重要的女诗人艾米莉·迪金森的一半,而这些成果,全部都集中在短短的五十年内!而且,在世界范围内,普拉斯研究也方兴未艾,可以通过互联网检索到许多国家的学者以不同语种论述普拉斯诗歌的著作和论文。这里将重点介绍五十年来英美文学研究界对普拉斯诗歌的重要研究成果。

较早对普拉斯诗歌给予关注和评论的是英国《观察家报》(*The Observer*)的评论家,也是普拉斯的好友 A. 阿尔瓦雷斯,早在 1960 年《巨像及其他》出版后不久,他就撰文高度评价了这部作品,称"她的大多数诗篇都是根植于可靠的大量生活基础上的,而这种生活经历从没有完全公之于众……她好像不断受到只有她眼角才能窥见的某种东西的威胁,就是这种恐吓的意识,使她的作品别具一格,卓尔不群"[1]。此后他还在著作《野蛮的上帝:自杀研究》(*The Savage God: A Study of Suicide*,1971)中专门谈到了普拉斯的自杀和写作的关系,他将以普拉斯为代表的诗人称为"极端主义诗人"(extremist poet),并且提到了罗伯特·洛威尔、约翰·贝里曼等具有相似风格的

---

[1] [英] A. 阿尔瓦雷斯,原文章标题为"The Poet and the Poetess",《观察家报》(1960 年 12 月 18 日)第 21 版,见[英]安妮·史蒂文森:《苦涩的名声——西尔维亚·普拉斯的一生》,王增澄译,北京:昆仑出版社 2004 年版,第 17 页。

诗人,认为这样极端风格的写作给它的践行者带来了极大的精神危机和生命风险[1]。而1967年,M.L.罗森塔尔(M.L.Rosenthal)第一次使用了"自白派诗歌"(confessional poetry)来描述罗伯特·洛威尔的诗歌特征,并将包括普拉斯、贝里曼、安妮·塞克斯顿,甚至艾伦·金斯堡(Allen Ginsberg)等诗人都纳入其中。以上两种论断事实上奠定了普拉斯研究的早期方向:一是将她的作品和特殊的人生经历联系起来做传记研究;二是从"自白诗"的特点入手去分析诗作,而"自传性"是聚焦点。大体上,70年代的普拉斯研究就是沿着这样的思路,而随着新的相关材料的不断发掘,这一研究方向至今不衰,标志是不断有新的普拉斯传记诞生。

传记批评也有明显的问题,那就是过多纠缠于对诗人生平事件的发掘,试图将所有诗歌甚至诗句、意象都和个人经历挂起钩来,这样导致了对诗歌艺术性的忽视。从70年代中后期开始,一些学者逐步突破这一局限,开始运用多种文学批评方法观照普拉斯的诗歌,其中最主要的是精神分析和心理研究、神话批评和女性主义。这几种方法对普拉斯的研究几乎同时起步,而且大多和传记研究结合起来。这些研究的展开,也和相应批评理论在英美文学研究界的盛行有关,特别是精神分析和女性主义。而理论自身的深入和拓展,自然也会促进普拉斯研究不断提升到新的高度,因此80年代以来在这几个主要方向上不断有新的研究成果出现。另外,文化学者也贡献了一个新的视角,那就是从政

---

[1] Alvarez, A. *The Savage God: A Study of Suicide*. London: Weidenfeld & Nicholson, 1971, pp.278–283.

治和历史的角度来考察普拉斯的诗,考察她诗歌中的公共事件,由此,普拉斯一下子由一个沉溺于个人的自白派诗人形象而摇身变为"深刻的政治诗人",因为"私人和公共之间没有距离"[1]。此后,普拉斯的研究变得更加丰富多元,并呈现出相互融合、多学科互相渗透的趋势。下面将从"传记与自白诗研究"、"神话批评与女性主义"、"精神分析和心理研究及其他"三个方面,分别选取代表性论述进行介绍。

1. 传记与自白诗研究

第一部普拉斯的传记,是由爱德华·布彻(Edward Butscher)撰写的《西尔维娅·普拉斯:方法与疯狂》(*Sylvia Plath: Method and Madness*),该书出版于1976年。与此同时,布彻还编有一本《西尔维娅·普拉斯:女人和她的作品》(*Sylvia Plath: The Woman and Her Work*),收录了来自普拉斯家人和朋友的回忆性质的文章,以及早期报纸杂志对普拉斯作品的评论性文章。他写的传记是以这些材料为基础,结合自己对其中一些人的采访完成的。这部传记的重点,落在分析普拉斯的作品和其心理状况的关系上。他在书中将普拉斯的人格特征描述和定义为"泼妇女神"(bitch goddess):"泼妇"指的是在男性社会中被压抑和扭曲的充满愤怒的女性;"女神"是指具有创造力的女性[2]。而看似矛盾的两个形象在普拉斯身上得以结

---

[1] Smith, Stan. *Inviolable Voice: History and Twentieth-Century Poetry*. Dublin: Gill and Macmillan Humanities Press, 1982, pp.209-212.

[2] Bustcher, Edward. *Sylvia Plath: Method and Madness*. New York: Seabury Press, 1976, pp.6-7.

合,使她表现出两面性。这部传记即围绕这个矛盾形象展开,分析普拉斯形成这一双重人格的原因,及其创作与这一人格的关系。而这一视角得出的结论则是,普拉斯具有恋父情结、分裂人格、自恋倾向等精神疾病。从标题上看,传记的重点似乎是在讨论普拉斯作品的审美特质和精神状况之间的关联,但结果却是,作者将普拉斯的作品及其家人、朋友的描述当作了"症状",而他的引述和探究演变成了某种"病理分析"和"诊断"。因此,也有人认为这种方法是预设了一个前提,然后去材料中寻找证据,使之适应于预设的框架[1],也有人认为它"过于简单","充其量只是草率的批评"[2]。

1987年,芝加哥州立大学教授琳达·瓦格纳-马丁(Linda Wagner-Martin)出版了《西尔维娅·普拉斯传》(*Sylvia Plath: A Biography*)。该传记将普拉斯置于20世纪美国文学的宏观背景、置于具体的性别和文学环境中考察,分十五章详述了普拉斯从出生到离世的完整人生。这部书援引了许多第一手资料,既包括普拉斯的手稿、日记、书信,也包括作者对近两百个和普拉斯生活有交集的人的采访。这使得该传记的可信度较高,因此得到了"可靠、适度",既不"追求轰动"也不试图"面面俱到"[3]的赞誉。在瓦格纳-马丁的描述中,

---

[1] Gill, Jo. *The Cambridge Introduction to Sylvia Plath*. Cambridge: Cambridge University Press, 2008, p.113.

[2] Lane, Gary (ed). *Sylvia Plath: New Views on the Poetry*. Baltimore: Johns Hopkins University Press, 1979, p.x.

[3] Van Dyne, S. R. "The Problem of Biography", in Jo Gill ed. *The Cambridge Companion to Sylvia Plath*. Cambridge: Cambridge University Press, 2006, pp.8 – 9.

普拉斯是一个"明显的女性主义者",表现为她对自我才能的确信,对写作的献身精神,一生中有众多的女性朋友、导师和艺术榜样,以及她意识到作为一个女性,其作品遭遇到双重标准评判时的愤怒等[1]。这样的视角与爱德华·布彻有很大差异,一是因为作者本人的性别差异,同为女性的琳达,更能贴近普拉斯的实际感受;而这部在《西尔维娅·普拉斯:方法与疯狂》出版十多年后完成的书,相对而言也拥有更丰富的材料,更重要的是,这十年,也正是女性主义批评风起云涌的一个高潮期,这些都使得瓦格纳-马丁的这部普拉斯传记获得了更大的影响力。然而,瓦格纳-马丁也抱怨过,她撰写这部书时,在一些材料的引用上遭到了普拉斯遗产的管理者休斯和他的姐姐奥尔雯(Olwyn Hughes)的"审查",并要求她做了大量修改,不得不删去其中的一万五千字[2],这同样引起了极大的争议。

随后出现的一本传记是安妮·史蒂文森于1989年出版的《苦涩的名声:西尔维亚·普拉斯的一生》(*Bitter Fame*:*A Life of Sylvia Plath*)。按理说,这部传记应该得到更广泛的认同,因为作者本人也是女诗人,应该对诗人的内心世界更容易产生共鸣,也更能敏锐触摸到诗人在创作时的心灵律动,在结合诗歌文本阐发诗人的创作心境、精神状态方面应该更具说服力。同时,传记的写作得到了普拉斯遗产管理者的授权,她能够更方便地接触到更多的资料。然而,据作者自

---

[1] Wagner-Martin, Linda. *Sylvia Plath: A Biography*. New York: Simon & Schuster, 1987, pp.11 – 12.

[2] Van Dyne, S. R. "The Problem of Biography", in Jo Gill ed. *The Cambridge Companion to Sylvia Plath*. Cambridge: Cambridge University Press, 2006, p.8.

己描述,在写作过程之中,她仍然受到了过多的干预,最后,史蒂文森不得不在前言中加上一个作者注,声明这本书"几乎可以说是两个作者共同的作品(dual authorship)",然而,待到正式出版,奥尔雯将这句话也改成了"作品来自与奥尔雯·休斯长达三年的对话……是合作的作品(joint authorship)"[1],奥尔雯甚至声称,还要追究未经授权引用的责任[2]。但是,这部传记遭到诟病之处则是,其立场更多是站在休斯一方的,休斯被塑造成了一个"圣贤般的丈夫和宽宏大量的导师",而普拉斯则是偏执而极端的形象,"具有一系列性格缺陷"和"精神疾病的症状"。也正因为如此,这部传记反而被认为"对诗人,更重要的是对诗歌,缺乏同情"[3]。尽管如此,该书对普拉斯研究仍然具有参考价值,它也是迄今为止唯一有中译本的普拉斯传记。

1991年有两部普拉斯的传记诞生,一是美国传记作家保罗·亚历山大(Paul Alexander)的《粗砺的魔法:西尔维娅·普拉斯传》(*Rough Magic: A Biography of Sylvia Plath*),一是英国作家罗纳德·海曼(Ronald Hayman)的《西尔维娅·普拉斯的死与生》(*The Death and Life of Sylvia Plath*)。亚历山大的传记得到了普拉斯的母亲奥蕾莉亚的支持,作者也走访了普拉斯曾经就读的史密斯学院以及收藏普

---

[1] Malcom, Janet. *The Silent Woman: Sylvia Plath and Ted Hughes*. New York: Knopf, 1993, p.12.
[2] Stevenson, Anne. "A Biographer's Dilemma" (interview with Madeline Strong Diehl), *in Michigan Today*, 1990, 22(2), p.2.
[3] Van Dyne, S. R. "The Problem of Biography", in Jo Gill ed. *The Cambridge Companion to Sylvia Plath*. Cambridge: Cambridge University Press, 2006, p.11.

拉斯档案的印第安纳大学莉莉图书馆(Lilly Library),并进行了三百多次访谈[1],因此这部传记披露了普拉斯生命中的更多细节,解开了一些谜团,并展现了普拉斯与更多人物的交往和情感关联。但这部传记的关注点在人,对诗人作品投入的笔墨有限。海曼的传记,如其标题所示,将"死"放在"生"的前面,所以不同于一般的传记。这本书采用的是倒叙的手法,由普拉斯的自杀事件入手,引出关于死亡的话题,再逐渐扩展到她生活的方方面面。作者在"前言"里表明:"如果不能理解普拉斯长期存在的、最终在自杀中达致高潮的和死亡的关联,就无法理解普拉斯的生命。"[2]因此,这部作品的中心并不是"生"而是"死",它不仅向前追述普拉斯的人生经历,还将视角向后延展,探析了她的死亡给他人、给她的声名等带来的影响。因此,这部作品并非采用"全景式"的勾勒,而是从一个点扩散、生发出来的研究。

虽然大多数传记作者都声称他们的传记采用了"客观"的视角,然而,读者从这些作品中看到的却是面貌和个性颇有差异的普拉斯。上面的五部作品,布彻描绘出"泼妇女神",瓦格纳-马丁塑造的是女权主义的支持者,史蒂文森笔下的普拉斯则显得苛刻、自私和冷漠,亚历山大则在突出死亡"净化"作用的同时强调了普拉斯对死亡的迷恋,而在海曼那里,普拉斯则是一个牺牲者的角色[3]。这表明,传记

―――――――――

[1] Alexander, Paul. *Rough Magic: A Biography of Sylvia Plath*. New York: Viking, 1991, p.I.
[2] Hayman, Ronald. *The Death and Life of Sylvia Plath*. Secaucus: Birch Lane, 1991, p.xv.
[3] 参见 Gill, Jo. *The Cambridge Introduction to Sylvia Plath*. Cambridge: Cambridge University Press, 2008, p.115。

中的普拉斯所呈现出的模样和状态，既取决于材料的发掘，也取决于传记作者的立场和视角。只要这两者有所更新，还会涌现出更多的普拉斯的传记。我们也的确看到，每隔一段时间，就会有新的普拉斯传记问世。最新的一本，是卡尔·罗里森（Carl Rollyson）于2013年普拉斯逝世五十周年之际推出的《美国伊西斯：西尔维娅·普拉斯的生活和艺术》(American Isis: The Life and Art of Sylvia Plath)。在这部作品中，普拉斯被形容为古埃及神话中的女神伊西斯，是"打破固定类型和跨文化的女英雄"[1]，这样的类比，让休斯都显得黯然失色，正如伊西斯的丈夫奥西里斯（Osiris）之于伊西斯一样。更有意思的是，罗里森同时也是美国著名影星玛丽莲·梦露的传记作者，他比较了梦露和普拉斯这两位20世纪美国文化史上的著名女性人物，认为两者之间有许多相同点。而他在普拉斯的日记里也的确发现了她流露出对梦露的欣赏，并曾模仿她的发型以示重新开始新生活。另外，两人都选择了自杀结束自己的生命。更重要的是，作者也通过梦露的人格特征来反观普拉斯，认为她也同样渴望像梦露一样，时时刻刻成为他人关注的焦点，成为人群和"文学舞台"上的中心人物。而一旦这样的渴望得不到满足，她们就会陷入极端的情绪直至自我折磨并放弃生命。作者因此得出了一个有意思的结论："西尔维娅·普拉斯就是当代文学中的玛丽莲·梦露。"[2]此外，80年代至今还涌现出了一些集

---

［1］ Rollyson, Carl. *American Isis: The Life and Art of Sylvia Plath.* New York：Picador, 2013, p.7.
［2］ Rollyson, Carl. *American Isis: The Life and Art of Sylvia Plath.* New York：Picador, 2013, p.7.

中关注普拉斯生活的某一个方面或某一个阶段的作品,如黛安·米德尔布鲁克(Diane Middlebrook)的《普拉斯与休斯的婚姻》(*Her Husband: Hughes and Plath, a Marriage*, 2003)聚焦于普拉斯和休斯之间的关系,安德鲁·威尔逊(Andrew Wilson)的《疯丫头的情歌:普拉斯遇上休斯之前》(*Mad Girl's Love Song: Sylvia Plath and Life Before Ted*)放眼于其他人关注较少的普拉斯童年和青少年时期等。这些作品的层出不穷,既说明了普拉斯研究的热度,也展现了其深度。

　　传记研究深入挖掘了普拉斯生活中的许多细节,而当这些细节继而被发现与她的诗歌存在某种对应关系时,自然就引出对诗歌做"自传性"的解读,加上众所周知的洛威尔的创作理念对普拉斯的影响,将她的诗当作典型的"自白诗"来解读,寻找诗人的生活原型和艺术表达之间的关联,也就难以避免,甚至在早期的研究中非常流行。这样,普拉斯的诗歌被标定为具有自白诗的显在特征:难以抑制的强烈情感、内心的真实声音,语言的直率[1]。当洛威尔在《爱丽尔》的"前言"中评价说"这些诗歌中的每一样东西都是个人的,自白式的,感受到的,但是感受的方式是受控制的幻觉,高烧中的自传体"[2]时,更为这种"自传性"解读提供了支持。早期以这种方式进行解读、比较有影响力的评论家包括 A. 阿尔瓦雷斯、M. L. 罗森塔尔、C. B. 考克斯(C. B. Cox)与 A. R. 琼斯(A. R. Jones)。他们界定了一种观察普

---

[1] Cox, C. B. and Jones, A. R. "After the Tranquillized Fifties", *in Critical Quarterly*, 1964, 6(2), pp.107 - 122.
[2] Lowell, Robert. "Forward", in Sylvia Plath. *Ariel*. New York: Harper & Row, 1966, pp.ix - xi.

拉斯诗歌的基本模式,就是从诗歌出发,直接到诗人的传记中寻找对应的事件,或者将诗歌流露的情感与创作该诗阶段诗人的情感画上等号,由此获得进入诗人纷乱复杂的内心世界的钥匙。如普拉斯在日记和书信里所袒露的,有些诗确实和生活密切相关,遇到这些诗,这种解读也显示出有效性。然而,当批评家被洛威尔的评价中的"个人"、"自白"、"感受"、"自传体"等词语吸引时,却忽视了另外一个关键词"受控制"。而这个词分明表明,普拉斯的诗歌写作并非完全是简单地照搬生活,而是经过了深思熟虑,她的手稿更表明,她的诗并非简单的事实白描和愤怒宣泄,诗的字句选择都经过了反复的推敲,展现出高超的语言技巧。发现了这一点,后来的一些批评家便慢慢有意规避这一单向视角,避免将普拉斯的诗歌用自传来进行"解码",甚至开始有意识地着眼于普拉斯诗歌与自白派诗歌之间存在的明显差异,从而将诗歌的艺术性放在了同等重要的位置。

2. 神话批评与女性主义

朱迪思·科罗尔的《神话中的章节:西尔维娅·普拉斯的诗歌》(*Chapters in a Mythology: The Poetry of Sylvia Plath*)运用神话批评细致解读普拉斯的后期诗歌,是普拉斯诗歌研究中非常重要的一部著作。作者是普拉斯在史密斯学院的学妹,于普拉斯毕业六年后也就是自杀的前一年她进入史密斯学院学习。一次偶然的机会她从当年普拉斯的老师那里看到了普拉斯的诗歌并激发起浓厚的兴趣,于是她选择普拉斯作为她的博士学位论文的研究对象。论文完成后,科罗尔才有机会与休斯见面,并帮助休斯整理普拉斯的诗集。科罗尔独立地洞悉普拉斯创作的灵感之源令休斯非常惊讶,而这篇论文就是《神话中的章节》一书的基础。在这部著作中,科罗尔超越了一种普遍性的理解,即认为普拉斯的自白诗是对其精神痛苦的如实记录,是普拉斯迈向自杀之途的诗歌自传,她认为这种错觉认识与在犯罪现场寻找血迹没有什么不同[1]。科罗尔运用神话原型批评方法提升了对诗人及其作品的认识,她发现,普拉斯生前对神话十分感兴趣,也对塔罗牌、占卜板和其他宗教仪式颇有兴趣。她在普拉斯的诗歌中发现了诸多"女巫"出没的踪迹,也发现了火刑架等与重生相关的神话意象。科罗尔创造性地指出,有一个"月亮缪斯"(moon-muse)主导着普拉斯的创作灵感,它呼唤着一种周期性再生,而诗歌创作也需要反映出生死轮回的过程[2]。循着这一思路,科罗尔还解析了普拉斯的20多首诗,她向读者表明,普拉斯是沉迷于死亡的诗人,而死亡之诗的指向并不是消失,而是浴火重生,她的诗歌则是死的预兆,也是寻找涅槃方式的审美选择。科罗尔的这部著作还有许多创见,如她还运用罗伯特·格雷夫斯(Robert Graves)在《白色女神:诗歌神话的历史语法》(*The White Goddess: A Historical Grammar of Poetic Myth*)中对女性诗歌的分析方法,以及与詹姆斯·弗雷泽在《金枝》中分析古代重生神话相类比,分析普拉斯诗歌中出现的月亮意象以及蜜蜂社会的等级制度,从而视普拉斯为"白色女神",并试图梳理普拉斯意图在诗歌中创

---

[1] Kroll, Judith. *Chapters in a Mythology: The Poetry of Sylvia Plath*. London and New York: Harper & Row, 1976, p.1.

[2] Kroll, Judith. *Chapters in a Mythology: The Poetry of Sylvia Plath*. London and New York: Harper & Row, 1976, pp.41-47.

造的神话体系。这就把普拉斯从"泼妇女神"的标签中解放出来,同时也洞见到普拉斯笔下的人物和意象更多是"象征和原型",这也使得她较之于同时代的自白派诗人,具有与众不同的声音,"在某种意义上是和个人分离的","她的视野既完整又独立","是一种神秘的整体性视野"[1]。

神话批评的另一个视角来自巴内特·古滕伯格(Barnett Guttenberg)的文章《普拉斯的宇宙观与叶芝的房子》("Plath's Cosmology and the House of Yeats")。在生命的最后阶段,普拉斯曾租住在叶芝曾经住过的伦敦公寓里,她对这仿佛上天的安排感到欣喜若狂。古滕伯格重点分析的是普拉斯诗歌中存在的辩证的太阳与月亮的对立关系和叶芝之间的关系,并举出例子比较了两个诗人作品之间的相似性。当然,对于神话批评也有另外的不同声音,主要的意见在于认为这种解读显然是在一种父权制的背景下展开的,因此,它们将一些象征置于性别化的框架中。而将传统的价值观和意象勾连,则会导致可疑的固化的二元对立。新近的普拉斯研究表明,这样的价值观,以及截然的二元对立,恰恰是普拉斯所驳斥的,也是她努力克服的[2]。而另一个弊病则在于,神话解读追求研究普遍的、永恒的神话原型,而忽视了深植于普拉斯诗歌中的文化、历史和意识形态的因素[3]。

---

[1] Kroll, Judith. *Chapters in a Mythology: The Poetry of Sylvia Plath*. London and New York: Harper & Row, 1976, p.3.

[2] 参见 Gill, Jo. *The Cambridge Introduction to Sylvia Plath*. Cambridge: Cambridge University Press, 2008, p.118。

[3] 参见 Gill, Jo. *The Cambridge Introduction to Sylvia Plath*. Cambridge: Cambridge University Press, 2008, p.119。

另外一篇突出的运用神话批评的文章,是桑德拉·M.吉尔伯特(Sandra M. Gilbert)的《飞翔的精美白色神话:一个普拉斯迷的自白》("A Fine, White Flying Myth: Confessions of a Plath Addict")。文章中提出了一个切中肯綮的问题:"为什么这么多女作家在写作上典型地披上神话的面纱?"作者继而以普拉斯为例进行了分析,认为女性由于"被剥夺了教育、选举、工作和财产权,甚至更重要的是被剥夺了她们的自我",因此选择"把自己的心灵成长的故事,甚至来自自身的故事,伪装成大量铺张的、表面上看起来无关的形式和故事"[1]。由此,由于意识到现实中身份和地位的缺失,普拉斯转向了一个想象的领域,用一种非理性、不真实、情感激越、具有象征意味的方式来呈现自我。这是从现实中的抽离,本意或许是在写作中隐藏现实中的自我,但其结果却反而更真实地反映出自我的主体性和现实经验之间的分裂。而构建神话王国(如"普拉斯神话"中的月亮缪斯、神化父亲)则成为一种策略,用以逃离现实社会的困境,普拉斯的诗则探索了各种逃离的方式。值得注意的是,在和苏珊·古芭(Susan Gubar)一起主编文集《莎士比亚的姐妹们:女性主义论女性诗人》(*Shakespeare's Sisters: Feminist Essays on Women Poets*, 1979)时,吉尔伯特也收录了这篇文章,并将标题中的"一个普拉斯迷的自白"更改为"普拉斯的生活与创作"(The Life/Work of Sylvia Plath),这表明作者的态度:这篇文章不仅是神话批评,更是女性主义批评的成果。

---

[1] Gilbert, Sandra M. "'A Fine White Flying Myth': Confessions of a Plath Addict", in *The Massachusetts Review*, 1978, 19(3), p.589.

普拉斯逝世后几个月,美国女作家贝蒂·弗里丹(Betty Friedan)出版了影响力很大的著作《女性的奥秘》(The Feminine Mystique)。书中描写了普拉斯同时代的女性如何被社会和家庭所规定的角色所局限,她们不得不在自己的智慧、抱负、理想和残酷的社会现实之间努力求得平衡。而这样的经历,同样是普拉斯诗歌中的重要主题。随着女权运动第二次浪潮的到来,普拉斯的诗歌受到了更多女性主义批评家的关注。早期的解读者如科拉·卡普兰(Cora Kaplan)认为,普拉斯的拥趸们通过阅读她的诗歌,将她的死因归咎于父亲的早亡以及丈夫的离弃,这样的方式某种程度上是"严重的误读",因为这"削弱了普拉斯抑郁的文化源头"。这一解读将矛头对准了父权制度,对准了"父亲、丈夫和神祇的原型,以及成为他们的同谋的女人们"。而普拉斯的书写则是大胆的反抗,因此,她就被抬升为"美国女性文学创作的女先辈",她的开创之功使得"当今女作家对社会和自身地位的诅咒和书写成为可能"[1]。而随着女性主义自身的理论发展,当它在艾莱娜·西苏(Helene Cixous)、茱莉亚·克里斯特娃、露丝·伊利格瑞(Luce Irigaray)那里与精神分析、后结构主义碰撞融合,不断产生新的理论视角和方法后,更为普拉斯诗歌的研究开拓了新的空间,研究者开始关注诗歌中的身体与性别、女性的特殊经历、女性的身份建构、女性的言说方式等问题,相关成果异常丰富。如阿丽西亚·奥斯特瑞克(Alicia Ostriker)的著作《偷窃语言:美国女性诗歌的出现》

---

[1] Kaplan, Cora. *Salt and Bitter and Good: Three Centuries of English and American Women Poets*. London and New York: Paddington Press, 1975, pp.290-291.

(*Stealing the Language: The Emergence of Women's Poetry in America*,1986),她关注的重点是"有意识选择自己的性别作为探索经验中心"[1]的女作家,普拉斯则被作为典型进行分析。她通过诗歌作品的解读指出普拉斯身上存在一个"分裂的自我",而造成这种分裂的根源则在于社会的总体文化对女性和女性诗人的限制[2]。桑德拉·M.吉尔伯特的另一篇文章《在叶芝的房子里:西尔维娅·普拉斯的死亡与复活》("In Yeats's House: The Death and Resurrection of Sylvia Plath",1984)认为,普拉斯的作品探索了"男性权力和女性身份之间的关系",后期诗歌中战争隐喻指向的是"两性之间的战争",是"个人的、政治的和美学的战争"[3]。英国学者苏珊·巴斯内特(Susan Bassnett)在《西尔维娅·普拉斯诗歌导读》(*Sylvia Plath: An Introduction to the Poetry*)中也反对从自传性角度对普拉斯诗歌做过多的解读,她从诗歌的文本出发,重点关注"主题和语言类型"以及诗歌的"艺术性和技巧"[4],将普拉斯还原为一个具有独特女性声音的女诗人。她将普拉斯和阿根廷女诗人阿莱杭德娜·皮扎尼克

---

[1] Ostriker, Alicia. *Stealing the Language: The Emergence of Women's Poetry in America*. Boston: Beacon, 1986, p.83.
[2] Ostriker, Alicia. *Stealing the Language: The Emergence of Women's Poetry in America*. Boston: Beacon, 1986, p.144.
[3] Gilbert, Sandra M. "In Yeats's House: The Death and Resurrection of Sylvia Plath", in Sandra M. Gilbert, Susan Gubar ed. *No Man's Land: The Place of the Women Writer in the Twentieth Century. Volume 3: Letters from the Front*. New Haven: Yale University Press, 1994, pp.270–271.
[4] Bassnett, Susan. *Sylvia Plath: An Introduction to the Poetry*, second editon. Basingstoke and New York: Palgrave Macmillan, 2005, p.2.

(Alejandra Pizarnik)并提,认为她们之间有许多相似性,并将普拉斯置于自沃尔特·惠特曼(Walt Whitman)以来伟大的美国诗歌传统之中,认为她"同样创造出了属于自己的独一无二的诗歌宇宙"[1]。凯伦·杰克逊·福德(Karen Jackson Ford)的《性别与超越诗学:织锦时刻》(Gender and the Poetics of Excess: Moment of Brocade,1997)同样把普拉斯的诗放在女性文学传统中考察,认为普拉斯的写作策略能够使其超越那曾经塑造和控制她写作的男性主导的审美趣味,在这样一个过程中,她创造了一种新诗学,"使她能够面对、反抗不仅是主流文化的语言,也包括她自身语言的共谋"[2]。福德发现了普拉斯诗歌中的自我反思性,而正是这贯穿其写作生涯的艺术自觉,使得普拉斯的诗歌在女诗人中显得卓尔不群,具有独特的风格。

3. 精神分析和心理研究及其他

精神分析和心理研究的方法很早即运用于普拉斯的研究,它通常和传记研究结合起来,用以呈现诗人的内心世界。前面提到的布彻所写的传记,就是运用这一方法对诗人生活的考察。同样的方法,也见之于大卫·霍尔布鲁克(David Holbrook)的著作《西尔维娅·普拉斯:诗人与存在》(Sylvia Plath: Poetry and Existence,1976)。考虑到普拉斯生前对弗洛伊德理论的沉迷,以及她曾经接受心理治疗的经

---

[1] Bassnett, Susan. *Sylvia Plath: An Introduction to the Poetry*, second editon. Basingstoke and New York: Palgrave Macmillan, 2005, pp.45 - 46.
[2] Ford, Karen Jackson. *Gender and the Poetics of Excess: Moments of Brocade*. Jackson: University of Mississippi, 1997, p.133.

历,这一方法确实有其有效性。但这一方法的过度使用,就会将普拉斯"诊断"为各种神经官能症的患者,就像布彻得出的结论:"神经过敏式的狂怒"、"恋父情结"、"内心狂躁"、"分裂人格"、"自恋"、"潜在的精神错乱"[1]。此外,前期的相关研究更多关注诗人而非作品,这也引起了许多非议。但是,精神分析和心理研究并没有就此停下脚步,随着这一理论本身的发展,如在雅克·拉康(Jacques Lacan)那里和语言学研究的交汇,在克里斯特娃那里和女性主义、后结构主义的融合,一些学者以新的视角来观照普拉斯和她的诗歌,更多聚焦于作品本身,从而突破了精神分析的局限性,取得了心理研究的新进展。

其中值得关注的一部著作是杰奎琳·罗斯的《普拉斯阴魂不散》。该书的"导言"开篇即说:"普拉斯之魂时常萦绕于我们的文化之上。"[2]因此,在书中,罗斯从文化不同层面考察了普拉斯的诗歌,既有诗学层面的,也有从性别角度的,还关注了写作中的身体以及这几者之间的关联。其中第二章采用弗洛伊德与克里斯特娃的理论,运用精神分析方法解释普拉斯诗歌的生产方式,并试图发现普拉斯写作中所呈现出来的身体;第四章则采用的是女性主义的批评方法,试图发掘普拉斯诗歌中显明的性别意识,并阐明这种性别意识如何促成普拉斯在诗歌中写下女性独特的身体经验与情感体验。罗斯的论著表明,普拉斯的诗歌是对"人"的发现,而不仅仅是为了凸显人在社会中所扮演的角色。因此,她认为,在普拉斯身上并不存在许多批评

---

[1] Bustcher, Edward. *Sylvia Plath: Method and Madness*. New York: Seabury Press, 1976, pp.48,49,67,72,34.
[2] Rose, Jacqueline. *The Haunting of Sylvia Plath*. London: Virago, 1991, p.1.

者刻意寻找的一致性,以某种一致性去分析普拉斯无异于给原作者套上莫须有的枷锁。罗斯总结道:"普拉斯既不是一种身份,也不是简单的分裂的多重身份。她尽力描写某种张力——愉悦/危险,你的/我的过失,高级/低级文化——但并没有解决或消除这两者之间的冲突。"[1]在罗斯看来,批评者和读者都无法接近那个真实的普拉斯,她认为我们从作品中看到的普拉斯是一个"幻觉",这样的解读为"我们破译作品及其在我们文化中地位的丰富性和启发性提供了可能"[2]。

史蒂文·古尔德·艾克斯罗德(Steven Gould Axelrod)的《西尔维娅·普拉斯:文字的创伤和疗治》(Sylvia Plath: The Wound and Cure of Words)将精神分析和文化、历史的视角综合起来,深入到文本的细节,去发掘普拉斯与父亲、母亲及他人之间的关系,以及与语言之间的关系。在艾克斯罗德看来,精神分析批评应该关注语言和主体性之间的关系,而不是预先假定作者的病理。克里斯蒂娜·布里佐拉基斯(Christina Britzolakis)在《西尔维娅·普拉斯和悲悼的剧场》(Sylvia Plath and the Theatre of Mourning, 1999)中运用镜像理论分析普拉斯的诗,关注诗人心理的自我映射,并指出关注弗洛伊德理论的普拉斯与精神分析之间的互动关系:"当精神分析在质询她的时候,普拉斯也在质询精神分析。"[3]可见,后期的精神分析和心理研究已经不再

---

[1] Rose, Jacqueline. *The Haunting of Sylvia Plath*, London: Virago, 1991, p.10.
[2] Gill, Jo. *The Cambridge Introduction to Sylvia Plath*. Cambridge: Cambridge University Press, 2008, p.125.
[3] Britzolakis, Christina. *Sylvia Plath and the Theatre of Mourning*. Oxford: Clarendon Press, 1999, p.7.

局限于对诗人的研究,而是朝向作品、社会、历史的多个维度延伸,从而实现了对"自传性"单一维度的超越。

从政治和历史的角度分析普拉斯的诗歌,大致兴起于20世纪80年代。在一些学者眼中,将普拉斯描述为沉溺于个人经验的诗人,消减了她的诗歌的社会价值。事实上,她的作品中也有许多意象和经验,直接和社会公共事件密切相关,表现出她对人类总体命运的担忧。尤其是五六十年代美国麦卡锡主义的盛行、美苏冷战的不断升级,尤其是德国纳粹在犹太人集中营犯下的滔天罪行在战后被不断披露、大量进入公众视线,这些都为普拉斯的诗歌创作提供了历史文化语境和写作素材,纳粹的暴行给人类带来的毁灭性灾难,还被她创造性地与个人经验联系起来,创伤记忆也因此从个体上升到群体,不断唤醒读者的同情心,深化对政治和历史的认识程度。而很多学者也开始着力剖析普拉斯诗歌中的社会问题。乔治·斯坦纳认为普拉斯高峰时期的诗歌,可以和毕加索的《格尔尼卡》相提并论,她和"大屠杀"相关的诗歌,"将明显不可忍受的私人伤害转换成平铺直叙的符号,转化成立刻与我们所有人相关的公共意象"[1]。黛博拉·尼尔森(Deborah Nelson)将普拉斯诗歌置于冷战文化语境中考察,在个人生活与公共政治彼此交糅的时代,自白诗提供了一种路径,"通过自我暴露的方式,粉碎了家庭意识形态"[2],而她们的目标,最终指向反抗历史和

---

[1] [美]乔治·斯坦纳:《死亡是一门艺术》,见乔治·斯坦纳:《语言与沉默:论语言、文学与非人道》,李小均译,上海:上海人民出版社2013年版,第347页。
[2] Nelson, Deborah. *Pursuing Privacy in Cold War America*. New York: Columbia University Press, 2002, p.77.

政治的环境。此外,还有雷尼·R.库瑞(Renee R. Curry)、罗宾·皮尔(Robin Peel)、特蕾西·布瑞恩(Tracy Brain)等学者,分别从不同角度探究普拉斯诗歌中的政治色彩、种族意识、大西洋两岸的身份和文化认同、环境关切等问题,在这些解读中,普拉斯个人的精神危机,演变成人类整体的生存危机的缩影,这就大大拓宽了她诗歌的阐释空间。

将普拉斯的诗歌放在英语诗歌传统中考察,也是一个有意思的视角,有助于为普拉斯的诗歌找到适合的文学定位,更准确评价其文学成就。蒂姆·肯德尔的《西尔维娅·普拉斯研究》(Sylvia Plath: A Critical Study)坚持审视诗歌首先必须把它作为诗歌来看待。肯德尔较好地遵循了这样的原则,其视角首先是诗学的,其次才是社会观察或性别观察,等等。他一一考察普拉斯各个时期的诗歌并对其中的代表性诗作做了深入分析,试图梳理普拉斯诗歌风格发展演变的脉络:在早期,他挑选的是《巨像》和其他一些诗歌;然后是《爱丽尔》中的关于诞生与重生的呐喊;在"蜜蜂组诗"中,他发现了一只"飞翔的刺猬"[1],浑身是刺但插上了灵感的翅膀。肯德尔循着时间顺序追踪了普拉斯诗歌天赋的独特性,并从普拉斯的书信、日记、小说中寻找重复出现的主题作为支持其论点的佐证。肯德尔发现,普拉斯不断在改造、完善自己的诗歌技艺,努力尝试不同的题材、风格和诗歌形式,其目的正在于挑战文学传统,在文学传统中求得位置。海伦·文德勒(Helen Vendler)的切入点与肯德尔相仿,她的两部新世纪的著作《诗

---

[1] Kendall, Tim. *Sylvia Plath: A Critical Study*. London: Faber and Faber, 2001, p.128.

人时代的来临:弥尔顿、济慈、艾略特、普拉斯》(Coming of Age as a Poet: Milton, Keats, Eliot, Plath)和《新近诗集的新近观察:史蒂文斯、普拉斯、洛威尔、毕肖普、梅利尔》(Last Looks, Last Books: Stevens, Plath, Lowell, Bishop, Merrill)通过历时追寻与共时比较,反映出普拉斯诗歌在英诗流变中所起的作用,与普拉斯相比较或共同构成发展序列的诗人都大名鼎鼎,可见批评者对普拉斯诗歌的尊崇与肯定。

还值得注意的是诗人同行的评论,爱尔兰诗人西默斯·希尼的《不倦的蹄音:西尔维娅·普拉斯》("Indefatigable Hoof-Taps: Sylvia Plath")是其中的出色篇章。希尼以诗人敏锐的洞察力,用华兹华斯的一首诗作为隐喻,逐一剖析了普拉斯诗歌创作的三个不同阶段,为普拉斯诗歌的跃升绘制出了一条清晰的轨迹。他的分析是纯粹的诗艺层面的探讨。当然,作为丈夫的休斯如何看待普拉斯和她的诗,这是一个饶有兴味的话题。休斯本人有几篇文章专门阐明自己的态度,除了《普拉斯诗选》中的"导言"为他亲笔所写,散见于报纸杂志的文章《关于普拉斯》("On Sylvia Plath")、《普拉斯和她的日记》("Sylvia Plath, and Her Journals")、《普拉斯安眠之所》("The Place Where Sylvia Plath Should Rest in Peace")、《当研究变为侵扰》("Where Research Becomes Instrusion")等都谈到了他们的情感纠葛,也或多或少涉及对普拉斯诗歌的看法与评析,以及对普拉斯研究的态度。另外,休斯在1998年推出的新诗集《生日信札》,以诗的形式回忆了自己逝去多年的妻子。这也为普拉斯的研究者提供了新的视角和素材。

从上面的介绍可以看到,在过去的五十多年里,许多文学批评方法都在普拉斯研究中找到了空间,一大批著作、论文涉及了这位生命定格在三十岁的女性诗歌天才的方方面面。这些研究不断塑造着普拉斯,不断丰富着读者对普拉斯诗歌的认识。普拉斯的传奇人生,她的独特诗歌,一定还将继续吸引更多读者的关注,激起研究者的热情,在世界范围内获得她生前梦寐以求的不朽声名。

参考文献

普拉斯作品

Plath, Sylvia. *The collected poems*. New York: Harper & Row, 1981.

Plath, Sylvia. *Ariel: the restored edition: a facsimile of Plath's manuscript, reinstating her original selection and arrangement*. New York: HarperCollins Publishers, 2004.

Plath, Sylvia. *The colossus & other poems*. New York: Knopf, 1962.

Plath, Sylvia. *Crossing the Water*, Ted Hughes Ed. New York: Harper & Row, 1971.

Plath, Sylvia. *Winter Trees*, Ted Hughes Ed. New York: Harper & Row, 1972.

Plath, Sylvia. The Bell Jar. London: Faber and Faber, 1966.

Plath, Sylvia. Jonny Panic and the Bible of Dreams. New York: Harper & Row, 1979.

Plath, Sylvia. *The unabridged journals of Sylvia Plath*, 1950—1962. 1st Anchor Books ed. New York: Anchor Books, 2000.

Plath, Sylvia. *Letters Home: Correspondence*, 1950—1963. Plath Aurelia Schober ed. New York: HarperPerennial, 1981.

Plath, Sylvia. Poems. Chosen by Carol Ann Duffy. London: Faber and Faber, 2014.

研究性著作及论文

Aird, Eileen., *Sylvia Plath: Her Life and Work*. Edinburgh: Oliver & Boyd, 1973.

Alban, Gillian M. E. *The Medusa Gaze in Comtemporary Women's Fiction: Petrifying, Maternal and Redemptive*. Newcastle: Cambridge Scholars Publishing, 2017.

Alexander, Paul. *Rough Magic: A biography of Sylvia Plath*. New York: Viking, 1991.

Alvarez, A. *The Savage God: A study of Suicide*. London: Weidenfeld & Nicholson, 1971

Auden, W. H. *Oxford Book of Light Verse*. Oxford: Oxford University Press, 1938.

Axelrod, Steven Gould. *Sylvia Plath: The Wound and the Cure of Words*. Baltimore: Johns Hopkins University Press, 1992.

Axelrod, Steven Gould. "The Mirror and the Shadow: Plath's Poetics of Self-Doubt". *Contemporary Literature*, Vol. 26, No. 3 (Autumn, 1985).

Barrett, Allison. "The Identity In-Between: A Historical Close Reading of Sylvia Plath's 'Morning Song'". In *The Oswald Review: An International Journal of Undergraduate Research and Criticism in the Discipline of English*: 2017, Vol. 19 (1).

Bassnett, Susan. Sylvia Plath: *An Introduction to the Poetry, second editon*. Basingstoke and New York: Palgrave Macmillan, 2005.

Bohandy, Susan. "Defining the Self through the Body in Four Poems by Katerina Anghelaki-Rooke and Sylvia Plath", in *Journal of Modern Greek Studies*. Volume 12, Issue 1.

Brain, Tracy. *The Other Sylvia Plath*. New York: Routledge, 1988.

Brizolakis, Christina. *Sylvia Plath and the Theatre of Mourning*. Oxford: Clarendon press, 1999.

Brooks, Cleanth & Warren Robert Penn. *Understanding Poetry*. Boston: Wadsworth, Cengage Learning, 1976.

Broom, Harold, (ed). *Broom's Modern Critical Views: Sylvia Plath—Updated Edition*. New York: Infobase Publishing, 2007.

Butscher Edward (ed). *Sylvia Plath: The Woman and the work.* New York: Dodd, Mead& Company, 1977.

Bustcher, Edward. *Sylvia Plath: method and Madness.* New York: Seabury Press, 1976.

Bundtzen, L., *Plath's Incarnations: Woman and the Creative Process.* Ann Arbor: University of Michigan Press, 1983.

Christodoulides, Nephie. *Out of the Cradle Endlessly Rocking. Motherhood in Sylvia Plath's Work.* New York: Rodopi, 2005.

Connors, Kathleen and Bayley, Sally(ed). *Eye rhymes : Sylvia Plath's art of the visual.* Oxford: Oxford University Press, 2007.

Cox, C. B. and Jones, A. R, "After the tranquillized Fifties", *Critical Quarterly* 6. 2(1964)

Davis, William V. "Sylvia Plath's Ariel.'" *Modern Poetry Studies*, III (1972).

De Chirico, Giorgio. "Parisian Manuscripts" (1911—15). Reprint in Soby, *Giorgio de Chirico.*

Dickie, Margaret. *Sylvia Plath and Ted Hughes.* Urbana: University of Illinois Press, 1979. p. 166.

Dobbs, Jeannine. "'Viciousness in the Kitchen': Sylvia Plath's Domestic Poetry", in *Modern Language Studies*, Vol. 7, No. 2 (Autumn, 1977).

Ford, Karen. *The Gender of Excess: Moments of Brocade.* Jackson: University Press of Mississippi,

Gilbert, Sandra M. "A Fine White Flying Myth": Confessions of a Plath Addict. *The Massachusetts Review*, Vol. 19, No 3(Autumn, 1978).

Gilbert, Sandra M. and Gubar, Susan (ed). *No Man's Land: The Place of the Women Writer in the Twentieth Century. Volume 3: Letters from the Front.* New Haven: Yale University Press, 1994.

Gill, Jo. *The Cambridge Introduction to Sylvia Plath.* Cambridge: Cambridge University Press, 2008.

Gill, Jo (ed). *The Cambridge companion to Sylvia Plath.* Cambridge: Cambridge

University Press, 2006.

Gordon-Bramer, Julia. "'Fever 103°': The Fall of Man; the Rise of Woman; the Folly of Youth." In *An International Journal of Studies on Sylvia Plath*, 2011, Vol. 4.

Hampl, Patricia. "The Smile of Accomplishment: Sylvia Plath's Ambition", in *The Iowa review*, 1995, Vol. 25(1).

Hayman, Ronald. *The Death and Life of Sylvia Plath*. Birch Lane, 1991.

Hughes, Ted. *Birthday Letters*. New York: Farrar, Straus and Giroux, 1999.

Hughes, Ted. *Winter Pollen: Occasional Prose*. ed. William scammell. London: Faber.

Hughes, Ted. "Sylvia's sexual identity". In *TLS (The Times Literary Supplement)*, April 24, 1992.

Juhasz, Suzanne. *Naked and fiery forms : modern American poetry by women : a new tradition*. New York: Octagon Books, 1976.

Kaplan, Cora. *Salt and Bitter and Good: Three Centuries of English and American Women Poets*. London and New York: Paddington Press, 1975.

Katz, Lisa. "The Space of Motherhood: Sylvia Plath's 'Morning Song' and 'Three Women'". In *Journal of the Association for Research on Mothering*, 2008, Vol. 4(2).

Kendall, Tim. *Sylvia Plath: A Critical Study*. London; New York: Faber and Faber, 2001.

Kirk, Connie Ann. *Sylvia Plath: A Biography*. Amherst: Prometheus Books, 2004.

Kristeva, Julia. *Powers of Horror. An Essay on Abjection*, trans Roudiez, Leon S. New York: Columbia University Press, 1982.

Kroll, Judith. *Chapters in a Mythology: The Poetry of Sylvia Plath*, Gloucestershire:Sutton Publishing Limited, 2007.

Lane, Gary (eds). *Sylvia Plath: New Views on the poetry*. Baltimore: Johns Hopkins University Press, 1979.

Lant, Kathleen Margaret. "The big strip tease: female bodies and male power in the poetry of Sylvia Plath". In *Contemporary Literature*. Vol. 34(4).

Lowell, Robert. "Forward", in Sylvia Plath. *Ariel*. New York: Harper & Row, 1966.

Luck, Jessica Lewis. "Exploring the 'Mind of the Hive': Embodied Cognition in Sylvia Plath's Bee Poems". In *Tulsa studies in women's literature*, 2008, Vol. 26(2).

Malcom, Janet. *The Silent Woman: Sylvia Plath and Ted Hughes*. New York: Knopf, 1993.

Middlebrook, Diane Wood and Yalom, Marilyn (ed), *Coming to Light. American Women Poets in the Twentieth Century*, Ann Arbor, University of Michigan Press, 1986.

Molesworth, Charles. *The Fierce Embrace: A Study of Contemporary American Poetry*. Columbia: University of Missouri Press, 1979.

Moore, Honor. "After Ariel: Celebrating the poetry of the women's movement", in *Boston Review*, March/April, 2009.

Nance, Guinevara, & A, Jones, Judith P. "Doing Away with Daddy: Exorcism and Sympathetic Magic in Plath's Poetry. *Concerning poetry*, 1978, Vol. 11(1).

Nelson, Deborah. Pursuing Privacy in Cold War America. New York: Columbia University Press. 2002.

Newman, Charles. (ed). *The Art of Sylvia Plath A Symposium*. Bloomington: Indiana University Press, 1970.

Ostriker, Alicia. *Stealing the Language: The Emergence of Women's Poetry in America*. Boston: Beacon, 1986

Perloff, Marjorie. 'Angst and Animism in the Poetry of Sylvia Plath'. *Journal of Modern Literate* 1(1), 1970.

Perloff, Marjorie. "The two Ariels: The (Re) making of the Sylvia Plath Canon". In *Poetic License: Essays on Modernist and Postmodernist Lyric*, Evanston: Northwestern University Press.

Price, Jonathan(ed). *Critics on Robert Lowel*. London: George Allen and Unwin, Ltd., 1974.

Raymond, Claire. *The Posthumous Voice in Women's Writing from Mary Shelley to Sylvia Plath*, Burlington: Ashgate, 2006.

Rose, Jacquelin. *The Haunting of Sylvia Plath*. Cambridge: Harvard University Press, 1992.

Rollyson, Carl. *American Isis: The life and Art of Sylvia Plath*. New York: Picador, 2013.

Rosenblatt, Jon. *Sylvia Plath: The Poetry of Initiation*. Chapel Hill: University of North Carolina Press, 1979.

Smith, Stan. *Invoilable Voice: History and Twentieth-Century Poetry*. Dublin: Gill and Macmillan, 1982.

Stevenson, Anne. *Bitter Fame: A Life of Sylvia Plath*. London: Penguin Books, 1989.

Stevenson, Anne. "A biographer's Dilemma" (interview with Madeline Strong Diehl), *Michigan Today* 22. 2(April 1990)

Strangeways, Al. "'The Boot in the Face': The Problem of the Holocaust in the Poetry of Sylvia Plath, " in *Contemporary Literature* 37. 3 (Fall 1996).

Uroff, M. D. "Sylvia Plath and Confessional Poetry: A Reconsideration." *The Iowa Review* 8.1 (1977).

Van Dyne, S. R., *Revising Life: Sylvia Plath's Ariel Poems*. Chapel Hill: University of North Carolina Press, 1979.

Wagner-Martin, Linda. *Sylvia Plath: A Biography*. New York: Simon & Schuster, 1987.

Wagner-Martin, Linda(ed). W. *Critical Essays on Sylvia Plath*, edited by Boston: Hall, 1984.

Walde, Christina. "Dark Waters: Reading Sylvia Plath". In *Plath Profiles: An Interdisciplinary Journal For Sylvia Plath Studies.*, 2012. vol 5.

Wootten, William. *The Alvarez Generation: Thom Gunn, Geoffrey Hill, Ted Hughes,*

Sylvia Plath and Peter Porter. Liverpool: Liverpool University Press, 2015.

Van Dyne, S. R., *Revising Life: Sylvia Plath's Ariel Poems*. Chapel Hill: University of North Carolina Press, 1979.

Vendler, Helen. "An Intractable Metal". *The New Yorker*, February 15, 1982.

Vendler, Helen. *Coming of Age as a Poet: Milton, Keats, Eliot, Plath*. Cambridge: Harvard University Press, 2003.

Zivley, Sherry Lutz. "Sylvia Plath's Transformations of Modernist Paintings". In *College Literature*. Vol. 29, No. 3, *Literature and the Visual Arts* (Summer, 2002).

［英］安妮·史蒂文森:《苦涩的名声——西尔维亚·普拉斯的一生》,王增澄译,北京:昆仑出版社,2004年。

［俄］康定斯基:《康定斯基文论与作品》,查立译,北京:中国社会科学出版社,2003年。

［法］西蒙娜·德·波伏娃:《第二性》,陶铁柱译,北京:中国书籍出版社,1998年。

［爱尔兰］西默斯·希尼:《希尼诗文集》,穆青译,北京:作家出版社,2001年。

［美］乔治·斯坦纳:《语言与沉默:论语言、文学与非人道》,李小均译,上海:上海人民出版社,2013年。